猎人

叶临之 著

他有了新见解，如果唯一承认什么的话，我就是这样，猎人，他继续说，猎人就是我。

华龄出版社
HUALING PRESS

图书在版编目（CIP）数据

猎人 / 叶临之著. -- 北京 : 华龄出版社, 2023. 6
ISBN 978-7-5169-2554-6

Ⅰ. ①猎… Ⅱ. ①叶… Ⅲ. ①短篇小说-小说集-中国-当代 Ⅳ. ①I247. 7

中国国家版本馆 CIP 数据核字(2023)第 106290号

责任编辑	陈　馨　唐嘉唯	责任印制	李未圻
责任校对	张春燕	装帧设计	书香力扬
书　　名	猎人	作　　者	叶临之
出　　版 发　　行	华龄出版社 HUALING PRESS		
社　　址	北京市东城区安定门外大街甲 57 号	邮　　编	100011
发　　行	(010)58122255	传　　真	(010)84049572
承　　印	成都兴怡包装装潢有限公司		
版　　次	2023 年 6 月第 1 版	印　　次	2023 年 6 月第 1 次印刷
规　　格	880mm×1230mm	开　　本	1/32
印　　张	9. 625	字　　数	225 千字
书　　号	ISBN 978-7-5169-2554-6		
定　　价	58. 00 元		

目 录

CONTENTS

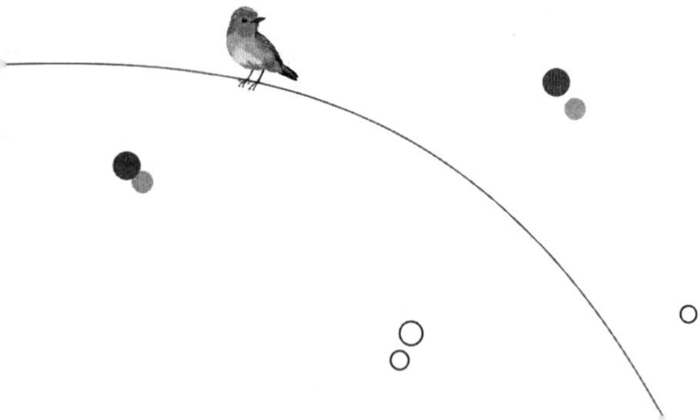

先生

“起床，以后就这样了。”早晨七点，小婷看了下拉杆箱，走向窗台。这家公寓式酒店窗口布满绿萝，即使冬天也是生机盎然的样子。但是，现在房间内很冷。看了一下小婷，他从房间窗沿往车站看去，巨大的公寓式酒店下方，站台侧翼涂满银光，光彩经过多次反射后来到房间，阳光投向紫色的方凳、白色的大床、黄灰的墙纸，白色的窗帘被风吹得扑扑作响。他忽然想起曾经发生在这1402房间里的若干事情。有天晚上，他和小婷交谈，那次的讨论涉及人类极限、自残，还有青年们的极端行为，如电击、鬼畜等话题，当然文学也是必谈话题之一。不过，现在看来，以前的日子变得微不足道了，如果对于他来说，爱情是玻璃的话，现在，他必将被爱情的碎片割破手腕。早些日子，小婷通知他来送她，他就有了预感。于是，他就这样一直沉默着。

“看见鸟了吗？窗子外面，有点蓝，灰蓝，你找找。”

小婷递过来一个眼神。

“怎么？”他仍然有些迟疑。

迟缓成了他最近经常性的行为。

“生日这天，飞下去，会变成鸟吗，灰鸟？”

“你肯定想说会引起地球震动。”

“你这样想我?”

“不会。”

到这，他心里吓一大跳。

这新的一天确实是小婷的生日，她已经坐到阳台上去，隐藏在绿萝深深的叶蔓间，他真的生怕她变成一只鸟、一只不能回归的鸟儿，然后“噗”地飞了出去。以小婷秋天以来的反常，那些日常看起来突兀的事情来看，她的行为和决心绝对不会是虚构的电影台词。他下意识地扬了扬手，朝阳台走去，试图靠近她。

“别动，哦，先生。”他有些冷幽默，他称呼小婷为先生。说话的同时，因为尴尬，他不自在地开始假笑。这是从来没有过的事情。虽然很多时候，小婷喜欢独来独往，在这个“先生”“女士”的概念日渐模糊的年代，她确实是“先生”，但他仍然不清楚这个词的具体含义，特别是现在，小婷在自由时代对它的使用尺度。

这天，他没有急着赶去编辑部上班。他供职的是一家小杂志社，他作为编辑部里的合同工职员，上班倒是闲散。但是，他现在做的事情对于他来说，其实早就 out 了（out 意为“落伍”，但他的小外甥女认为，他属于奥特曼，而在他小时候，他的梦想是成为在高楼大厦间游走的蜘蛛侠)。现在，小婷不允许他喘出一口粗气，旅馆的气息舒缓，像一支滤不过去的音乐，平缓、难忍，令人难以启齿，像提琴折了琴线，发出残忍而讨厌的撕扯般的杂音。

他回想小婷刚才起床的时候，她仔细地穿好那件单薄的内衣，那是一件纱衣，但是，她现在的动作陌生而坚毅。对于小婷来说，平常，哪怕是天气再冷，她也总是这样执着干毫无变化的穿着。这让她看起来与这座城市里的其他女孩不同。这样的早晨，真是冷啊，除了房间里的绿萝，在阳光下看似肥大，让人误以为是春天。房间变得越来越冰冷，小婷已经穿好她黑色的裤袜，然后，她用手拿着裤袜又往她那肥大的髋骨处提一提，那一瞬间，清冷的黑暗成为黑色而迅猛的休止符。

小婷的离开，名义上是因为一家出版社与她签约请她翻译一本厚重的英国史。过去两年，她刚刚翻译了一本中野京子的小册子，书印刷出版后，按她的话说，她终于拥有了一种只有金属才有的质感。她把成就叫作实实在在的金属。她很快又接下这单新活。何况，小婷对窗台底下的城市早已流露出失望、乏味。

对于他来说，他知道这意味着什么。对于小婷的离开，他能够理解，他们没有争吵。他大学毕业后选择了写作职业，然后去了一家杂志社。现在，他仍然籍籍无名，在公务员和白领人群中沉浮，租房、坐班、周末写作……这样的生活真是轻啊，轻得让小婷难以忍受。因此，对于人生这部电视剧中，他这次来车站送她，谁都知道下一刻将上演什么精彩戏码。

小婷在阳台上盘坐。他倚靠在灰色的床上。

刚刚过去的这天晚上，他坐在酒店式公寓的沙发上，他在重看马龙·白兰度主演的《教父》。期间，他和小婷没有说话，等到马龙·白兰度倚靠着葡萄架一死，他把电视关掉，那时小婷早已入睡。此刻，他的内心涂满无法直视的悲伤。在这座城市，其实很多时候的夜晚，他们并不住一起，甚至很少发生关系，他们作为男女朋友，只是很有礼貌地探讨一些话题。有一次，他们很兴奋地讨论起伦敦眼、法国地下水道系统，然后，她很微妙地说：“明天再做其他的吧，先晚安。”

现在，小婷的目光混杂着厌恶、烦躁、愤懑，他只能保持笑，礼节性地微笑。他们确实生分了，这种感觉从一个月前就有，尴尬成为他和小婷日常的主要组成部分了，说起刚过去的晚上，也只是一场尴尬的游戏：一个男人和一个女人躺在床上，他们优雅，能看出他们在装扮，让人觉得可怕、虚伪，他后来一直在出虚汗，汗渍淋漓。他们漂远了，像夜晚河流中的两根木头。

这般礼节性的生分完完整整地保存到了早晨，他起床后，两人一起默默地吃完了压缩饼干、布丁。布丁没有热过，还是有点冷。其实，这些都是昨天晚上去1402房间的时候在楼下的午夜超市购买的。昨天晚上，他们还散了步，只是没有任何互动。

她终于要离开宾馆了。现在，宾馆里剩下两根继续漂流的木头。房间被阳光一照，都是灰蓝色的，泛着银色的光泽，和高铁火车站侧翼的反光一样，房间里布满灰尘，所有人看起来都像一只灰鸟。

“以后，管好自己。”小婷往紫蓝色的拉杆箱填满衣服和杂物。对于他，六年来，小婷就像熟悉空气中的气味，是一股令人宁静的香草味。

她在向他告别，他没有吭声，表现得像一只刺猬在小心翼翼地侦查着周边。小婷喜爱诗歌，可是现在他们之间没有诗歌，他有点感觉血液枯竭。

“知道吧，平常没事，不要联系。”小婷说。她对任何人都把对方看作小孩，小婷是那种控制欲很强的人。

“待会儿吃点面包吧，别饿着。”

“你会找到好人的……”

“好啊，这是2014年，我继续寻找好人理查德，哈。”告别的时候，他倒是又冷幽默了一下。

早晨终于结束了，小婷走了，他从车站回来，在一阵忙乱的思绪中回到1402房间，他想睡个回笼觉，把早晨的郁气清理掉，奇怪的是，不知为何，他睡得很沉。他回想了下这天早上发生的全部，至于刚才窗台外灰蓝色的鸟，其实他没有看见，或许灰鸟是小婷为他虚构的情节。

睡觉的时候，他试图迷醉自己，用睡梦把该结束的结束。梦里，小婷变成一头狮子，在纠扰的丛林驱赶猎物。睡梦中，狮子额头很大，像一个男孩。他想起小婷母亲说过的故事。小婷的母亲说她怀孕的时候，梦见小婷的小鸡鸡被吃掉了，小婷才成为女孩的。这是小婷的故事。现在，二十七岁的小婷认为腿上的绒毛长得就像图钉，在豆瓣上和闺蜜互动，她是这样抱怨自己的：

"除了名字，浑身都是雄性激素的刺。"

"你说女人啊何苦为女人。"

小婷成为一头狮子，蓬松的狮子绒毛令他浑身大汗……他终于又醒来了，他起床啃了一点早晨剩下来的面包，就这样，他走出了熟悉的1402。

三年间，这间酒店他住过不下五次，不过，这次他是最后一次入住了。他一步步走下楼去，有点恍若隔世，每走一步，他都发现以前的日子变得虚幻，这逼迫他不得不准备去寻找另一个依靠，才能忘记痛苦。他又感觉到恶心，脑子不听使唤，开始回忆起一件往事。

现在看来，过去是不可回望的生活了，先前所有恋人的甜蜜都是表面的，自己和小婷注定劳燕分飞。这年早些时候，那天，他同学打来催稿电话，他拖欠出版社的书稿，等到他接完电话后，小婷和他谈话，她认真至极地说："你在欺骗自己，其实只是用高傲来掩饰……"其实，她还想说他欺骗了她的感情，平常，小婷作为强势的女孩，一生气就爱用排比句。

请原谅，这是一场战争，已经溃烂了的战争，作为与文字打交道的人，他有拖欠的毛病，可能这是小青年、弱者、不思进取者自欺欺人的把戏……那边，小婷继续变幻，那头金黄的狮子在奔跑、吼叫。风中，他清晰地回忆了一遍“先生”的训话，噩梦会持续一个星期，也许两个星期、一个月。他想打电话给小婷，最后，还是心灰意冷地放下了手机。

值得注意的是，小婷离开差不多六个月后，也就是 2015 年，他从网络的宣传页上果真看到小婷翻译的图书出版了，他知道小婷后来在一家画廊工作，做助手和兼职翻译，画廊的主人是画家，也是一名诗人。他一直没有联系小婷，对于小婷的努力，他倒是关注着，他始终都承认，小婷确实把日子过得非常进取，像过去时代被人称道的“先生”，而不像现在的都市普通女孩一样，以 LV 包、爱马仕香水为炫耀资本。也不像她的母亲——那个歇斯底里的女人，在备受家庭和疾病的双重摧残后，内心和面孔都是一张揉皱而脆弱的白纸，总是让人想起毕加索的《格尔尼卡》。

对他来说，失恋的日子里，他保持着礼貌，适可而止。那段时间，他在这座城市继续蜗居着，发表着影响不大的诗歌、小说。期间他去了一趟深山里的老庙，待了一阵，试着完成那原本与文学无多大关联的书稿。整整一年时间，他竟然完成了。等到交稿后，有一次，他对朋友说，荒唐、梦寐、假睡全部发生，等到春天的时候，他的情绪变得非常压抑，持续下去，他一度以为自己会发疯。

也就是和小婷分手一周年后，他终于辞掉了杂志社的工作，辞职的那天，他跟朋友喝了一次酒。他跟朋友说他已经失去了全部，失去了激情、动力、文学，还有城市？对，城市，城市像一把直入心窝的刀子，从他的心口处开始切入，使他的心痛病一再重犯。

那么，从回到家乡开始改变了。

那天，他离开了，气息无比清醇的早晨，他坐上了那种要坐一天一夜的慢火车回老家，远在西部的山区。算起来，他已经差不多有两年多没有回到老家了，记得前一次，还是和小婷一起回的老家。那次小婷说，她喜欢他亲自设计的玻璃房。他大学修过建筑工程设计，对于在山区修建一栋带有玻璃房的楼房，那是游刃有余的事情。

月亮出现的时候，他拖着行李箱出现在老家火车站的站台上，母亲来接的他。母亲当然知道他的事情，可是她什么也没说。面对平静的母亲，他又一次回过头去看了看站台，说："妈，我不回去了。"母亲看出他的疲惫，说："回来就好，也没什么。"

老家是临水、多缓坡、很是偏僻的村子，在那儿，他开始了全新的生活。上午的时候，他去家里后边的缓坡走一走，那里除了农村常见的菜畦地就是青草地。下午的时候，去缓坡后面距离不远的大荷塘看看荷花，荷花都是老园艺师种植的。老园艺师是他曾叫过师傅的。

说起师傅，他退休前是省园艺馆的园艺师，他出席过他们馆的展览。当然，他向师傅讨教过花艺的问题。现在师傅蛰居故里，还是放不下荷花，当得知他回到家乡，师傅没说什么。得到消息的第一天，师傅说，嘚，来欣赏池塘荷花吧，出水芙蓉，快要开花了。

师傅说得很有深义。

这天，他就站在他的池塘边，师傅拿着一根长竹条，对着一朵美丽的“出水芙蓉”指指点点：

“看花还是要等时候，露水刚挂，花瓣子正好。”

“花就是要这个样子。”

师傅的话里好像还是有那么一点言外之意。之后，他们一起去师傅刚刚修葺好的茶舍喝茶聊天。他们一连几天都这样，师傅的工作让他又记起原来的嗜好：应该写点什么东西了。

这段时间，他和以前的生活任何藕断丝连都没有了，另一方面，他觉得自己在重新长大，就像电影《月升王国》里的小男孩——对，就是小男孩山姆，他要去野蛮的开阔地寻找，重新获取魔王的法力。时间就是这样过去的，他参与了当地作家的聚会，好几场作者交流会都邀请他参加，聚会的时候，表面上，他也总是风轻云淡的样子。

有一天，文友们聊天，他们说起城市：

“你说你还回去吗？”

“想不好。都有可能。”

“你说城市压力得多大啊。”

“在家多好，看看山看看水，消磨时间。”

……

他知道朋友的意思。但是，人就是这样，朋友们一旦聚会，他就经不住劝导，他好像已经变成了狮子，他重新看见狮子的跳跃，狮子以模拟幻想的过程出现，蠢蠢欲动，通过透视狮子的瞳孔，他总是得以成功躲闪。

小艾走进了他的生活，像一匹斑马蹦了进来。在他们当地的一场作者交流会上，他和小艾因本地文化人士的介绍而认识。那几场交流会上，作家们天马行空，谈论的是文学，有关诗歌、月亮和灰尘什么的，然后互留联系方式。等到春节过后，他的新生活开始了。

小艾是她的笔名，写作之余，她还是一所小学的语文教师。小艾每天都有繁重的教学任务。小艾阳光青春，她说上课纯粹是逗孩子，她说喜欢开车、喜欢沙拉酱，做各种水果拼盘。就像所有开朗的年轻人，平常做这些事情，总是令她忘了时间，有时连睡觉也会忘记。小艾说，日子总要过成绿色的才好。

小艾和他的每一次交流都很愉快，后来大概一个月的时间，他们又有两次对谈，他邀请她来家里。那时候，他几乎忘记镜子边有小婷留下的一枚瓷贴。这点，他一点都不欺骗自己。

当小艾完全走入他的生活时，大概是他和小艾初次见面后的十个月。那是2016年，春天，一个雨天。他提着小艾的行李，把她接到他家的那间玻璃房里。那天，他们一家人一起吃饭，种荷花的师傅也在。饭后，他们一起去师傅建在荷塘边的茶社看了一下。进门时，老师傅开始焚香，微笑着说："你说，人就像养花一样，该发生的事总是会来。"

小艾和他的日子过得很快，他没有再像以前和小婷一起一样总是激烈地探讨问题，对于他来说，这样的日子懒洋洋的，很是惬意。他和小艾一起生活三个月了，期间只有过一次插曲，有一次，他突然接到了小婷母亲的电话。

那天，小艾在他隔壁的房间忙碌。一个女人以生冷、强硬、陌生、居高临下的口气在电话中说话。她打来电话的时候，他躺在玻璃房里的一张大竹椅上，竹椅是他小时候的坐具，十多年过去，他仍然时刻回忆起他曾经远走高飞的求学过程。

现在，他的旁边坐着一个小孩，他的小外甥女，四岁。刚才，小艾交给他一项任务，当他坐在椅子上休息的时候，需要为她朗读《鼹鼠的故事》。这时，他的电话响了。

“你在哪儿?”

“哦，有事吗?”

“她要回来，说很累。”

“哦，这样。”

“我在想办法。”

“哦。”

“要不我们谈谈?”

其时，他不能说他开始怀念过去了，那痛心疾首不能思念的过去。大概在小婷离开的时候，他见过她的母亲。他和小婷认识期间，小婷的父亲得了重病，人到中年还没有参透生死就因为绝症去世，他的姓名作为象征刻入他的墓碑。他全程参与那场雨天里的葬礼。彼时的半年前，他和小婷一起去看她的父亲。他们本来是陌生人，现在又恢复成了陌生人，他的名字已经从小婷父亲的墓碑上消失。而这值得质问世界的本来模样，人类关系改变的进程中，熟悉与陌生的转换称得上奇怪，这点，小婷曾经和他确认过。他问，有永恒吗?小婷回答，没有。现在这样的对话倒是成了事实。

除了往事，那么，现在他们还能说什么?他和小婷的母亲相互间很有礼貌地中断了通话，接下来，他神情悲伤，继续给小外甥女读《鼹鼠的故事》。

小外甥女很快注意到他的变化，她耸动着鼻翼，奶声奶气地说：“舅舅，你哭了。”“哦，我没哭。”“我看见了，你是这样子的。你真的哭了，舅舅。”“是吗?是怎样子的?小茵，能不能小声点，别人会听见的，舅妈……”“舅妈会听到吗?舅妈!”

“哦，好吧。”他怕小艾听见，朝房间里大喊，“小艾，你快过来下。”

"你怎么了?"小艾冲了出来。

"感觉眼睛里进了沙子。"

"给你去拿手巾吧。"

这是他全新的生活，他的生活以乡村的方式开始了，先前，他和小艾准备交往的过程很是精致、耐人寻味，他们交往的过程经得住最古老的乡村仪式推敲。这大半年下来，他们一直住在老家，小艾每天去学校，下午回来。不过，她还是发现了他心事重重的样子。继而，小艾自己出现了一种奇异的变化，关于不同性格的女人发生一些同质化的改变。她们猜疑时会令她们自己很像侦探，这里，她们是多疑的灵猫。而他作为男人，对小艾没有提供多余的解释。

2016 年那年，年中，属于小艾的那种很像水果香气的光环消失了，女人黏液质的性格属性开始闪现，更为吊诡的是，有天晚上，小艾挂着长长的电话和白领闺蜜一起探讨：

"男人不像书上说的，不像狗。"

"那像啥?心不在焉?"

"对的，你说了，他们总是心不在焉的模样。"

"像诗人吧?"

"对，就是，有点像我们教学用的颜色板的样子，那么白，白得流了一片，想抓也抓不住。"

小艾肯定在探索自己的安全感，对于一个是作家的女人来说，她是一根深入地壳的探针，充满了对经历过疲惫的他的好奇。

开始的时候，并不能说明什么，小艾短暂的抱怨而已，而且，她和他还有他的母亲住在一起。偶尔，他的亲戚会来，如他的小外甥女。他喜欢小孩，当他的小外甥女过来，小艾对待她就像对待女儿，总是让他抽空给她读童话书。

在这同居的日子，仍然不是很长的日子里，小艾搬过来三个月的时候，他和小艾还有自己的母亲一起去看过大海。但是期间有一件小分歧，他和小艾的分歧是在从海边回来后参加一次书店活动后出现的。

一切事情是从这里发生的。

在市里那家唯一的大型书店，他和小艾走在休息室的书架旁边。他抬头看到一本翻译书的书脊上出现了醒目的小婷的名字，继而看到第二本、第三本，书都是一家著名的出版社出版的，天啊，不到两年的时间，小婷竟然整整翻译了三本书：一本小说；一本社会学书籍，有关伦敦鸦；还有一本是宗教学，有关密宗方面的探讨。他的目光短暂地停留在其中一本书的封皮上的时候，小艾走过来。

她说："你认识她？"

他没有回答。

但是，他们回家的时候，他和小艾在客厅吃饭，等到他们吃完饭，母亲串门尚未回来。他们吃饭时没有谈论任何东西，吃饭几乎没有声响，等到他抬头，他发现小艾看着他。然后，她又开始就书店里见到的和他说起：

"说吧，你和那女孩有过什么，你以前的时候。"

"有吗？"

"柜子上有一张贴像，这么小，小瓷砖一样小。你不知道？"

他充满敌意地笑了，看起来很有礼貌。他们没有争吵。事实上，这是他们第一次发生争吵。小艾的口气总是这样微小，像一枚小小的回形针，她不太喜欢大声说话。可是，当小艾的询问关乎冒犯“先生”的尊严，他不得不说出来。他说：“小艾，别问了，她是翻译家，一名真正的翻译家。”

这天的争论真是一件蠢事，看起来要结束他回家后的悠闲的生活了。那天晚上，对于他来说空前的难受，他难以抑制，这种感受有关女权主义、男女行为学不对等的意义，乃至他生活的混乱不堪，但关系到爱过的女孩的生死，他必须把责任完整地承担下来，虽然他知道，不一定所有人都是有一颗怜悯心的“先生”。那么，他的选择看来是“先生”常有的软骨病了。

“说她得了抑郁症。”

“哦?”

“她不让人怜悯她的，现在，她说快要死了!”

“她亲自跟你说的?”

“她妈说的，她在我曾待的城市。”

“然后你……”

“小艾，能不能救她?”

“你说你想啊?”

“你知道，也没有。就这样。”

“她怎么走的?”

傍晚的夏雨空前地浇注下来，大量的气泡在头顶流淌，那是炎热挤兑下来的骨折声，气泡与气泡互相驱赶，从玻璃房顶上倾泻，仿佛笼罩他的全身，他和小艾沉浸在绿色的悲伤里。气泡在驱赶着其他。

房间面向的缓坡，远方，老园艺师，他的师傅急忙地从荷塘边往茶舍奔去，平常，师傅不太习惯随身带伞具。

本来，他们说好这天一起出门去看望师傅的，去往荷塘那边。现在，情况就是这样，像绿色的雨水流淌，情况也变得微妙起来。他内心发出一声感叹，不知道世界怎么了，或者说，他的世界到底怎么了。他和小艾之间，又像之前所有的爱情，像小婷，像所有的庸俗，真是抱歉啊，一场战争又要翻山越岭。他想制止糟糕的事情发生，当晚，他就这样平静地躺下来，小艾陪着他的外甥女，他们没有在一起吃饭，也没有言语。

第二天早上，夏雨初停，阳光甚好，椿树上有雀鸟在跳跃、鸣叫。

他来客厅的时候，小艾站在一张折叠桌前，穿着一条粉色的健美裤，桌子上摆着透明的花形玻璃盘，里面有苹果和橙子，她拿起水果刀，有一刀没一刀地削着水果。

小艾看见他了，她开始说话了。

“你要赶去吗？”

“可能。”

“你对她……”

“朋友。”

“你以前说她是一头小鹿，你就那么确定？”

……

“你说！”

“可是你要知道，我们日子就是这样过来的。我们是年轻人。美国明星马龙·白兰度从那时候开始认识的，《深夜食堂》从那时候开始看的。嗨，爱情毒药迷人吧？我还能说什么？我不知道该说什么。”

“哦，那你确实应该回去走走。”

“你是好女孩，”说到这儿，他变得激动万分，情不自禁，他脱口而出，“到这一步，真是难过，好像让你觉得是不得不说出反话。可是……”

小艾停了，到这儿永远地停了。

她削完苹果，开始切橙子，黄色的橙汁像蜂蜜，在阳光下闪亮，有点结晶。她放下刀来，回头看了一眼卧室里的他。她的目光在流淌，沉默中似乎有一些触及情绪的砂质。

他们再也不能说什么，小艾看了看阳光，芍药的叶子上挂满水珠，看起来成了夏末的珍珠。她刚削完水果，去另外房间换衣服。她已经拎起背包，她要走了。

他充满内疚，从玻璃房的沙发上一直看着离开的小艾。小艾朝青草坡那边走去，她在草地上慢慢地走了一段，她有回头，但最终往前走了。等到马路那边的时候，她在和她已经熟悉的乡民打招呼，他们隔着马路打着手势，她笑了，可是五分钟后，她还是上了那趟经过村马路的中巴车。

一切都平静了？虚情假意地完结了？“虚情假意”这个词比“先生”好形容得多了，他想去追，可是双腿灌了铅。这时，外面的阳光像白色的飞机机翼，平缓而残忍地飞了过去。安静，安静它本身变成了橙子，那粒黄色的橙子。他拿起小艾切好的橙子，吞了一瓣，橙子强烈的味道刺激着他的味蕾。从另一边，从房间外面，叶与叶的齿缝之间，一头狮子从森林里……连带着狂风，他的手赶紧握着另一只手的虎口，左边的胳膊强烈地紧贴胸口。望着缓坡，他的眼泪不由自主地流下来，那时从玻璃外忽然刮来一阵猛风，风声真是一声狮吼，像扑过来的狮子，张口就吞噬了神的声音。当他躺下来休息，惊人地试图抓住什么，他忽然想起自己曾经写过一首诗歌《先生》：

当诗人不读诗了，诗人还剩下什么

留下月亮和光溜溜的石头
剩余石榴和餐桌上的月影吗
指尖溜过的，只有背叛的昨天回忆
亲爱的，致歉，过去像梦一样
只是留下空白的爱情和诗句
不多的日子，一旦它分娩了下来
记忆的事，再也不能说什么了

追寻进步的阶梯

“很久没见到她，嗨，朗诵家。”李兰心平常发起闲心时，总是提及对面住的女人。

与她第一次碰面时，我们刚搬过来。记起搬家的时候，家里满目狼藉，家具从皮卡车上一件一件往楼上挪，我们没钱，请不起搬运师傅，家具又笨重，我和李兰心足足忙了两天。每天下午四点，我从新开的摄影工作室回来就开始搬。小区里买菜的高峰时期，没有人正眼看我们，遛狗的女士、买菜的阿姨们从来一声不吭，我和李兰心只是两个隐形人。第二天下午快要搬完，当我拿起一张条凳从楼上下来时看见她。

朗诵家对李兰心说：“搬家了？搬完了？”她表情平淡，让人见不到脸上有一丝血色，或许她只是路过寒暄一声。

面对唯一欢迎我们的邻居，兰心仰起脸乐呵呵地套近乎说：“是呀，这可不，好麻烦的。”兰心被重体力活憋得通红的脸很像一盆刚下的猪血，更难堪的是，滚圆的汗珠一个劲地往下掉，这是掩饰不掉的生活土气，是我们来城市的最初写照。如果这世上有两种苹果，一种叫城市苹果，还有一种叫乡村苹果的话，我和李兰心应该是杂交苹果。

上楼的时候，朗诵家帮我们搬上来一个热水瓶，老式的藤编热水瓶。水瓶本来不想要了，李兰心说要带回来，因为是我们的结婚纪念品。兰心从来不忍心扔掉属于过去的东西，哪怕它看起来猥琐，老成了一只老鼠。

这只热水瓶让我们记住了她，其实，从昨天晚上开始搬家，我和兰心就知道了。她家的阳台对着我们，所有人拉上窗帘不正眼看我们的时候，她的窗帘没拉，冷艳的日光灯逼射着吸引而来的众人目光。她家是绿绒的落地窗帘，能让人看到脚。她穿着裙子，以仰视的角度看，她非常高挑。我们搬家具每感觉到剧烈的疼痛，仰起头绝望地寻找机会时，就看到了她。我们没有注意站在我们面前的正是她。

“你们来的地方远吗？家具这么多。”她跟李兰心说话。

“呵，都是累赘，来自镇上，其实也不远。”

“哦，我住在那儿。”她指着那个阳台。

不过，我们首先是通过她的声音认识她的。前一天，她在夏天大声说话，好像在朗诵什么。搬到深夜十一点，她还在说话，好像在对口型。有时，她为了纠正自己难改的发音，总是反复朗诵，绒绿色的窗帘拉开的那条缝隙里，反复传来“鲶鱼、鲶鱼”“鲢鱼、鲢鱼”的声音……就这样，一个晚上，她在“鲶鱼”和“鲢鱼”中形成摆渡。这点让我和兰心记忆深刻。原来她也是咸家铺人啊，在咸家铺人口里，鼻音和边音总是分不清的。

听着女人的朗诵，兰心怀着对移居小城的憧憬说：“她是播音员吗？她是想考播音员吗？”

“她是朗诵家吗？王小往，你说说。我心里还是想得挺美的，说起来，我年轻的时候，有画画的天赋。”

这是一座盛产画家的小城，李兰心说的“画画”大概是她小学时的事情吧。李兰心小时候的画我见过，我敢说如果她不放弃机会，或许她能成为中国的弗里达·卡罗（墨西哥著名女画家）。结婚后，我本来想放弃摄影行业，就是当画家的念头让她支持我把摄影师做下去。

李兰心一时天真得像一个少女，不顾她只是临时小商贩了。但是，我又不好揶揄她，只好说："啊，那看来，我们搬来还真有希望。"

等到快要搬完，我和兰心想邀请她顺便去家里坐坐。大家有差不多的口音，这是"鲶鱼"和"鲢鱼"的差别带来的，我们感觉到亲切，老家似乎成为迎接我们到来的礼花。

女人拎完热水瓶，她到我们新家的门口时，就拒绝了，她说："不了，我妹妹过会儿要来，我下楼是来等她的。她从上海过来的，她不认识路。"

"上海"镇住了我们，我们都沉默了，兰心也不好意思发出邀请，兰心开始羡慕起来，肯定将她当成城市女人的模板。楼道灯底下，眼前的中年女人除了面容衰老，确实是一个精致的女人。她穿着紫色的裙装，白色的上衣，光色有毛边纸的泛白，像一朵白莲花。黑色的丝袜带来舒服的曲线，曲线往上悠长生长，在昏黄的走廊灯下透露出神秘的本色，有着蕾丝一般神秘的妩媚。从 V 形领的上衣往里看，能隐约看到的内衣边缘镶着粉色的蕾丝。观察这些，都来源于我作为一个摄影师对色彩和形象的敏感。到这儿，我克制自己不再看她了，我怕李兰心多疑。当我的余光观察李兰心时，发现她也在看。

家具总算搬完了。我真正回过神来，已是夜晚，时钟敲了整十下，饭也没吃。搬家总算结束，我有点累坏了，心里有点失落，木在那里，任凭同样疲惫的李兰心整理打扫新家。等到一切忙完，差不多十一点。对了，我才忽然发现忘了一件事情：朗诵家，她真的是咸家铺人吗？

那年我们都很忙。这座只属于画家的小城市，满城的墙画让我内心斑驳。每过一段时间，身边总有人燃放烟花爆竹，让人联想到际遇什么的。经过差不多半年，我们总算安定下来，日子过得不好也不坏，有点像一块肥皂，感觉到总有一些什么在消逝，可是又说不出来什么。

这里大概也不属于朗诵家。她总是蛰居在家。初始，我们又见过她几次面，只是相比第一次见到她的时候，房间里多了一个人，那个从“上海”来的女人。女人烫着一种蓬松的发式。最初我们搬完家的那段时间，几乎每天都在为工作忙碌，便没有认真去想朗诵家的问题。

倒是李兰心提起过。那天晚上，我们像往常一样在家，无所事事地瘫坐在半新不旧的沙发上，李兰心突然对我说，你记得对面朗诵家吗？我说，整天忙得发晕，底片都洗不完，你关心人家干吗？李兰心眼睛一亮说，嘿，我跟你说，我看见她和她妹妹了，姐妹俩来买雪莲果。我说，哦，你们还说什么了吗？李兰心说，她说有时间到我家来玩，她们是咸家铺人，真的。

其实我每天在摄影工作室发愁，初来乍到，生意和这鬼天气一个样。那几天李兰心为搬一箱凤梨扭到腰，在家休息。那姐妹俩便和李兰心再次有了交往。李兰心告诉我，朗诵家还真是以前电台里的人。每到晚上，李兰心总是动员我说，你别老磨蹭了，电台和报纸不需要摄像吗？李兰心的意思是让我找找关系，认识甚至结交一下朗诵家。大家都是咸家铺人，这就是活络的基础，虽然大家对出来几十年的咸家铺可能忘记了最初的印象，忘记稻田、麦田、翠竹，忘记石桥、木板房，可是感情好歹都在，这就像一瓶老酒，咸家铺是一瓶存放几十年的老酒。

朗诵家是我们在这里的第一个熟人。后来，李兰心为搬一箱凤梨扭到腰，便在家休息，姐妹俩和李兰心再次有了交往。夏末的一个黄昏，像粗糙的砂砾，但是天气不热。扭了腰的李兰心在单元房之间散步，她碰到姐妹俩，姐妹俩跟着她上楼来了。

那天，我在摄影工作室里像往常一样无事可忙。人家说秋天是成熟的季节，对于我来说，秋天简直就像一个黑洞，是渐渐瘪干的水蜜桃，让核心本质原形毕露。李兰心当然欢迎姐妹俩的到来，也许她们是太寂寞了。李兰心认为对于她和我这都是一个机会。

姐妹俩作为客人，第一次进我们的家门。朗诵家姐姐说："我们可以进来吗？"她没有问我们的房子是买的还是租的。妹妹探头在打量我们的家，看到一个印着"贾宝玉和林黛玉"图案的白色门帘，她说："呀，我在美国的时候，也是挂这种门帘呀，你知道，我姐把它寄过去有多麻烦。"

妹妹骨子里是活泼的，现在，姐妹俩倒像成了真正相依为命的亲人。待从上海来的妹妹说完"美国"了，李兰心如迎宾客，连忙迎接她俩走进家中，然后就去拿干果。

朗诵家和她的妹妹坐在沙发上，动作动柔，见李兰心将瓜子、花生、糖果铺了一桌子，朗诵家说："我不吃这些的，我这里——"她用手指指了指自己的嗓子，又说，"不过，她可以吃。"

兰心觉得她愿意谈谈就是好事，还在乎一点零食吗？她说："那我给您去倒一杯茶。"

朗诵家说："没必要了，我们就坐坐，不用客气。"

这天，朗诵家是有事来找李兰心，她想了解家乡近况。我们搬家的时候，她从口音认出我们正是咸家铺人，她说："妹妹从上海回来，正要到老家去看看，我们姐妹都是在那儿长大的。我们的爸爸是上海支援三线的知青，妈妈是当地人。我们家在城市的东面，那座大桥那面。啊，那时大桥还没修建啊。我们父母就是那时候离的婚，他们拖得很久。这都好几十年前的事情了。就这样，家各一方，直到妹妹前些天从上海过来。我们是想跟你探探路，她说要回去一下，你能跟我说一下对老家的印象吗？"

原来如此。李兰心"哦"了一声，作为一个杂交居民，刚才她还心虚着，她说："真要回去吗？"

沉默的妹妹听姐姐说话。她的脸没有姐姐那般衰老，是姐姐面容的年轻版，也没有像姐姐一样始终手里握着手帕。她是一个优雅的女人，坐在沙发上，双腿并排，呈"之"字形地坐着，手放在膝盖上，她很年轻，她的烫发让她略带几分沧桑。这时，她说："是的。是要回去看一看了，我是给我妈扫墓。我姐身体也不好，回去就我一个人。"

李兰心大大咧咧地说："嗨，回去也没什么，与这里差不多，看与不看，就在那儿，也没什么好看的。"

妹妹继续说话了，声音低沉："我要回去看的，我要离。"

她脸色白得像白玉兰。上海来的妹妹说"离"，被李兰心灵敏的耳朵迅速捕捉到，凭一个女人的敏感，她马上想到了什么。她似乎已经知道在妹妹身上所发生的事情，就好像知道了另一个女人的一切——她的前半生。"美国"的优越已经消除了一半，或许对面的女人只是一个普通的上海女人。

李兰心仔细地听着。她坐在我们从镇上搬来的旧木凳上，双手平放，有点浑身不自在的样子。李兰心知道自己不该说什么，面对和我们同样年纪的上海女人，她以柔和的口吻告诉她们乘车路线。

“从市车站坐十一路，一块钱，大概要坐一个多小时，就到咸家镇。到镇上，可能还要等车，等上半个多小时才有去村里的车，前后七十里。路是远点，风景还是挺美的。老的房子是木板房，还有马灯呢，还有洋火（火柴）。现在那里的老年人，七老八十的都还在叫洋火呢，还有洋盆。”

“哦，还真没变，镇里烧煤气了吧。”当李兰心说到这，作为姐姐的朗诵家发话了。她说：“我在家乡待到十岁，然后跟我妈妈来到了这里。到电台工作后太忙，我差不多三十年没回去过村里。但镇上倒是去过的。”

“是啊，你说三十年变化多大啊。现在，大家都是城市人了，倒都还好。以前住在镇上的时候，买菜都不方便，天寒地冻的时候，能上哪去呢？其实就是风景好点。”

李兰心念念叨叨地说，姐妹再没有说什么了。她俩大概沉默了五分钟，然后姐姐说：“我们要走了，过几天再过来聊聊，好吗？谢谢。”她隆重地说了声谢谢，拘谨的妹妹也紧跟着说了声：“谢谢。”她们那么客气，以至于让李兰心觉得她们就像外国人，让她看到了城市人的见外心理。姐妹俩的到来，让李兰心大概知道了新的情况。看来，她们是一对伤心的姐妹。

姐妹俩的故事在继续。后来，我知道了妹妹的工作。她是舞蹈家，跳一种陌生的舞蹈。“听说不是芭蕾舞，是那种旋转舞，啧啧，你看看，电视上有，你说是吗？”李兰心问我。我们正在阳台上乘凉，榆树上单调的蝉声总是让人疲倦，睡意伴随着起伏的丘陵，和绿色的油菜杆儿一起侵入城市。我们住在单元楼外围的一间房子里。听到妹妹的事情，能想象出兰心的表情有多么复杂。从知道姐姐朗诵家，到触摸妹妹舞蹈家的生活——她们的生活莫非只是如此吗？我们感觉到悲伤，又有点卑鄙的自鸣得意。

作为舞蹈家的妹妹果然去了乡下。李兰心对我说："哎呀，她不是舞蹈家吗？当天可是哭着回来的。"舞蹈家已经去祭拜过母亲的坟墓，她母亲去世后，安葬在老家。等到妹妹从乡下回来，她们又跟李兰心来往了几次。李兰心在她的水果摊子上，总是能听到姐姐朗诵家和妹妹舞蹈家零碎地说一些往事。

夏天的某些时候，当我在厨房洗菜炒菜，上卫生间解手和洗衣服，从窗子里都会注意到对面朗诵家的家。偶尔会看到这两个身材相似的女人，啊，还有她们灵巧的脚，它们就像玩具一样。

作为舞蹈家的妹妹几乎与我们同时来到小城。朗诵家每天夜晚必备的功课，除了朗诵果戈理的《钦差大臣》，就是朗诵托尔斯泰的《复活》。朗诵家喜欢俄国作品，周末的时候，她们有时播放的音乐应该是圆舞曲，难道是《胡桃夹子》吗？这曲子我以前是听说过的，柴可夫斯基的作品，在新年音乐会里演奏过。

"她放的是《胡桃夹子》，她好像跟我说起过。她还说要送我一张唱片作为礼物，我记得，我没要，就是这样。你说卖水果的，要它干吗？"李兰心对我这样说，她后面的话一语双关，含着额外的用意。

朗诵家和她的妹妹并不跟其他邻居往来，比起我和李兰心，她们好像更不属于这里。我和李兰心倒成了特例，依旧和她们有着来往。来往的方式是姐妹俩经常光顾李兰心的水果摊。姐妹俩喜欢买些水果回家，如柑橘、柚子、香蕉什么的。不过，她们再也没有来过我家里。

我除了从李兰心那里知道朗诵家身体不好，还从其他地方得到过她的信息。小城里的事，一些上年纪的男人记得特别清晰。

原来朗诵家很有知名度，男人们都知道她。例如，当我说“我有一个老乡，她以前在电台工作”时，一个同是摄影师的朋友说：“她离婚了吧，呵呵。”随后，朋友便对我说起他了解的朗诵家。

“她现在跟我一起住单元楼呢。”

“啊，那么，她在单元楼的独居生活超过十年了吧？”

也就是从这位朋友那里，我清楚了朗诵家的一些过往：人们刚走出大锅饭集体时代时，市里举行过一次选美比赛，她荣获小城“市花”称号。朗诵家从文学青年一跃成为“市花”，这个荣誉让她成了电台主持人。原来她曾经是万人迷啊。

“如果她不离婚，如果她不爱那书，兴许命就更好了。”这位来自摄影圈的朋友说，“你知道她以前有多美、有多少男人吗？”

原来，朗诵家和妹妹一样，同样是离婚的女人。有一天，我从厨房窗口意外地捕捉到新的信息——在对面窗口出现了粗壮的牛仔裤裤筒的身影。那是一个男人。他不是水管工，也不是空调安装工，我看到他打开柜子的抽屉，拿起一个金属片状的东西。后来，他一个转身去屋外的楼梯了，而他下楼的瞬间生硬地嵌入我的脑海。

晚上，朗诵家没有朗诵，作为舞蹈家的妹妹也没有放唱片。

第二天我无事可做，从楼上下来时，心里莫名有一丝侥幸，想会不会碰见这个男人。然而，我只是看到了朗诵家。她朝我笑了一下，说：“要出门啊？”我不知如何回答：“啊，你去买菜？”她刚好提了一颗包菜，左手拿着钱夹，还拎着一瓶酒，一副刚从菜市场回来的样子。

她和李兰心熟，也便当我是熟人，她解释道：“我腌东西。我妹妹一直喜欢吃些腌菜。”

这次过后大概一个月，我又意外地捕捉到一点关于朗诵家的音信。这来源于我不辞辛苦的探听。有一天，电台要拍一部宣传片，摄影朋友找上我，让我上电台一趟。在电台的办公室等待时，我看到一张表格上写着“主持人李心怡，离休”。自从知道朗诵家曾经是电台的主持人后，任何主持人的名字都自然让我联想到朗诵家。

回到家后，我跟李兰心说：“我总是想起什么，听说，朗诵家前夫以前是电台的策划和导演。”

李兰心问：“你见过？”

“你还不知道她的名字吧？她叫李心怡，离休两年，电台有公布，应该不会错的。”我说。知道名字有什么呢？只是探究姐妹俩的生活秘密，似乎也成了李兰心生活的一部分。接近姐妹俩后，她已经将朗诵家和她的妹妹——那个具有多重可疑身份的女人，视为与我们平等并且可以观察的对象。

这代表着李兰心对生活的焦虑——对生活中缺少机会和希望的焦虑。后来，我们反复看着一个移动的黑点。那是一只黑色的乌鸦。乌鸦在单元楼的屋顶和小丘地的麦田、花地里盘旋，飞跃城市的时候，发出凄惨的啼叫声，消失在荒芜的树林里。

这是最为平静的日子，是夏季的中期，小区里人最少的时候。有些冷清，每天的气氛都像鬼节就要到来。姐妹俩的生活像摊放在放大镜下，显得尤为清晰。

李兰心说：“那你说说，她是什么病？”

我说：“我问了，人家说她鼻咽癌二期，做过化疗。你也知道，得那病差不多就是废人，还能怎么样？”

李兰心毫不甘心：“那还有她妹妹呢。”

我用目光暗示她寻找飞越而去的乌鸦，乌鸦像鬼魅一样，带来的是飘浮不定的日子。我说：“那还能怎样？人家的生活是人家的。我们只看到好的一面吧。再说，你们不是经常联系吗？”李兰心准备睡觉，她叹息地说：“或许，不应该这样子生活。”

夏天过后，李兰心更忙了，她努力为前途着想，经历了一些不切实际的希冀与幻想后，开始正式迎战小城里的一切。我和李兰心再也没有和朗诵家、舞蹈家联系过，当然姐妹俩依旧在我的视野里。

冬天很快就来了，冬天好像一辆火车，还是一辆老式蒸汽式火车，不断地把雪花喷向小区单元楼。冬天多雪，漫天飞舞，瞬间盈满眼眶，让人麻木，睡意绵绵。

第三场雪到来的那天早晨，李兰心催我起床，李兰心站在窗口说：“哎，小区来了救护车，雪真大啊，连车轱辘都让雪没了。”这辆车是被雪送走的。

几天后李兰心看到了妹妹。妹妹打扮朴素，提着白色的饭盒。一看她提饭盒，李兰心就问：“呀，你干吗去？”妹妹说：“我给姐姐送饭，她住院了。”“呀，那多严重啊。”李兰心说。

原来是这样，难怪再也没听见念“鲶鱼”和“鲢鱼”的声音了。

那几天，只有妹妹一个人去李兰心那儿买水果。在李兰心的心里，我们和她们姐妹俩是同乡人，如果同乡人算亲戚的话，那就是远亲了。所以整体来说，我们和姐妹俩交往的频率并不高。这俨然是知识分子之间打交道的方式，毕竟她们一个是朗诵家，另一个是舞蹈家。

那一阵，我的压力空前增大，我喜欢上了喝酒，家也很少回，整天醉得双眼通红，像一头野兽，连拍照片的手也是抖的。可是，正是因为手抖让我的摄影作品出现昏晕的色彩效果，出现了难得的奇迹。我拍出了不少好的片子，竟然入选国内的一些大型摄影展了。

不到半年时间，我总算打开一条出路，认识了不少业内朋友，聚会比以往陡增。见到我的“成绩”，作为高中毕业生的李兰心也不好说什么，在一定程度上，她的容忍纵容了我的嗜酒。

就在那段时期，我从朋友那儿听到朗诵家的消息。

还是那位摄影同仁，叫我和一些所谓的朋友喝酒，大家在醉酒的情况下，讨论起烟花柳巷。

这一次的主角竟然是朗诵家。

“我小时候就见过她。其实，大家都住在贫民区。我们见过她妈。那时，她很美。她妈也很美。”

“她很狂的，也不搭理我们。你说男人和女人求什么啊？你说她现在去了哪儿？”

“听说她病了，她以前的男人，我们都见过的，电视台的导演，其实就是风流种子，她怎么会看上他呢？莫非是想上电视？没想到她会离婚，听说她妈也是这样上位的。”

“其实就是乡下人，最初她和她妈来的时候，就是乡下人，只是喜欢读书的乡下人罢了。”

“你说，女人这样求啥？我们同样是拍片的艺术家，我们真想不清。你说她求啥，我看她真病了，病得不轻。”

“病了，我在医院看到过她。真病了。我们也认得她。”

这时该轮到我说话了，可是我不能透露她是我的邻居。在这群艺术家面前，任何道德、修养、素质，都在酒精的作用下归零。眼下能说什么呢？继续喝酒吧。最后有一个人在酩酊大醉的情况下说：“对，喝酒后，我就是艺术家。她妹妹来了？我们从来不知道，她还有一个妹妹。”

回来后，我才认识到犯了过错，和一批粗俗的“艺术家”在一起，感觉像蜕掉蛇皮一样，大家成了一条条赤裸裸的蛇。我决定择机去看望朗诵家。

我神奇般出现在朗诵家住院的市人民医院，因为知道朗诵家的名字，找到她很快。

她躺在病床上。妹妹不在。她戴着白色头套，像一片覆盖着的雪。除了脸，她全身其他地方也都是白的。看到我的时候，她眼睛一亮地说：“你好啊，你找我？”

我笑了笑，把水果篮放在她的床边柜子上。我说：“是的，好一点了吗？哦，你妹妹不在啊。”

“是的，她去上海了，她在那儿有一点事。”

“她还会回来吗？”

“不知道。其实，她也挺累的。她回去离婚了。”说到这儿，她神色黯淡了，然后继续说她妹妹，“她来我这里，其实挺拖累她的，我很不好意思。她坐飞机回去的，连一件棉衣也没带，唉，回去也好，只是回去的不是时候。听说你在忙摄影？”

“是啊，我每天也就是忙这些，一直寻找机会，也得到了一些机会，拍的片子刚得了个奖，也就这样了。知道你身体不好，我顺便来看看你。”说到这儿，我才意识到说了谎。是的，我说了谎。

“对于我来说，就是这样。如果我身体好点，也许什么都会更好一点。”

我还是将朗诵家的现状告诉了李兰心。自从去医院看过她后，她的病让我揪心。不过，李兰心听后，倒是满不在乎。

后来朗诵家回家了。她请我带着李兰心去一下她家，请我们帮她搬一些书什么的。她说愿意付给我双倍的报酬，而且要当着我的面，送一件礼物给李兰心。

对于朗诵家说的“礼物”，李兰心依旧很冷淡。她历来忌讳去一个病人的家里，按老家的习俗，这是万万不可的。不过，冷漠归冷漠，李兰心还是同意我去她家里看看。

我是第一次去朗诵家的家。

朗诵家在门口等我，她依旧戴着头套，容貌显得更衰老了些。我对她笑一下，跟她一起走进房间，她说想把卧室的书搬一部分到客厅，然后卖掉一些，就是这样，请其他人很不方便。

天啊，她家里满是书，卧室里也是，我从来没有见过这么多书。我去卧室搬书的时候，看到一本布尔加科夫的小说，书名让我印象深刻——《狗心》。我们同是“艺术家”，我感觉到莫大的惋惜。

搬完书后，我不由想抽一根烟，不过，她的病让我充满顾忌。我笑道：“能允许我抽一根烟吗？烟瘾犯了，艺术家都好这个。”

“抽吧，没事，反正我也死不了，就这样了。”朗诵家反而大方地说。“幸好我妹妹不在。”她还幽默了一下。

我抽烟的时候，回过头去，看到卧室里有一面偌大的照片墙，上面有她的妹妹。我确实好几个月没有看到舞蹈家了。

我也看到了她们母亲的照片。一张彩色的照片，姐妹俩都刚刚成年，十八九岁的样子，都剪了刘海，落落大方，旁边的母亲是一位同样美丽的女人，剪了一头飘逸的短发。她身穿筒裙，气质迷人。合影的背景是咸家铺旁边的小河，河岸到处布满粗大的鹅卵石，光影让背景略有几分光怪陆离，很像《百年孤独》里描写的荒芜而充满神秘感的村庄马孔多。

朗诵家叫我帮忙，帮她卸掉照片墙上的照片。我忙了很久，总算捣鼓完，她的房间干净了。当我在她身旁坐下来，她拿来一个盒子，盒子里是一件羊毛背心。她说是一件外国货：“我妹妹去美国访问，带回来送给我的。我把它送给李兰心吧。反正我是再也用不上了。我一直想去一趟俄罗斯……但去不了了，唉。”

“哦，你说鲢鱼和鲶鱼，难道有关文学？有关俄罗斯？”这些事儿忽然让我记起我也是艺术家，带有强烈历史使命的艺术家。

“鲶鱼，鲢鱼，你知道我为什么念鲶鱼为鲢鱼吗？鲢鱼，我小时候在乡下吃过很多。我妹妹在上海，电话里她总说吃鲶鱼很多。”

“是啊，我也只记得鲢鱼，那时真的很多，我们拿着马灯去叉鱼。鱼见着光，一动不动，鱼多傻啊，可都是鲢鱼……”

“好几年前，我妹妹从美国回来，就说来陪我，其实她身体也不好，又受打击……医生说我骨质疏松，不能乱跑，否则要坐轮椅。”

“哦，是吧。”

过了几天，我把背心交给李兰心的时候，李兰心倒是又说起姐妹俩。

我想起朗诵家家里的场景，开始默默地吸起烟来，重新看着阳台。啊，秋天又要来了，远处的绿色一点点坠落，变为墨绿，它们终有一天会变为黄色的土地，和这沉默的本色一样。

李兰心把双腿压在茶几上，她一个劲地叹息：“她真的离婚了，看起来脸色很不好。还有她姐姐……哎。”

原来，朗诵家的妹妹去李兰心那儿买水果了，看来妹妹从上海回来了。离婚对于舞蹈家来说，肯定是一个不好的消息，对于李兰心来说，也谈不上是好事。可是我又不能在她面前说什么。

现在，李兰心从仰慕变为平淡的叹息了。这是平等的叹息啊。

朗诵家的人生轨迹就是这样，一棵镶嵌了各种宝石的病树，最终成为小城郊区山丘上的一棵平淡的梧桐；她的妹妹像是沉默的钢琴，这架钢琴带有不可预测的神秘性，然而，终究有一个爆发点。

朗诵家的妹妹，也就是从上海回来的舞蹈家又出现在我们面前。她更为憔悴了，更不爱说话了。她们很少出门，不去李兰心的水果摊和她见面，更别说买水果了。我在窗子里也很少见到她们，那扇具有梦幻色彩的窗帘早已拉上，她们的阳台和房间里的生活关得严严实实。姐妹的生活变得像模糊的皮影戏。

忽然有一天，他们屋里传来声音，有人又开始朗诵。

那种像哭泣的高调，我确信不属于朗诵家。朗诵家的声音温和，带有乐观和回溯时间的温和。肯定是她的妹妹舞蹈家：

他们讲各种故事。顺便谈起村长的妻子玛芙拉：她身体健康，人也不笨，就是一辈子没有出过自家的村子，也从未见过城市和铁路，近十年来依旧整天坐在炉灶旁，只是夜间才出门上街。

再有，就是：

一个月以后，别里科夫死了。我们大家，也就是两所中学和一所宗教学校的人全都去送葬。现在，他躺在棺材里，表情是温和的，愉快的，甚至是兴高采烈的，仿佛他在庆幸自己终于被装进了套子里，并且永远不再出来。

比起姐姐，舞蹈家的声音要高八度，在寂静的夜晚，在没有狗吠的小城，看不见的她发出的声音像一枚枚铁钉，更像一次高调的控诉，在大家的沉默和睡眠中，尤为突出，更为不可思议。

结尾，她说："阿门！"

继"阿门"后，她总是咳嗽。

后来有一次，妹妹舞蹈家的朗诵和咳嗽终于吵醒了李兰心。

李兰心从床上坐起，烦心地说："你说她朗诵什么？"

我一直没有睡着，仔细聆听着窗外清晰的女声。听到李兰心说话，我道："替她姐姐回忆过去吧。"

李兰心起床了，她去客厅喝水。看她起床，我也开始起床，准备吸一支烟。李兰心回到床上的时候，愤怒地说："无知！白痴！"

听到李兰心这样说她们，于是我说："你不能这样说话。"

"我说了又怎样？你说这样能带来什么？"李兰心通红的眼睛看着我，她终于控制不住自己的情绪，"让我不能睡觉。"

那一夜，李兰心彻底无眠，浮想联翩，她是对于我们的选择彻底后悔了。后悔的对象中肯定包含朗诵家和舞蹈家。她已经完全忘记曾经和姐妹俩的交往，忽略了她们是水果摊位的顾客。这成为李兰心情绪的一次总爆发。她对姐妹从希望转变为愤怒，她的焦点已经完全转移。

我安慰她说："你再回去看看那只乌鸦好了。"

单元楼外，绵延的小山丘上，河流的交际地带，确实有鸟类出现。深夜，在模糊不清的只有雷电偶尔经过的黑暗中，可能有鹬鸟、白鹭。它们作为战栗的鸟类，染着一身白色的羽毛，像木炭燃尽后，终于带来一丝坠落的白光，不断地在人类居住的边缘出现。没有乌鸦，只有亮点。我们的世界只有坠落的亮点。

“我不想成为乌鸦。”

“总会成为乌鸦的。”

“我不想这样，谁也不想。”

“人总会这样的。”

……

继这次妹妹代替姐姐朗诵家朗诵，我和李兰心说完话后，过去好几天，李兰心都没有跟我说话。我更是很少回家，我们差不多闹到要分居的地步。

在以前居住的小镇上，这样的生活从来没有过。我们本来是抱着希望从镇上来到城市的。

这几乎是李兰心对我的情绪总爆发。我蓦然发现，我们的生活其实一直随朗诵家和舞蹈家而改变。那些天，我想起姐妹俩的生活，同时也感觉到一丝人生的破灭。我仍然只能没日没夜地喝酒，还是跟那群所谓的艺术家，所谓的志同道合的猪朋狗友。

作为男人，我和同样是艺术家的姐妹俩太不同了。

我开始把我新拍的片子命名为“战栗”系列，我用战栗手法拍了一系列作品。那些天，李兰心从水果摊位回来，总是带着恼怒的情绪。待她酣然入睡后，我轻手轻脚地出现在黑暗里，打开相机，咔嚓咔嚓，用一系列手法拍对面屋子中的女人——那个开始骨瘦如柴的女人，也拍妹妹——那个曾经婀娜多姿但日渐憔悴的女人。两个女人都在黑暗的对岸，在绿绒的窗帘背后，她们成为一幅可以创作的背景，她们用声音和脆弱的旋转姿势，给我的镜头画上一个像是坠落光点的符号——一个大大的问号。

确实是问号。在相同的时间维度上、在时间的转盘上，发生着同质性的改变。虽然她们是姐妹，虽然她们前半生的生活完全不一样。

她们还改变了我。这算是我对举目无亲的城市的一种报复吗？

真没想到，因为我的隐秘观察，因为我的喝酒技术，我的照片意外获得了国外的摄影奖。

摄影圈里，这几年已经有“艺术家”相继出事，不是发生车祸，就是转行破产，还有触犯法律。这一切渐渐令我开始绝望，出于对李兰心的逃避，我把奖金都花费在了和同是艺术家的猪朋狗友的聚会上。自从来到小城，我的情绪也像得到引爆。我们作为艺术家只有重新回去找同类的人，对于追寻进步和自由的阶梯这一点来说，哪怕都是堕落者也无妨。我们别无去处，于是大家更无所顾忌。

又一次聚会，大家又谈起传说中的女人——朗诵家。朗诵家在落魄的艺术家眼里有说不完的话题。她是漂亮的女人、与众不同的女人，谈起朗诵家和她的妹妹舞蹈家是命中注定的话题。

“艺术家？你真拍她们？唉，女人。其实大家都一样的脆弱。”

“艺术家，你认不认为大家都是女人？”

获奖后，他们开始叫我“艺术家”了。

“你说她还活着？她是大家追过的女人。没想到你成为我们中间最伟大的艺术家了。”

“见鬼了！世界真是不可理喻。”

“用她以前电台里朗诵的句子：命运毁坏幸运的人。哈，命运毁坏幸运的人，毁坏的是我，不是她，也不是你，混蛋！”

“是不？”

“你问我？你应该问问那些追求过的女人！”

“哈哈，朗诵家，大摄影家，她妹妹，现在大家也都知道。其实，男人和女人是一样的人，一样的命运……她妹妹也是一个人。”

“你说，她‘阿门’什么呢？”

……

艺术家们要我这个“获奖者”做总结，我握着啤酒瓶，吸一口烟，悠悠地说：“在别人身上，只能看到我们自己。”

舞蹈家的咏叹调激烈持续，直到我家的风波近于尾声。李兰心决定搬回镇上去，我们的孩子在镇中学上初二，李兰心以孩子上学为由，说要回去。冬天，李兰心真的回去了，她的水果摊也就关门大吉了。她直到回镇了才打电话告诉我这事。她稍安慰我几句说：“等春天再看吧，看看吧。”

同时，她抛给我一个问题。她说：“我们来到城市，到底改变了什么？”

这竟然让我答不出。看来，梦想在李兰心的心里彻底破产。继她决定不想当城市“乌鸦”后，我每周回镇上看她一次。冬天过去，李兰心还是坚持己见，以冰封的河流为例：“这最少能让我的思维冷冻，也不用被邻居们的噪音打扰。”

我像所有平凡的人一样不准备争辩。不过，李兰心作为一个小商贩能说出这样的话，倒让我刮目相看。

那段时间，我除了接单拍片、继续拍摄“战栗”系列，就是去找摄影界的朋友喝酒吃饭。谈论的问题从艺术家演变为宗教和技术手法，同时我异常害怕听到不好的消息。

我的独居生活像朗诵家和舞蹈家在我们楼对面的生活一样平淡无奇，这样的日子整整持续了一个年头。持续到第二年的时候，我再也拗不过李兰心，她用家庭实际情况和女人的优势打败了我。当我决定关闭摄影工作室，重新回去和李兰心一起生活的时候，冬天又来到了。

这年冬天与以往一样，腊月乍一开始，这个北纬三十度的小城便下起大雪，下了三天三夜。这么冷的天，当我准备深夜离开这里回到镇上时，我又碰到了姐姐朗诵家。

坐在轮椅上的朗诵家，她在几棵盖满雪的玉兰树的中间。在月光和雪的倾泻里。她身后不再是她的妹妹，而是一个陌生的男人。这是一个陌生得让我感到熟悉的男人，熟悉得让我想起朗诵家曾经度过的所有日子。男人戴黑色的墨镜，头发油亮后拢，面目不清。他五十来岁，穿着条纹裤，像一个有音乐气质的男人。

看他们的样子或许刚从医院出来，或许他们正好在雪地里的月光底下散步。我看到他们的时候，朗诵家用手帕揩拭眼泪，准确地说她在啜泣。

见到我，朗诵家抬起头友好地说："你好，天气冷呵。"

我本来没准备叫她。我问道："是啊，好久不见，身体保持得怎样？"

她身后的男人像沉默的冰山忽然开口："身体保持得马马虎虎，就是不能再开口多说话。"

我说："哦。"

"其实挺好的。李兰心呢？"

"我不知道，我可能今天晚上回镇里去。你妹妹呢。"

"你问我妹妹……"她眼眶里有些泪珠。她是一个不易表露情绪的女人，可能她的泪珠只是偶尔闪现。后面戴墨镜的男人没有看到她的眼泪："别说了，我们上楼吧，心怡。"

"她在住院，她身体不好。"她偏要说："谁也没想到会这样。"

“真不信啊。”

“我妹妹那么要强，她和我一样。”

“哦。那么……”

“在抢救，也许今天就回来。”她终于哭出声，“也许……”

她哭得很剧烈，让单元楼周边的雪都发生了一些松动。男人又开始说话：“别说话了，我们上楼吧。”

我“哦”了一声，看着他们融入雪里。

“朋友，人就是这样，你要好好过。”

这是朗诵家留下的话。我本来想再多问问她妹妹舞蹈家的情况，但他们已经走开了。她的轮椅平滑地离我而去，好像要前往遥远的月球。

不久后，她的房间便亮起灯光，随后响起音乐。雪花从单元楼周围一直飘到城市之外。我们的命运原来和姐妹俩绑定在一起，想到这点，我突然失去了力量。那一瞬间，我坐倒在雪地上。我号啕大哭起来。

家丁

看着自己的影子在台阶上像猫一样斜着，我觉得很好笑，恨不得过去给它一拳。我在等一个女人。她叫我站在台阶上等，其他哪儿也不行。我心里别别扭扭，可还真点了头。天空正飘一些雪沫子，很碎，哈一口气吹过去，当空就融了。我一面骂着这鬼天气，一面在心里数落着这女人，这个叫张玫的女人。时间将近六点半，雪很快将这街道盖了个遍，往几十米开外的电车站月台上一望，我进了酒吧。

又回忆了一遍平安夜在旅馆里，我对自己站在雪地傻傻地等她两个多小时而感到好笑，有戏剧性。此时我想报复，报复一下自己，还想发泄。我要了些日式清酒，颇为不爽的是，又不自觉地坐回了那天坐过的那张咖啡色小座椅，好像真怀了感情。坐就坐吧。一杯杯入肚，奇怪！这些洋货平时比啤酒度数高不到哪儿去，今天呛得像酒精。喝到第三杯，灯光璀璨的写字楼和近处这条压得很低的唐人街就开始晃动。满眼耀星子，我心里数喝到四我就走，绝不多喝一盏，抬起高脚杯，在桌布上玩了个旋螺，四还没舍得喝下去，嘿嘿，她却来了。

没想到她来得这么晚，按计划本来是要带她去参观半猫的，恐怕今天不行了。一边想，一边抬眼看她，我相信此时我对她的表情已是少许意外而不是欣喜。她嘴角也从左边微微张开一半，对我的状态感到诧异。

我朝对面那张蓝色的小座椅一指，说坐，她就坐，包放下，没说话，还是像那天，手指在桌上像乐师弹钢琴似的很轻巧地敲。

她敲，我的心里挺烦的，拿起杯子我还在一杯杯地喝，嘴上倒想揶揄几句，我说你们医学院真忙呀。

她说“嗯”，嘴里没出声，声音像是从胸口里沉闷地退出来的，受委屈了一样。我还想来至少一杯。她站起，朝外挥挥手，示意叫我走。

我说，去哪儿？

她去看白花花的街道。我看见你车子了。去工作室啊。

我心里直笑，这娘们眼神还挺尖的啊。

刷卡付账，就和她一起往门口走，走到黄黄的柏木门口，酒精的威力上来了，我左腿往下一跄。却没有继续跄下去——她提包的左手提拎了我。下雪，滑？她问。我摇头，心里笑，刚才感觉是和她又亲密了一回啊。看来这娘们还不知道我喝醉了。那天平安夜，就在这酒吧，她可是眼睁睁地看我喝完橱柜里的一瓶白酒，那天其实她也醉了，当即我还向她吹嘘我老家可是远近闻名的酿酒之乡。

是去我的工作室，正经点也叫画室。我把我的画室叫半猫。有两个半猫，大半猫在国内，小半猫啊就坐落在日本荒川区的最东北，可偏呀。大前年，从新宿区的大学外国人宿舍搬来的，我又不是大富豪，人民币换日元亏得很，秋叶原卖电器的老四说荒川区的房租全东京最低，就搬来了，我干脆给它取名半猫。当时我一直没想清楚回不回国。学校里几个中国同事闹哄哄的，我在半猫就为图清静嘛，艺术就是图个清静。

我问她，还真去，就不怕？

这个女人的手指敲着我廉价的巴宁牌车子松软软的塑胶体，手指甲嵌了进去，她说起来理直气壮，我坐电车回来。

车外的雪稀里哗啦。整个东京的电车网就像动物的血管，通了电一样通体荧光，终日不息。我心里失落，但嘴上却说，你可以住一晚，我回新宿，你回来时，去美学部把钥匙交给我就行了，没事。

这时我才看到她笑两下，咯咯像鸽子叫，很清爽。

到达半猫已将近晚上八点半。半猫在一座小山岗上，日式三厅，一楼是画室，二楼呈锥形似瞭望台，车库则在岗下。半猫之前是一家去美国旅居的当地人居室，他家的女儿和我是同事，但我也花了四十万日元才合租了下来。半猫生活设施齐全，二楼可瞭望荒川全区，因此住半猫绝对幸福。两年来我不止把它当画室，还当卧室，每个礼拜，往返新宿两次，有时三次。不像其他女人那么直截了当，这个女人是来欣赏我画作的。我已经对她说过我刚在荒川区美术馆举办了一场作品展览会，三个月前。“好极了！”我一说，她双眼立马感觉好像是从玻璃后钻出来的一样，而不顾我正压在她身上。我一个男人对一个女人说着成就，充满了诱惑。其实我正愁的就是这些画，还没有一个收藏家打探过，这可是我数年的心血啊！心血挂在半猫的墙上，连鬼都不来打探一眼。

开始看画。我给她削了个苹果。她看画时，我时不时看她，是偷看，偷看她的胸脯像沙漠沙丘在微微起伏。刚才，她和我爬山岗的石阶梯来的时候，她一直说累，可一进屋，她就开始看画。我把屋内的光线打得很淡，这样能增加画的魅力。她偏头却反对，能不能再开亮一点？我说，有危机感？她没说话，而是把包丢在地板的草埔上，我挑衅地把所有灯都打开，她反头又来看我，眼睛里就像燃了两根蜡烛，她说，太亮了。我哈哈大笑。

她咬着苹果继续欣赏墙壁上的那些画，中国画，油画，模仿型的细密画，高棉画，杂七杂八，总的来说，是我作为男人引以为自豪的。不过，除了它们能证明我是一个好男人外，在半猫，其他就不敢恭维了。照我妈的话说我的生活不干净，总之，邋遢。就在一个月前，美国人打阿富汗，我还吸引了一个模特来半猫，她说很钦佩我。在正式的社交场所，我巧妙地说出了英文单词“Bed”。她本来不答应，后来还是答应了。因为我说半猫有魅力，像男人一样。

这个女人却和之前来过的女人都有所不同，我想趁她的视线继续粘在墙上时，把半猫收拾一下，一旦她的视线从墙上掉下来，那我将非常难堪——隐蔽的角落处，柚木画架上挂了一条内裤，我得先把它钩下来，是那次来过夜的女模特留下的，她在这里足足留了一晚，后来我想了很久，才想明白原来她以为我很有钱才跟我上床的，可当我跟她说了实况，她就悄无声息地溜走了，当初我还恨恨地想，她居然还给我留了个静物。厨房的草蒲上摆着几个聚乙烯饭盒，里面干焦的饭粒就像被我折磨将死的牢囚，我也把它们一一拎了起来，全部收拾干净。今年，我发现我和女人交往有所加剧，这大概得益于母亲加紧了催婚的步伐。

收拾垃圾时，这个女人一直在感叹什么北斋北斋。

我当然明白她说的是谁，近代一名画家。可我心里却说荒唐。不过，她说“北斋”，又可确信她懂画，至少了解一些名家。

可我没兴趣。我一边听着她嘴里叽里呱啦，一边捡床脚那堆黄黄的卫生纸球，捡完了，想着她把我的半猫也应该看够了，去厨房倒了两杯牛奶。灯全打亮，这女人看我端两杯一红一绿不同颜色杯子的牛奶出来，她扑哧一声笑，笑完了去看她自己的脚跟。我把牛奶杯放案上，她才抬头说没事。喝牛奶时，她向我解释，因为她看到了世仓铁平。从世仓铁平的画可以看出来，他其实是一个很温柔的男人。这一句差点让我被牛奶呛翻，我说，有这样的吗？当然还是在心里。

我出生在南方的一座小城市，而不是松花江边的黑龙江。说实话，之前我并不认识她。她只是我来日本认识的第六个中国人，我朋友的朋友她妹而已，也就是说平安夜之前，她只和我那位在秋叶原卖电器的朋友——我认识的第四个中国人有联系。我母亲加紧催婚步伐的那些日子，这个老四也给我发来了短信，嗨，给你介绍一个尤物吧。无聊之极，我才在平安夜和她见了面。我是迫不得已。这不得不再次提及我的母亲，她甚至开始越俎代庖，亲自操刀张罗起我的亲事了。

说实话，第一眼我就认定这个女人有点神经质。例如刚才，我给她讲高棉画，我手臂抬一下，她去看墙壁上她的影子，她的影子显示我和她贴一起，她赶紧往逃逸的方向倾斜。这简直是相当青涩青苹果的那种嘛，不过，这也让我从心里把她与汽车展、歌舞厅里的那些女人甄别开。但从体态上可以看出，她已不再年轻。她柳眉薄唇，可岁月这东西它雕磨过的谁也掩饰不了，刁钻的人一眼就能看穿，例如说她那个敲手指。她的眼睛很平静地看对面的男人，这就很大气，具备一个完整女人的气质，就像钻石般完美，只是被打磨过。她说她叫张玫。这倒让我有点恍惚，十年前，我就认识一个名字里也带“玫”的女孩，她嘴巴里那点酸酸的椰果汁味至今还残留在我嘴里。可也称不上恋爱。接着，她说她出生于黑龙江。我点头，这我信了，看她气质就知道。

她自我介绍，她的自我介绍是在大学的林荫道和我一边走一边完成的，就是在平安夜那天下午。她说她是跟她的哥哥来的，她哥住新宿河田。她哥不让她工作，让她继续待在医学学校。她哥哥是一家销售业绩颇佳的出版社的代理商，换句话说很懂得人生博弈，签约过全日本最好的小说，如畅销书《奇袭》。当时我脑海里就打转，人家的小说他也拿？说到小说，她问我，你看吗？我摇摇头，说太酸。说着说着，空空的林荫道刮起一股旋风，我手捍卫似的贴近她的背。天气不好，最近东京的天气都不好。果然，很快又开始飘雪，本来还打算在公园里走两圈的，看来不行了。她低声说，你会跳探戈吗？我说，你还会跳那种摇船舞？她点头。我说，我也会，我请你？那儿暖和一点。就去找舞厅。找到了舞厅，她先是不答应，可舞厅里人头攒动，大家都在为圣诞而快乐，她终于软了下来。《只差一步》里，我和她拉着手，她还在介绍，主题还是她哥哥，只不过她的两个小鼻翼开始一张一蹙。原来，她的哥哥是在美国没发展了才来日本的。听说过“9・11事件”吗？从那时起，美国限制进口，人也一样。

说到这儿，她以为自己说了一个大笑话，露出一行白齿很友好地笑容，看着我。我差点吻到了她的耳坠子，她突然就踩到了我脚尖，我又看她，她的鹅蛋脸紧张地绷了起来。

我只好把头偏过去，不搭话。因为我不关心她说的哥哥，去一趟美国有什么了不起？我最关心的还是她的脸蛋，对生活质量追求不高的老四这次算是给了我一个惊喜。可这鬼天气真是太冷，这让我想起了谁。还真如她说的，啥小说里的一个叫什么叶子有鹅蛋脸的女人。其实，她最令人着魔的就是这张非常优美的鹅蛋脸，似乎非常懂得调配光线。从舞厅出来后，她建议去唐人街。她带我来了这个酒吧。我和她都喝了酒，醉醺醺的，相扶着一同去旅馆里开了一间房。我进入她身体时，还是对她的脸念念不忘。还在与她身体合奏时，我就问，你学艺术的吗？她拼命地摇头说不是，她说她学医。这难免让我浮想联翩，联想到人体骨架，欲望就减少了不少，可那晚还是达到了前所未有的高潮。

可这还是在日本人居多的舞厅，《只差一步》换成了美国西部舞曲和百老汇音乐，跳着跳着，人已渐少，只有她和我，她欲放下我的手，说不跳了。

可我还攥着她那十根如洋葱般好看的手指，嘴里说，继续继续。

不用老四提醒，其实我已经想明白她来半猫看画，还有一个很现实的任务——马妮（Money，钱）。我清楚日本医学校的学费水平。她几次停顿，也似乎想拐到“马妮”上——就像火车到达火车站后会突然来个调轨——我一直在等待，可她欲言又止，最后罢休。女人心理，我清楚。带她来半猫也是我的计划，说难听点，是我的小聪明。就是我和她滚打在床上的时候，我说，不去我工作室看一下吗？她想了想，给了那些附加条件。包括在台阶上等。她是以戏谑性的口吻说的。我也妥协了，我明白这是女人本能的小小需要的战胜。其实，那时我已经发现我是第一次和一个女人在外面放纵，做那事不在家里是很不安全的——因此换句话说，我无疑是想得到她，最好一起回国。我约她来就是为这些小聪明而洋洋得意。

但我也发觉我一辈子都活在小聪明里，三十四五年的小聪明，不知道除了作画教书，我的悠悠日子是怎么过来的。严格来说，我三十四年的生活里真正缺少的一味料，就是女人。

这话是半猫山岗下面、车库旁边那个开中式餐馆的李姓老板的肺腑之言。李老板是浙江人，她是我认识的第五个中国人（在和张玫交往前，我给这几个认识的同胞都私下编了号，秋叶原的是老四）。这个老五是我来半猫后一个月才认识的，那时什么日本料理啊，味淋啊，咖喱啊，生鱼片啊，已经把我的胃肠吃坏了，去医院检查，轻度胃溃疡。结果我就认识了老五。我在老五的餐馆吃快餐快三年了。去年秋天，人人去赏秋景，我天天伏在她馆子里面，她就对我吐出了真言。

自那之后，我每次开车回来，她都要朝我的车内瞟几眼，再和我开一句玩笑："嘿嘿，为祖国人民做了哪些大贡献?"每次看到我，最多再加一个"又"字，成"又为祖国人民做了哪些大贡献"。说完她就进店内等我把车开到车库去，这主要是她知道我是搞上层建筑的，一名艺术家，话不能道破，点到为止。但她的话里有禅机，半猫里我吃着她烧的带江浙味的寡淡的快餐，一边看着墙上我的影子，真是形影相吊，心里就自言自语，三十四年只认识一个半猫，嘿嘿。

当然，还是不得不说我妈。在老家，老母亲是以我为荣的，我出生的小城市煤灰遮天，左邻右舍、亲戚朋友对我这个旅日画家也是抱敬仰心的。可我年龄到了三十四，我母亲就急了。秋暮，她终于把那句压抑了很久的话说了出来：不孝有三，无后为大。这可是大麻烦呀大麻烦，我母亲说。她是一个蛮传统的人，甚至开始亲自张罗我的婚事了。她的步骤再简单不过，无非就是拿着我的照片，以及我华丽的创作经历和学历去四处拜访。

前不久，母亲屁颠儿屁颠儿地打电话来告诉我，我的儿呀，好消息，只要我一拿出你的相片，人家就看上了你，说把她照片寄过来，就是怕你不答应，只等你点头。我的儿呀，难不成大活人还能被尿憋死，要文化有文化，要相貌有相貌。将来回来了还是他们说的什么海龟，海龟好哇。

我哭笑不得，可嘴上还得嘻嘻哈哈地说，你爱把相片寄来就寄来吧。

老母亲说，我的儿呀，我还真弄了一些相片，人家都是答应的，就是等着你回来或人家过来。

我说别别，千万别。有时候事情往往朝相反方向发展，这是哲学规律。当然，我至今还没有女朋友不说明我没有女人缘，从我搭交女人的能力上来看，这方面我甚至是擅长的。只不过我是急性子，猴急，一两天就会从相识到床上，就像这个张玫。可结果常常杳无音信，说明我到底还是失败了。朋友们说，这是"早泄"。不过，幸好如此，我发现一夜情才有存在的必要。但我也和一个女人长久过，那还是在天津我当研究生的时候认识的，名字也带"玫"。那时研究生宿舍男女混住，在一个留守的暑假，我和她每天去海滩写生。她年龄上比我大一岁，刚开始时每天都被我的油嘴滑舌逗得哈哈大笑。我把她戏称为"小龙女"，而我自称"杨过"。我和她从大盘山旅游回来，就在研究生宿舍她的床上破了彼此的童贞。但我们俩都不想把事搞得满城风雨，还由于年龄差别，关系只能暗暗进行。我和她在一起一年零八个月，因为她南下任教而分手。分手，她说，其实我想说什么呢，其实你太正经了，除了说小龙女杨过之外就不会说什么了。分别前这个女人用很深奥、很冷淡的眼神看着我。

现在，同样一个叫"玫"的女人出现在我每日窝的屋子里，半猫。

我等着她把现实中的“马妮”捅破。她缓缓地把手里的那个红色杯子举起来，只是低头喝着微甜的牛奶。她已经看完了画，坐在了沙发上。红色杯子里的牛奶喝到一半时，她终于不喝了。那几根左看右看看起来还是像洋葱片那么光滑那么漂亮的右手手指极乖巧地敲了起来，左手手掌贴在玻璃杯的另一面，很奇怪，猩红的玻璃杯后面我能很清晰地看到她细嫩的指纹。

她一敲，我的心里就挺慌的，我主动说话，我说你还蛮懂画的嘛。

她说，学过，小时候。

说完，她去看窗外刚才来岗子上那几个白得耀眼的石梯。不见雪屑，雪大概是停了，台阶上积了厚厚一层，豆腐块一样，我还能看到上面一大一小的印迹，是两行脚印，一行她的，一行我的。看完，她又去看手表。

我还在等待。自从第二天在旅馆和她分手后，我就去老四那儿已经印证了“马妮”。我甚至已经想好联系好画商把这批画转出去算了，就是年前的这几天。哪怕廉价也好，哪怕半猫转租也好，只要能回国一起过日子就行。可她没有。我也不好直说。时间僵在这里，突然，她抬起头开始问问题。都是一些很简单甚至幼稚的问题。例如，某某的画价那么贵，天贵；某某死了，画价上涨了好几倍。甚至冒出个术语，这显示她不是一点不懂，却惹得我耐心地和她争论。我都不清楚为什么和她争论，要在课堂上，学生向我提这么幼稚的问题，我会说你很无知，而且很无聊！可她却和我的解释又争论起来了。这时，我只好说许多事都是没办法的事。例如，某某偷渡了，到了澳大利亚，像变身一样从穷光蛋成了大富翁，而某某仍是穷光蛋，都是无法预测的事。

说完，我才发现，她与平安夜在旅馆那张床上醉蒙蒙的张玫有所不同了。她听我说完，那双大眼很夸张地眯起来，手放在嘴巴上在笑。哦，哦，哦。她不停地说。她还想问。我却说得了得了。

她很认真地问，为什么？

这反而把我给弄糊涂了，我说，鄙人就是一画家，专业的。

我发表我的感慨，她把手放在膝盖上。这时她幽幽地吐出字来，画家哦，如果不是，或者你已经死了呢？

我像洋人一样耸耸肩，去喝我蓝色玻璃杯里的牛奶。我一口气咕噜喝完以浇灭火气。我说，那你只会得到半猫。

她哈哈大笑后问，半猫是什么？

我说，一个匈牙利艺术家的作品，名为行为艺术，也可能是你眼前一个叫“秋国库”（日语中“中国”的谐音）的男人的遗产。

她还是走了。我反复把她为什么来为什么去给嚼了个遍。但似乎她真只想来看看画，或者来开开玩笑，问一些让我觉得幼稚不现实的问题。这时我怀疑自己，怀疑带她来的正确性。我狠抽一根烟，我想女人其实都是一种很微妙的状态，就像凝聚态物理学，就像法国蒙德里安的抽象派画作。

不过，我想这不是我的臆断。还有一个人的提醒。对了，就是秋叶原卖电器的那个矮胖的老四。我想起了他的话。事实上，平安夜过后，圣诞节那天我去找他时，老四兴奋地说他想把这个红娘一做到底。还和我谈一项生意，说想得到我的一幅画，说什么毕加索死后他的画用美金卖上千万（这难免说老四也是把我的计划看作一项生意）。

这个礼拜六，我决定再去找他，这个骨子里其实有点油嘴滑舌的家伙。说实话，我彻头彻尾地不清楚他和张玫乃至和张玫的哥哥是怎么认识的，她哥哥不是从美国回来的吗？况且，好像我和他刚认识的时候，喝过一回酒，我和他都醉了，他隐隐约约地说过什么“偷渡”。

坐海船来的，说什么当初还死了一个人，说得像真的一样。好像还真有那么一回事。后来他也没有再提起，不过，我可是比较相信酒后吐真言的。平时，他并没有多少时间和我搭腔。在他的绿皮色小铝屋，他的手总是很忙碌。他卖二手货，主要面向华人学生，活多且杂，所以他和这些学生说话时，手里不是握一把十字磁性螺丝刀，就是拿着一个报废了的键盘条。他姓曹，是一个非常啰唆的温州人，为了一个小问题或一件小事，他会在嘴巴上花大量的时间纠缠。当然也只局限于嘴巴，手还是在开箱的台式电脑或手提电脑上动。我发现老四练就了这种本领，可以用镊子夹起 PCBA 板翻看的同时，说又有人偷渡了，冻死在起落架舱，发生在南非。伦敦又发生了大爆炸，美国开始州选举准备推翻布什。日本政府又开始敲诈“秋国库”……

政治与外国。我想这点帮助了老四的生意，所以他的生意才红火、兴隆。这些天，我去找他，他就是这种状况。

我在旁边傻等。天黑下来，老四几乎让我等了一整个下午，趁吃快餐的晚餐时分，他才答应跟我说上几句话。待没人时，他才讪讪地问我，怎么样了？

她到底想干吗啊？我装作有点生气。

我这生气半真半假的，但确实又有点生气。她真的走了。

那天，张玫走之前，问完了那些无聊的话，又支配性地让我给她画肖像。我答应了，满以为画完后会水到渠成。可刚画到轮廓，山岗下的阳光路电车站那该死的大笨钟敲了起来，整整十一下——显示时间已是十一点。她就起身，说时间太晚了，明天还得上课。我还在说一截玩笑，说最近一项科学研究，说什么科学家发现女人的视野比男人宽六倍，她听得“呵”一声，已经去提草蒲上她的红色小包准备走。

一直走到岗子的石梯上。

厚厚的雪里，我和她都在看脚印。待石梯走完了，我突然想去抱她。我试探性地说，来。她很紧张，问，来什么？我把手伸了过去，没想到她嘻嘻哈哈地直不起腰，像一个雪球似的滚下山岗。

这个女人下了岗子，竟然很快找到了那个敲钟的电车站。东京的电车站都很容易找。我去追她时，去新宿池袋的车已经快来了。月台上，她只问了我一句，你是不是还要回国？我还没来得及反应。车子停稳，她却已跳了上去。人员熙攘了一阵，我去找她。不久，车又启动了。于是，我只好面对着车玻璃对她使劲地点头。当时她好像在看什么呢？好像在看我山岗上的半猫。

我把这个说给了老四。我生气地说，只有贪污腐败的犯罪分子和那些持不同政见者或偷渡客才考虑回不回去这个很愚蠢的问题！

政治。我措辞严厉，他看着我。还是他的小屋里，这个我怀疑也是偷渡客的老四一边吃饭一边听我发脾气。他手上的聚乙烯饭盒里堆满米饭，米饭上摆着几块牛肉，一块小猪棒骨，一小堆发嫩的黄白菜。我说话时他没搭腔，而是以平时和那些学生们扯皮的速度，嘴巴像癌细胞似的吞噬饭盒里的这些东西。他又去紫外线饮水机打了一杯 25 度的水，哗啦哗啦地漱完。他吃完饭，我的问题也说完了。他并不回答我，而是看表，说我只能和你聊五分钟，我也要回国了，我的钱赚都赚不完，好不容易才可以回家。

他去吸烟室去抽根烟，他问，你是不是真要回国？

我跟了上去说，对对。

就在我点头的同时，他说这恐怕是个问题。他夹一支烟在嘴里吸了一口，扔掉。

他又停顿了一下，不过没关系，爱情嘛。何况你又不是流亡派，不像那些没钱的诗人。

不过要快点行动。说到钱，他转了个弯说人家是不好意思提这个字眼，医学学校在全日本学费最高，不过出来后待遇最好，现在全球经济吃紧，她哥哥负担不起，你现在吃亏点没关系。她可能回不去，不过以后可以在东京做个普通老百姓。

老四把我送离秋叶原时又说，你是应该有老婆和孩子了，不能学外国人，是中国人都希望这样。

圣诞前几天，我接到了学校的续约合同。其实，这是一个非常紧急的问题。平安夜那天第一次和张玫见面，我就应该考虑回不回国，趁那天她酒醉，我就应该把这事定下来，只可惜我没有趁火打劫。而如今却又有些后悔。坦白地说，这纸合同将决定我是否待下来。至少三年。然而，我在日本已然六年，这让我感到两难。

几天内，终于，我接到了母亲弄来的那些照片。

通过全球快递她把三个女人的照片火速寄到了我学部的办公室。这三个女人的生活照，果然是按她的猜测、揣摩和标准筛选的：

一个有刘海，颇为稳重成熟，有母仪天下的风范；一个是时尚型，单眼皮，皮肤很薄，薄得似乎就像一张纸或雪，哈一口气就可吹破，仿佛现代林黛玉型；而另一个留根大辫子，有两个浅浅的酒窝，效果是经过特殊化处理的，做得跟电影海报一般。三个未婚适龄女人。听母亲在电话里宣称，这三个都是她精心挑选的，都是有背景的——

“母仪天下”虽说只是人民教师，但父母相当有权威。

“现代林黛玉”是青年歌手，而且她想出国发展一下。她是这么对我母亲说的，所以母亲向我转述时，对她的评价含含糊糊，不排除确实带有交易性质，因为她没有背景，不过年纪很轻，二十六岁，天分也高。而且母亲还指点我说，你小时肯定看上过她，你们一个重点中学的，校花，某某。我想了一想，好像还真有那么一回事。(父母真是孩子肚里的蛔虫啊!)

可“追忆型”的就没有这么浪漫了，唯有相片技术上弄出一点浪漫来。她本人是公务员，女局长，年纪轻轻的，不容易啊，三十四，和我同岁。

没多久，母亲又打电话来问年初是不是要重新考虑合同续约的事，母亲的意思是不答应我重签。我很惊讶，她是如何得知的?

母亲的理由是真理。母亲说反正你已经是海龟了，海龟爬回来价值千倍万倍；何况你已经三十四了，在国外浪费了六年，是该回来结婚了。母亲半夜三更打电话来和我商量这事，甚至动员照片里的“刘海”“女局长”和我讨价还价，我只好干着脸笑，说这学期还没完呢，等四月，得等等，一切得等。

我老奸巨猾，只是敷衍，对她们都没有拒绝，也没有答应任何一个。

我在考虑我计划的可行性。不过，我发现我脑子是不是糊涂了？或者被那个什么“玫”给烧糊涂了？这让我发现感情其实可以让一个人变愚蠢。就是在这种不着边际的情况下，我主动去联系了东亚画廊里购买艺术品的画商。我只有半猫，只有半猫那一墙壁上的画，这才能折算成金钱，折算成现实，折算成我不知道是不是爱情的爱情。

幸亏画商还知道我的名气，但我还是把全半猫的画——几年的成果几乎以每幅不超过十万日元的低价全部转售于他。画商掬着满脸的笑，笑得脸上的肉缩水掉落在地，可我还是答应了他的提价。

我的如意算盘是等张玫决定后，我再决定是否续签合同，包括以最大的牺牲来定居东京——这其实很危险，得牺牲我母亲，牺牲高高在上的祖国培养之恩，乃至牺牲我自己。

恰在这个非常搅人的星期日，学部说要举办什么高规格的模特写真赛。但有中国教员悄悄告诉我说，这次不知为何请的并非日籍模特，而是中国姑娘，不知是否会引起争议。我因心情烦躁，便借故请假离开。

我请了假去了秋叶原，像往常一样在老四那儿等了他一整天，把那满墙的画，现在缩成一张银行卡的财富交给他。回到空荡荡的半猫，接下来我打算去北海道看一次雪——我发现我莫名其妙，每年深冬零下十几度选择去北海道看雪。我想如果要回国，或者发生其他什么意外的话，这恐怕是最后一次了。

老四接过我的银行卡时，拍拍我的肩膀说，放心吧，芦柴秆（江浙人对身材消瘦等人的戏称），等我消息吧。他又操起光盘包装继续说，不过回去也可以，只要有钱。其实这个社会，现实。

时间已将近农历新年，母亲和相片里的那几个女人有一天没一天地骚扰着我，我还是一边敷衍一边计划去北海道看雪。我在等张玫的回音。春节越近，我的心越紧，比发条还要紧。

就在我给老四银行卡的一个星期后，一个下雪的下午，秋叶原老四突然拨通我的手机，上气不接下气地对我说，我有急事，要约你。

问地方。他说，还是在那里，唐人街五号你和张玫见面的酒吧。

我欣喜地点头。

他比我先到。我把车开到泊位上就已经看到了他，像那天我等张玫一样，他也在台阶上来回地踱步。感觉很滑稽。外面是一块雪幕，满世界是雪。我摇下窗子，快活地对他“嗨”，矮胖的老四就看到了我。他走到我的车门前打开车门，像一只冻得哆嗦的猫钻了进来。

他一坐稳没说其他，只问，你知道为什么选择这里吗?

他问得很奇怪，可我没时间说不知道，我只问，事情怎么样了?我这边很急。

老四也没回答我的话，而是按他的逻辑滔滔不绝，他说你和我不一样，她和我有点相似，以前我和她哥哥在这里打工，她放假来过一次。那时我还很年轻，她很小，估计你也很小。

这时，他把手握成拳状摩挲一下，瞧瞧车内空调，他说车里太冷，还是到里面去说。

我只好随他下车。

酒吧。我不由自主地还是选择了那个咖啡色小座椅。他也坐了下来，他表现得很镇定，没有急着说话，先要了两杯香槟。这令人纳闷。

我正要焦急地询问，说我在东京已经一无所有了。我说完他的眼皮上翻，瞟了我两眼，同时羽绒服的拉链拉开，扯出一张东西摆桌上，我一看，是那天我给他的银行卡。我对这一切很惊愕。我没说话，我在等他说。

他说，失败了。

我气急败坏地反问，失败了？怎么失败了？

她，老四把眼睛盯住我，停顿了一下才说，去了美国，她哥哥回去了。

服务员端来了香槟，我端起来猛呛了一口又放下，我说，不可能。

老四摇头，低声。

过会儿，老四的眼睛像抛光的钉子，就像油桶幽冷幽光。

他直入主题。他说，她是不是给你当了模特？

联想起在旅馆的事，我有些心虚，可我还是要证明自己高尚。我说，你别把我想象成下三滥的人，不信，我带你去半猫看看。

他将信将疑，我只好开车带他去半猫看那张还没开笔的“张玫”。在半猫，他端着这个半成品，半狐疑半沉思地说，说实在的，现在我也不认识她了，好多年没见面了，自从她上学又去了医学院。他从半猫出来后就一直自言自语，怎么她哥哥会骂人呢？说在日本的都是坏人，你也是，学校也是，我都没听懂，说什么模特写真，她哥说得太混乱，我都不清楚这之间的什么杂七杂八的关系。不过有一点是肯定的，张玫被骗了。

张玫被骗，这个女人会被骗？除非像那天一样被灌醉，可是不可能！但老四的话还是提醒了我，“模特写真”这四个字太刺耳了。

我陡然想起前些天同事说起的模特事件。这几乎让我眼镜都快掉下来了，我连忙说去学校。

又开车去学部，上下折腾了不下两小时。在学生作品陈列室，我找到了那天的几张模特写真。一看，我差点吓得叫出了声——张玟！张玟她赤身裸体，安静地坐在平日日籍女模特坐的那块半透明蓝布上。她一脸平静，两个“小樱桃”躺在紧绷的丘形乳房顶部，像红痣！她甚至还表现出了像那天在半猫里的那种神经质。可这是什么地方？由得她吗？她是不是对绘画有了畸形的兴趣，也就是被那天来半猫激发出的兴趣或者欲望给“拐骗”来的？

这时，老四凑过来问我，来这儿干什么？是学校啊，是不是她？我已经很多年没见过她了。

我赶紧摇头说，怎么可能是！

老四也笨头笨脑地附和着点头，说，也是，不可能的！

可我画盲一个啊。老四嘀咕。

带着老四，我立即从学校退出来，我反思带张枚来半猫的事，以及和同事说的话，同时不忘把那十几张写真“张玟”全部统统卷了起，放进车内。

我的头脑里仅剩余一点理智了，我按按太阳穴说，我那卡你给的谁？老四说，她哥，她哥昨天打电话来说，不用了，他说他们有了钱。说还是纽约好，东京太黑。我问，难道就上了飞机？老四确定地说，他把卡给我就去了成田，还给我打了公用电话，说保持联系，我也没想到这么突然。

又怦然浮现出那个一直没浮出水面的“哥哥”，我甚至在想这是不是他的一手策划，一桩阴谋。张玟老说他哥哥什么“博弈论”。可又一想，不对。我心里完全乱糟糟的，当我和他重新回到车内，问完他，这时我发现其实什么事情都没有了。

离开了去美国也好，反正也回不了国，她来时连身份证都没有，那么小，没钱才做偷渡客。老四却还在絮絮叨叨，我听得哑口无言。

老四说完问我，去哪儿？

我迷迷糊糊，这时却突发了一句惊人之语：去酒吧！

于是，我和他又重新回到那个酒吧。

时间已将近是午夜，唐人街静得出奇。商铺门楣上的大红灯笼晃得老四脸上像挂了彩。张灯结彩。老四兴奋得嘴巴停不下来，这大概刺激了他的思乡之心，他似乎是把我当成了那些永远对日本、对东京保持着好奇心的华人留学生。他叹着气顾自说。说今年终于可以回家了，偷渡崽、偷渡客、非法移民这些帽子终于可以不戴了，戴了十五年，不想再戴了，要回家了。

可是为什么还要去美国呢，鬼佬那么霸道还不受气？老四还不忘反问一句。

我一边听着他疯狂地说话，一边喝清酒，而此时外边的雪越下越大，黑乎乎的，把我那辆廉价的日产巴宁牌轿车盖了个遍。看起来就像圣诞老人那么滑稽，就像融化了的雪糕白白的，给它泼了个大花脸。突然我鼻孔里一声抽噎。我以为我又醉了。低头一看，原来我摸到了口袋里那几张母亲从老家小城寄来的照片，我把女人们一一掏了出来看了一看。老四的双眼顿时一亮，把这些相片都抢了过去。

老四看完，立马高兴了，说，原来你小子狡兔三窟啊，哇哈哈，还真是知识分子好，Good！

我一面听着他的赞扬，一面望着窗玻璃，说那是那是。

望着望着，那个带“玫”的女人好像出现了，那张鹅蛋脸也出现了。我的脑海还想誓死拼搏，想解剖开这里面乱如麻、纠缠如浑水只有影像的无厘头。可无奈得很。

老四一声：春节快乐！如惊雷惊醒了我。

我那已经不太灵敏了的鼻子也嗅到了春节的气息，我说好！干！好！终于醉了，喝得不能再喝。我把杯子提拎了起来放在脸庞边，就像儿时把它当成望远镜的目镜一样看，这时，我惊奇地发现透过厚厚的两层玻璃可以看到我的指纹。

这让我苦笑了一声，眼泪滴了下来，奇怪的是我右手的那五根手指开始像弹钢琴似的快活却不由自主地敲了起来。

致秋风微醉的早晨

天是蓝的。当然是蓝的，否则怎么能证明是早晨呢？晓汀夹着一本厚厚的广告书从北廷大学的正大门口往外走，走出这扇高大挺拔如积木般的大门，似水牛在水里冒气泡，她在心里重重舒了口气，是呀，从黑夜出来，总算能见到蓝天了。

晓汀在等校车，去给广告公司上培训课，蹭早班的校车坐到市区，能省两块钱。十月甫到，铜城的公共汽车票涨价了，一块五变成两块。得，两块就两块，其他人这么想，晓汀却认为过日子能省就省吧。

“你是风啊，我想追……”刚要上车，包里自编的手机铃声响起，晓汀掏出来接听，喂，你哪个？你在哪？学校呗。吃了饭没有？吃了，你先睡会儿。唔。电话里唔一声，晓汀说那好，马上又说，上车了，再见啊。

校车已经开来，晓汀毫不犹豫地挂断通话。

上了车，晓汀才记起今天穿了条裙子，石绿底子镶白边，还没化妆！掏出提包里的镜子来照，别说妆，脸也没洗呀。就这样去见小韦，不，韦总？刚踏上车，晓汀就开始后悔不该赶时间上这趟车了。裙子是昨天换洗衣服实在找不到套装，才在衣柜里马虎搜到的。熬一个通宵后，蓬头垢面地去给金艺文化传播有限公司讲课像什么话？可又急得没法，如果赶回家肯定来不及。

一路上，晓汀是被动地由校车载往铜城市中心的，但这丝毫不影响她对铜城早晨的味觉判断，晓汀一贯觉得她的味蕾分析能力不错。

秋天正散发着一种山高流水的清静，透出一股刚采撷的草莓气息，没有强氯剂和漂白粉。晓汀突然觉得她大概从来就没有好好享受过，特别是秋天的早晨。她暗下决心空闲时一定去郊区的小吴山登高踏秋。

晓汀在秋风微醉中失去了清醒意识。去市中心得花一个多小时，一夜没睡，人就犯困，头往郁蓝色的车座头垫上一搭，她悄无声息地睡着了。等睁开眼一看，已经到了满目高楼大厦的铜城北椒路。

北椒路是铜城著名的大街，金艺就在北椒路五号。

晓汀在心里打退堂鼓，第一次上课就形象不佳，韦一良会怎么看，以后还怎么和他们公司开展合作？但又想不出有什么理由不去。不是韦一良开的讲课费不够，一堂课五百元，何况一个普通高校女老师能赚外快已相当不错了，现今高校里财政越抓越紧，小韦，不，韦总来他们北廷上名义为讲座的拼盘课还只有四百元呢。那么，是韦总高抬了她这个北廷大学的小小教研室主任。

上课时间整十点，晓汀以百米冲刺的速度奔向街头一个公共厕所。在盥洗室洗脸，描眉毛，抹口红，搽粉。三下五除二，晓汀五分钟内完成了平时与老总谈工作得花一刻钟的工作量，看穿的是平底鞋，又从包里掏出一双增高鞋垫。

晓汀体体面面地走出了公共厕所。

其实，晓汀做梦都想做个体体面面的铜城人。这不是梦想，是现在唯一追求的理想，理想如火，才让她当年把360度管理理论及广告学大师斯科特的著作背诵如流，连夜晚看月亮都拿着《广告原理》《广告心理学》，研究生她可是从中文转行。就是看她有激情似火的性子，昨天，人文分院的文副院长“笃笃”跑来，给她布置了一个任务。文副院长说下半年省里下了重点课题申报，如果课题这次成了，得，你们广告教研室分五成，你呢，作为负责人，归你自个的课题经费拿收据单来划。文副院长是霹雳性子，这学期刚上任，新官上任三把火的兴头，急急忙忙地要她赶材料上报，说，明天中午之前要，否则时间来不及。

晓汀在心底给自己打气，她的镶边石榴裙就飘进了金艺文化传播有限公司的转门。

在金艺讲课蛮舒服的，一如这个秋天的早晨。跻身于写字楼里看似平凡的金艺，竟然有一间体面的教室，这是晓汀没想到的。上课。晓汀以职场中最正规的礼仪给学员们鞠了一躬，弯头鞠躬时，她灵敏的耳朵听到那帮懒散的学员们在悄声议论，得，请了大长今加日本女人。

因为对初次给企业上课尚不自信，晓汀当即窘得脸红到了耳朵根。但她好歹是上过台面的大学教研室主任，立马摆出了舌战群儒的架势，深入浅出，旁征博引，呼啦啦把一堂课砍将下来。结果，效果在那儿明摆着——学员们个个脸红得像即将收获的苹果，近似迷糊的眼神如痴如醉。

依经验判断，上课效果非常好。课尾，韦总来了。记笔记，提问题，两小时滴滴答答如流水，其实连晓汀自己都没意料到。因此这个秋天的早晨气氛看起来相当完美，无暇无缺，没有遗憾。

课后，她去了总经理办公室，韦总第一句话就说，白蓝底老师，你课讲得真厉害，广告界的余世维啊。

但感觉就是奇怪，晓汀觉得他高抬她了。韦一良腆起的啤酒肚证明他和铜城许多做外贸的资本家一样，他确实高抬她了。

因为刚才，晓汀观察到一个细节：晓汀去服务台拿了课时费，刚走到总经理办公室门前，听到里面在讲电话。电话里是个女的。女的叨唠，“那个单你说我该怎么拿？你这样杀价？”“我求求你了”“韦哥”，女的叫得韦总宛若杀猪般，从牙缝里跷出生硬的话：球去，我们金艺腿粗面子大！

说罢，“哐当”一声电话撂了。

晓汀正要敲那扇半开着的门进去时，韦总拿起桌上的打火机、硬装金白沙，正想耀武扬威地砸下来，但刚把手抬起，漫不经心的目光似飞燕贴门掠过，撞上了晓汀。瞬间，那张阴郁紧绷的脸就换成了笑脸。

认定韦一良是变色龙的细节已经在晓汀心里垫了底，另外，根据她私人的喜好，她是极讨厌和被叫“伟哥”（音同“韦哥”）的男人开展合作的，可韦一良不清楚。他说的话在遭遇了死寂般的沉静之后，他继续带动话头。这星期，我们挑个时间去喝茶。周末吧，在好心源茶馆，就下次培训讨论讨论。晓汀却没听进去。晓汀说，韦总雅兴啊，我家里来了客人，一周都要在家里烧饭，至于商量讲课，还是下次吧。

韦总很尴尬，那张嘴角有颗巨痣的脸拉得老长，鼻头一吸溜耳朵扑啦啦响，但坐在皮质转椅上的他好歹算一个懂职场的江湖人，点下头，他说，好，那下次上课再见。晓汀礼节性地回道，下次上课见。

韦总讲的下次上课是指晓汀他们专业开给学生上的拼盘课，一堂课给晓汀四百元。也算公平交易。对，这世界是公平的，谁也不欠谁。美其名曰商业逻辑。算起，这也应该是波伏瓦的逻辑。

从金艺走出来时她心里想笑，也是呀，在来上课之前不就说叫他小韦吗，怎么又改了？改到从前陌生人似的谁也不认识的韦总，这不是熟人思维，哪怕是在职场。

迈入北椒路的腹中，晓汀意外地决定去逛步行街，晓汀一直觉得逛街是小女人和精致女人的专利。她的同学宋小薇反驳，逛街是所有女人的天性。自从兼任广告教研室主任，晓汀一次街也没逛过，整天和院长、文副院长商量筹建专业实验室、摄影棚，还有教改材料上批，忙得连李东这个男人都没时间打理。

步行街在武林路，晓汀一路走了过去，都是女人用品和服装，琳琅满目。

可刚逛完武林门，进花开世界，顿感天昏地暗，走起路来踉踉跄跄，晓汀扶了下头，掏出手机来看时间，才两点多。晓汀就直接去了医院，医生说头昏是因为一夜没睡。女人一到三十，真是经不住黑夜的敲击提醒啊。

今天记得了早晨，却还是像往常一样遗忘了黑夜。晓汀从医院出来，又记起了早晨接到的李东电话，她觉得有点愧疚。

平时，晓汀喜欢通宵达旦地工作，但这并不代表她不喜欢有品位的生活。特别是喜欢有品位的早晨。她指的是秋天早晨的生活，如果能有时间榨一杯橙汁，坐沙发上，翻一本书，露水微凉，相当不错。窗外一百米处是湿地，洼水如镜，常年有白鹭翩翩起舞，铜城的这个四环不像铜江边，铜江边化工厂扎堆，污染严重。那么，这样的生活是相当不错的，比天堂还要美好了。

晓汀希望永远，每天都能如此。晓汀幻想享受百分之百的清闲。但她觉得这样的日子就像房地产商们印刷的楼盘广告的效果，近期不太可能。于是，她喜欢上了工作。

也许是读书时代看多了文艺书，虽说干练，但她还是觉得即使干练也要干练的有文艺气质，但这与“精致女人”不一样。“精致女人”是她对某些女性的独特称谓，宋小薇和她的几位女同事即如此，她们的生活仿佛精雕细琢的笔筒。体现在穿着上，晓汀喜欢穿筒裙，站那利索像女兵，冲锋效果明显，她喜欢清清爽爽时刻准备着的“塑”，而不是一般女人喜欢的优雅细致的“雕”。女同事常做面部美容和桑拿，她是一次没去过。

因此，晓汀的生活对某些人有些不公。

李东就是这么认为。李东认为她是机器人，是个整天不归家的工作机器。李东也是工作狂，但他觉得他是被迫的，晓汀却是自我虐待。更过分的是还虐待他。

李东在电视台下办的一张电视报工作，上夜班是家常便饭。今天一大早他顶着一头露水往家赶，到家后，发觉晓汀不在家，便去厨房弄锅铲准备早餐。他发现锅里汪了一点剩余的油水，锈迹斑斑，早已霉变，真像闻一多写的《死水》，铁皮上锈了几瓣桃花，油腻织了层罗绮。她肯定彻夜未归，他就给晓汀打电话，无奈晓汀草草几句就挂了电话。痰就卡在了李东的喉咙里，连带心情也给沤坏，一个结了婚的女人怎么能这样？

中午时分李东就出门了，他手头上握着两张单位发的冷餐券，本来早晨打电话他是想和晓汀一起中午去吃冷餐的，但现在他改了，他想请化妆组的女同事化妆师尤樱来共享这顿午餐。

尤樱是单位里有名的超脱女，与晓汀及晓汀眼中的“精致女人”所不同的又一类女人。这种女人可以当哥们闹闹儿，喝醉酒了甚至可以趁着迷糊劲相互滚在床上睡一觉。第二天醒来，啥事也没发生过一样，若无其事，令人怀疑昨天跟她在一起是做了场梦。

果然，吃冷餐时，一顿饭下来，两个人聊得不亦乐乎。李东甚至想和尤樱待到傍晚再去上夜班，于是忙里偷闲地给晓汀发了条短信，说他今天下午去跟同事吃饭了，傍晚不回家。酒店的壁钟还没敲四点，尤樱突然说：“我在工会办待会儿还有事，再不去就要下班了。”四点，尤樱果真摇手告别，临走前，嘻嘻哈哈笑言这回算我欠你李东一个情。

李东只好怏怏回家。

回家路上，李东拿尤樱和晓汀做比较，发觉女人有一个通性：女人的腿怎么这么难拴呢？虽说像蚱蜢腿那么细，却不像麻花那么好扭，倒像老鼠腿那么活络，心窝里蹦个不停，手心里跳个不停，令人拿不住，不经意间还有蚱蜢腿般大的威力。

刚读研究生时，李东拴过一个，铜城本地的，此女之父做房地产的。“房地产”年轻时杀猪，直到当上红卫兵的头目才青云直上，自称对看人有一套经验。果然，“房地产”一见李东就对女儿说，两眼发呆不是干事业（房地产）的料，可透着一毫油亮，刚刷的筒子一般，准是拆迁人员偷懒的狡黠。于是此女在她爸的怂恿下逃之夭夭了。

研究生末尾又拴过一个，义乌山区的，老实本分，还是跑了，一毕业去了上海广播电视台，理由是分居两地，在一起不现实。后来李东就学会了吊儿郎当，麻木，直到她的女同事师燕介绍了晓汀，但还是能感受到一双蚱蜢腿的威力。

回家洗衣服，李东心情不快地去摁水龙头放水，接了个电话，是他们报社的。他们电视台自从试水办了这张报，李东也忙得恨不得有三头六臂，报纸的内容全部由他们电视台业务二处负责编访，人家越闲的时候，他们越忙，忙到把白天糊成黑夜，黑夜化成白天。这还不到五点，他们业务处二处处长刘付已经在电话那边大嚷，李东，李东，你在哪儿？在家？快点快点，北五环出紧急事了，快扛机子，五点整，我到你小区门口。李东说，大哥，我在洗衣服呢，你等我十分钟行不？刘付变本加厉，一分钟也不行，大客车上有人伤亡，大卡车一车子非洲鲫鱼全撒了，你不来我就叫闽大项了啊。

李东关上洗衣机，也没顾得换装，拎起地上那部用了五年的红外线摄影机，哗啦啦地下楼去。

可是人呢？五点整，李东在小区门口并没有碰到刘付和他们单位的采访车。

倒碰到了妻子晓汀。

晓汀一见他就问，看你这邋遢样，干吗呢？

李东说，我找刘付，那个混蛋对我扯了谎，我跑出来，他跑没影了。

没想到，晓汀扑哧一声笑，她说，我还以为你在你的黑夜里夜游呢，你不是跟人吃饭去了吗？我叫他走的。刚才碰到他，他说那来不及等了。

晓汀站在小区门口说话时，李东已经去招呼迎面开过来的出租车了。

晓汀说完，他已经坐进出租车里。晓汀过来问，你去哪儿？你也不看时间，该吃晚饭了，吃完再走。李东却直接招呼司机走人，回头说，这个月的指标我可能还没完成，黄昏到了我的早晨要开始了。当然我也是为了我们新的早晨。

说罢，李东定睛望了晓汀一眼。

这一眼让人很受用。晓汀认为，李东大体上和她是保持统一战线的。她信仰波伏娃，却不信她的“第二性”。当初她看好李东，是觉得北方人踏实，省心。只不过李东的黄昏才是早晨，而她的全天是零零碎碎准备大干一场的早晨。晓汀一贯干练，而李东最近未免有些懒洋洋，可能是这些年当记者当油了。李东在家看《蓝猫淘气3000问》，晓汀有时叨唠，李东会说，此时不看更待何时，贼精贼精还能飞上天吗？

晓汀一开始给李东定的目标：铜城的中产阶级。现在只管多一点积蓄，早一点获得货真价实的秋天的早晨。

晓汀的私自决定在李东面前通行无阻，招到的是李东他父母的反对。两年前，李东父母节衣缩食，从沈阳飞来，开门第一眼看到这个媳妇的面目、装束，是放心的，但双脚一迈进屋，就揭了老底——晓汀的干练只体现在工作上，这让她三十岁就荣升教研室主任，至于其他，始终和李东一个水平。地板布满黑乎乎的油渍像斑马皮，衣裤、床单堆沙发上，茶几上的碗筷积了一层厚厚的污垢。坐下来时二老当即脸就拉了下来，但晓汀有她的说法，拿起扫帚打扫房间时说，城郊呀，又在四环，四环哪要这么讲究？李妈刚开始反驳，李东开始唯唯诺诺地帮衬老婆，二老就被儿媳妇说得比将下去了。

李东父母是不懂什么叫中产阶级的，普通双职工家庭，供李东研究生毕业后，经历企业改制干脆双双退了休。二老在铜城待了没几天，游了铜城中心地带一两条街，都是花钱的地方，唯有便宜货扎堆的夜市值得看，故没多久就扫兴而归，准备回老家。

一说回老家，晓汀的心落了地，二老在铜城，她可一直盯着看，看他俩在背后有没有议论啥。果然，二老走的这一天，收拾行李，他俩在房间里便开始琐琐碎碎地聊，晓汀就去听，李妈和李爸真在说事儿呢。李妈说，走之前我一定说，不像家。李爸说，这不是我们那儿，这是人家铜城，咱是客。李妈急了，什么客不客的，咱总该有个孙子呀。

听的晓汀火冒三丈的，她差点冲进屋去叉腰牛皮哄哄，怎么了？谁叫你儿子是嫁到铜城的？生不生由我！

其实，晓汀早就知道李东父母对她有意见了，二老几次在他们的房间里叹气，说后悔把儿子送来铜城读大学，阎罗殿啊。这是晓汀偷听到的，也是终有一天，她爆发情绪告诉李东的。晓汀有秘密，只要一刺激这个秘密，她就崩断了情感之弦。

不甘心是晓汀的秘密。

她的不甘心来自三年前宋小薇的婚宴。那天，晓汀高高兴兴地去酒店赴宋小薇结婚的宴席，回来，老委屈了。躺床上，晓汀泪流满面地回忆了一通婚礼上的豪华气派：海鲜都是海边新鲜托运过来的，酒水是白兰地，就连那套婚纱也价值不菲。宋小薇当年和她一起从中文转行，自大学时宋小薇胸就有点平，整天在宿舍里抱怨这抱怨那，说老天对她如何如何不公。晓汀知道宋小薇是拿她作对比，晓汀的胸部在女生群里有目共睹。但这套婚纱，宋小薇一穿，经化妆师乔装打扮后，真像白雪公主般换了个人，高挺，那胸，简直是一夜之间发酵而成的，亭亭玉立，如模特一般。后来聊起，宋小薇啧啧说，衣服是婚宴公司特制的，你看剪裁、面料，杨诚就这次够意思。

最可气的是，晓汀打听到宋小薇的老公是副处级！

但晓汀的委屈大概又不全是这些，她是不能容忍别人比她强的，那种摆上台面的理直气壮让她一辈子也追赶不上的强，那种虽说是姗姗来迟，但却是轻而易举钓来金龟婿的强！李东有时想，女人嘛，大概就好这一点，男人追的是床上那点事，女人追的啥呢？晓汀的好强只体现在骨子里和在他的面前，在同事与朋友面前，她是绝不透露半点的。就像她不会在宋小薇的婚宴上流露出半点不高兴，而一回家却流泪一样，否则晓汀就不是晓汀了。

李东在车上看晓汀的那深情一眼，让晓汀心里着着实实地撞击了一下，这一线的温情让晓汀捡拾到了意想不到的收获。这是略有点遗憾的今天早晨迟来的补缺。

李东走后，晓汀开始在家里泡黄豆，自制豆浆。洗豆时她心里是笑的。今天真到了求之不易的理想状态。浸泡黄豆的水荡漾着如早晨熹微的阳光，她感觉到这线光里藏着李东的眼睛。然后，她开始捧一本书慢慢地读着，不读广告，读三毛，读纯爱，读瑞丽，还读博尔赫斯，她在文字的喧哗里联想到了妇产科，晓汀竟然有了当母亲的臆想。今天真是奇怪。医生常说女人过了三十怀孕羊水胎位不错的已不多，特别是生活压力日趋激烈的当下。前几日因为李东父母那边打电话透露的焦虑，她确实和李东商量过此事，而以铜城的高生活成本，要孩子是她一直没敢想的。

晓汀在女人的虚幻与满足中打盹，睡着了。

一觉醒来。回到微风翩翩的早晨，极为惬意，从来没有如此舒适过。可就在晓汀认为秋风沉醉的时候，电话响了。

不是李东。是李东的主管刘付打来的。

什么事？晓汀问。

李东出事了。刘付在那边说。

出什么事了？

车祸。

车祸？在连续两个秋风微醉、美好的情绪开始发酵走向高潮的早晨，李东却出了车祸？

好在人没事。刘付说。

晓汀来不及洗漱，立马赶往郊外的事发现场。

李东出的是一场有惊无险的车祸。为了保证翌日报纸抢鲜，昨晚整整一夜，李东在北五环的车祸现场负责拍照、调查，原因分析认为是傍晚的秋雾令车子降低了受控能力。他又跟随大客车上的受重伤人员，去北郊的一所大学的附属医院采访急救医生。直到李东用红外线把图片和稿件传回报社，已是早上五点。李东精疲力竭地从北郊打车回家，万没想回家路上，却亲身经历了一场车祸。

早晨微雾，当时高速路上，一辆拖车以至少120千米/小时的速度迎面而来，司机急扭方向盘，以为风险已过，无碍。不料，对面冲过来的拖车还是刮了下出租车的挡板。司机和后座的李东都受了点轻伤，可车坏了。拖车开过，司机下车一看，轮胎没了，出租车的车轱辘跑到高速路邻边的水田里了。当晓汀火速赶到李东的出事现场时，李东站在大马路上，正一手扶头，一手把裤筒拎起来，准备离开。

你差点成寡妇了。见到晓汀，李东的第一句话是这么说的。

这次车祸基本没什么损失，那台摄像机虽说与人一样受了伤，但可以报销，以车祸为证。唯一的损失大概是这几天不能上班，月季奖没了。

在医院，她一给李东挂完号，安排好病床后说，你给我在医院里躺一天全面做检查，说完就丁零零地跑开了，说有个广告公司要谈案例，再有文副院长要商讨将要审批的课题材料问题。李东她也没管，他需要的是休息。

李东在医院里躺了一天一夜，等睁开眼已是第二天。刚醒来，他想到的还是妻子晓汀。

他打电话叫她买早餐。可他刚要拿出自己的三星拨号码，就看到晓汀的那个粉红色诺基亚躺在他的枕头旁边。打家里和她办公室座机没人接。

李东躺床上等人，他想晓汀肯定是在给他送早餐的路上。突然，“你是风啊，我想追……”，李东抓起晓汀的手机来一看，是个叫韦一良的陌生男人，铃声响了不到三秒，遇到护士来吊水，李东先挂断，刚吊水不一会儿，“嗡嗡嗡”的震动骤响，李东以为是她们学校里有什么急事，拿起来看，却是一条、两条、三条的短信。

“小汀，再来我们金艺，我们好好谈谈。”

“月底，答应赞助你们广告教研室的硬件建材费到期。”

“求你说话了。小韦。”

这三条短信到底谁威力大呢？

李东戏谑性地把晓汀手机上的这三条短信依序编成 ABC：A 是绍兴黄酒，柔中透甜，柔中带刚；B 是茅台，深藏不露却威力巨大，曲中前进；C 呢，则是典型的汾阳烧！ABC 依序递增，以至于看到 C，李东燃烧旺盛的情绪在这嘬汾阳烧中最终淬火。你看看，她在忙乎啥呢，原来如此。

但李东没有把晓汀的手机当场摔得粉碎，他得忍着点。先稍冷静盯紧点，再说这个诺基亚 730 还是一年前他送的呢，平时晓汀机不离身，他一般很少有机会去查看她短信。他把它放回被窝里，掩饰成从未动过。表面看来如坚硬的核桃，内心却像高压水管即将爆裂，他不得不释放出一些情绪来，李东悄无声息地回家了。

关门，深睡。躺床上时，他居然后悔起选择的婚姻来了，后悔同事师燕来扰乱视线。在研究生末期他原打算回北方，二老让他和邻家小区的那个陈家的小娟相好，小娟虽说是本科毕业，可家底实，开连锁超市。本科读完时，他也确实和小娟相处过一阵，那夏天他俩一起在床上还被小娟爸给当场发现了，但到头来他俩未好，以至于李东现在都不好意思回沈阳。听说小娟老公在天津保税区开了家很大的服装厂，在那儿还当了个啥领导。当初，顺应社会对学历的要求，是他嫌人家学历低人又在老家。恰好当时，李东拿到了铜城电视台的合同，新同事师燕给他介绍了对象，他把举棋不定的棋子押给了晓汀。十字路口上师燕的功劳不小，当初师燕听了他说小娟这桩事就知道他在犹豫，规劝他，大都市出来还回老家娶老婆？你还以为是古代进士不弃原配，大俗人学胡适啊？

不想了，一想，眼里准揪出麻花，喷薄的心要洒出一片想象的五彩缤纷的花絮来。

李东躺床上假寐不到十分钟，晓汀就冲回来了，果真手里拎着早餐盒。一进卧室，破口就问，你怎么跑回来了？应该对刚失去的月季奖负责！

李东懒洋洋地哼哼，没什么大碍的，今晚我要去上班。

晓汀哑然。

自这回窥探晓汀的手机来之后，接下来日子有些玄乎。晓汀还是准备每天大干一场，李东还是把白天当成黑夜，黑夜当成白天。只不过现在，他多了一项私密任务，而且，李东经过细致的排查发现，按晓汀的逻辑安排的生活并不是天衣无缝，反而可以说漏洞百出。晓汀对日子的整体态度是“塑”，那么难免有些马大哈，手机就时不时忘在沙发上、床上。通过通话记录和短信，李东可以打探到全部秘密。

那个陌生号码再次出现是在半个月之后。那天天很蓝，时间已到十一月，天蓝得透出青黛，活像水墨画里的留白，意味深长。

从那个秋风微醉的早晨开始，晓汀的状态一直不错，月初，文副院长通知她说她执笔的那个课题上边经过讨论并顺利上报，批下来指日可待。十一月，晓汀觉得自己的时间多了很多空白和空格，等待新事物去填充，就像一块沉甸、丰厚的海绵挤出了水，留出了不少空隙可以用来插进奇闻乐事。顿时一想，原来在紧张有序的工作下，那些填塞海绵的水分都一一被努力给蒸发了。剩下来都是年底的事，再有是修订下年度的课程计划。

这些天恰好李东闲居在家，最近报纸出了点问题，上级检查说查出了伪劣广告，他们业务组被通知停下来整顿。晓汀额外地决定在家里给自己和李东留三天休息时间，也没去小吴山登高踏秋。

晓汀她特意穿了翠绿花裙，花枝招展，扫地、拖地，用吸尘器吸尘，李东却视而不见，并没有什么合作的态度。到吃饭，谈到柴米醋盐，也冷漠得很。一连两个晚上，晓汀本来想亲自下厨在家里安排一顿丰盛的晚餐，东北乱炖，狮子头，南北通吃。她把去菜市场买菜的任务交给李东，在看《香格里拉攻略》的李东却说，去外边吃吧。晓汀不明白他心里是在赌气，做菜的兴致被他给活生生地打压下来了，看着李东不是看《攻略》就是看《海贼王》，一度，她又觉得波伏瓦的“第二性”无比正确。

李东却在他俩的缝隙里盯着，终于这一天，在这个裂开的缝隙间冒出来了那朵久违的微妙之花来。

“喂，韦总？”

“讲课呀。嗯，好。好的。”

“有时间，有时间的，嗯，好，好。”

对方是韦一良。

现在这三个字对于李东是玻璃碴，格外硌眼。晓汀把电话一挂，换高跟鞋，拎提包，准备走人，李东生平第一次歇斯底里：“回来——！”

晓汀悠悠地看着他：“干吗？我去学校。”

那神态、那眼神分明是在挑逗他，连说话也是托词味儿。今天，他绝不允许她出去，李东“砰”地从笔记本电脑前站起，像一根憋足劲的弹簧，从沙发前弹射而来，去夺她的包，不料他踩着了她的鞋跟，两人一起失重倒在她刚擦拭干净的地板上。

地上的晓汀像个妖女，曲线在她的圆筒套装的紧裹下原形毕露地凸显，饱满的乳房像山丘进入视野，以至于李东有些恍惚这还是不是晓汀。因为平日经常上夜班，他俩在一起的机会实在太少了。李东把她摁在地上，做了时隔半年后的第一次爱。长期积累使晓汀身体异常丰盈，激情澎湃，但李东总觉得洼地里有块漂浮的岛屿，如鲠在喉。

第二天，晓汀一大早就去了学校，她温热了早餐，而李东醒来想到的是“韦一良”。他通过这三个字查网络，查晓汀给北廷大学做的报表，一直查到工商局，最终查明了金艺文化传播有限公司的GPS方位，甚至还查清了韦一良的发家史。富二代。经历过两桩纠纷官司。网上有帖子说韦一良开着一辆大奔驰撞伤了一农民工，韦一良因当时有急事说叫他先去医院，留下纸条，写着公司地址、电话号码。他拿着纸条瘸腿去金艺报医药费，韦一良三天都无影无踪。这名年轻的工友在网上骂骂咧咧，大咒不仁不义韦一良。

李东已经知道妻子晓汀接受了韦一良请她去上广告学案例的讲座。这是第二次。因为他在晓汀平常装化妆用品的抽屉里找到了印有“金艺”两个字的信封。李东甚至敲准了晓汀这第二次去金艺讲课的具体时间。

李东当场决定去听听晓汀是怎么给韦一良讲课的。

这天早晨一反往常，铜城的冷风中飘浮着雾凇般的冷气，寒气逼人，冷冽异常。

李东坐电车早早去了单位，他去单位是找人化妆。还在昨天醒来时，他就赫然记起上次请化妆组的尤樱吃冷餐时，尤樱说的欠他的一个人情。他就想让尤樱给他化妆。

因为工作性质，之前，他们业务组的记者有时需要进行化妆采访，特别是进行地下采访黑厂家时。记者化妆不比主持人，主持人化妆是追求所谓的高雅脱俗，知性；他们业务组的化妆则是追求俗，超俗，最好化成混迹于铜城小巷间活灵活现的职场青年或农民工进厂。

李东想这次他去听课也一定要化妆，否则妻子晓汀一定会认出他来。在单位的化妆间找到尤樱，李东说：“你把我化成李嘉诚的儿子李泽楷去听课，化好了，给钱。”

尤樱听得一愣，最后掩口哈哈大笑。

李东问，笑啥？

尤樱直摇头，非笑，是嘴漏风也。

化了妆的李东在北椒路准确地找到了金艺，他坐在金艺培训教室的最后一排听妻子晓汀讲课。刚才他一入场就引起金艺那班人纷纷回头，而晓汀也似乎敏感地察觉到了教室里这点微小波澜。她刚上讲台时，眼似鹰隼般扫了全教室一眼，但好在这是在课堂，这小小的风波始终没有爆破，晓汀开始抑扬顿挫地讲课。

差不多到了一个半小时时，李东看到了韦一良。韦一良过来坐在他邻座！李东是通过韦一良嘴角那颗巨大的黑痣认出他来的，之前，在网上搜到过他的近照。韦一良一屁股在李东旁边坐下时，李东扭过头去，他俩正好打了个照面。看到是个陌生人，韦一良当即两眉拧成了一股绳。此时，李东瞥到讲台上的妻子晓汀的目光也正朝他和韦一良的这个角落扫，晓汀用余光一共扫了好几眼，似乎想找出那点微小的异常。那时，李东感觉到尤樱涂抹在他脸上的粉彩和颜料，因为微汗已经在剥离。

培训课终于结束了。

晓汀的课平静如水。没有争议，也没有停顿，甚至没有提问。包括韦一良的发问，故作无知或刁难的发问，挑逗的发问。但李东能从气氛中感受到韦一良欣赏他李东的妻子晓汀，他也能明显感受到晓汀在有意为之，故意不留出任何空档来互动。课尾，连李东都觉得失落，这种上课哪像什么培训，实在没意思。

李东倍感蹊跷地迈出教室，进了男洗手间。洗手间里，他下定决心，觉得实在有必要监视，搞清楚晓汀到底在搞什么鬼。李东蹑手蹑脚地走到总经理办公室门口，假装若无其事，用他记者的一套专用技能聆听门里的讲话。

“韦总，下次课不来了。”

“我对这样的培训教学感觉没兴趣，还是经验不够。”

“至于我们学校的拼盘课，以后有机会再合作。”

……

到此李东心里的石头落了下来。

看来确确实实是个疙瘩，在心里纠缠成了大误解。现在相安无事，早晨还是早晨，晚上还是晚上。各自可以踏实地上班，李东也可以心安理得了。

于是，风景回复到了他发生车祸之时偷看到晓汀的短信之后，回想起在地板上做的那唯一的一次爱，甚至一路后退，回到十月甫到的那个秋天早晨之前，也就是以往他和晓汀一路走过来的四年平淡无奇的日子。

经此一颠簸，李东更是懒洋洋，除了去整顿完毕的报社上班，实在找不出什么新乐子。妻子晓汀像一件洁身自好的挂饰，她在白天里还在为跳到中产阶级的生活努力。

在秋季的末尾，李东给自己找到了一个很好的定位，那就是一个名词：犬儒主义。它不等于麻木。

犬儒主义是中性词，有时是必要的。

入冬后的十二月，经与自己有相似经历的铜城电视台一名高尔夫栏目主持人介绍，李东爱上了一项活动，和鸟有关的：逗鸟、遛鸟、斗鸟。他还参加了一个爱鸟协会，买了一双画眉，一雌一公。为防被晓汀发现，晚上把鸟寄居在同事家中，只有白天才偶尔把鸟带回，挂在阳台角落里，而晓汀是很少进家里的阳台的。

除了养鸟，李东甚至和一些五十上下的中老年人商议好，一到月底，初雪甫下，江南之冬充满雪的汗渍时，去邻近铜城的大富山打鸟（拍摄）。

月中，爱鸟协会举行了一场全城斗鸟大赛，赢者奖励五箱生啤，李东也报名参加了。一报名，李东就开始密密麻麻地搜集资料，去新华书店买书来研究鸟食、鸟性及鸟语。因此，即使白天，他也很少回家，有时和那同事蜗居在单位的单身宿舍里整日探讨。

晓汀发觉了问题。她发现，自从入冬以来，李东很少在家出现，倒像恐怖分子在研究炸弹似的鬼鬼祟祟，先是隐瞒她，偶尔一天两天不回，后来是常事且无电话。她越来越觉得蹊跷，最可气的是，最后李东竟然连续五天没回家，连人带影都失踪了。这天晓汀把电话打到李东父母那儿，以为李东瞒着她偷偷回了沈阳，查曰无人。通话中，李爸的唉声叹气把晓汀说得冒出一身大汗，宛若是在说其他人，而不是说她的丈夫李东。通话结尾，李爸还重重地补上一句，我们那下嫁到江南的儿子已经大半年没打回过电话了。

生活怎么变质了呢？晓汀坐在沙发上回溯以前的日子，怎么就觉得是从那个让人沉醉的秋天早晨开始的呢？

冬日柔软的阳光在飘浮。

她眼睛掬出泪来，倒杯水，坐下来好好想了一想，一幕幕。晓汀开始万念皆无，最后发誓掘地三尺也要把李东找回来。

晓汀上午去了电视台，但业务组来上班的同事只知道李东每日用红外线传来报道稿，却无人知道李东在他的私人时间里干了什么。晓汀走出来了，站在编辑部外的过道上发愣。不久尤樱从尽头的演播室走出来，看见了她。尤樱是认识她的，远远地叫晓汀姐。

尤樱看她泪流满面，便问她怎么了，晓汀说，李东失踪了。

我家老郭闲着慌还要赌呢，李东倒好。看着晓汀委屈的模样，尤樱嘴里嘘出一螺旋的白气。

尤樱重新进演播室前告诉她，李东在河海广场斗鸟呢。

中午，晓汀是在河海广场的斗鸟大会现场找到李东的。找到李东时，李东正在调试他两只“唧唧”叫的画眉，马上就要上台。

看到晓汀，李东诧异地问，你怎么不好好地工作？来这儿干吗？晓汀气不打一处出，她说，李东，你怎么那么闲？李东提着鸟笼要上台，说我白天下班也没事，反正你又不在家，我还准备月底上山区参加打鸟，锻炼身体呢。

晓汀更是生气，攥住他的鸟笼子，笼子里的画眉受了惊吓，鸟笼掀倒在地。李东勃然大怒，扭头来说，你可以去拼命上课，难道老子连遛会儿鸟也不成?!

上邪

咸秋成告别了儿子李宇生从镇上回来，走到黄家凹的时候找了黄姑。她瞒着咸平老头。以前，谁叫她的事挂在嘴上呢？她找过黄姑两次，咸平老头骂过她两次，彻头彻尾、没完没了地骂，骂得咸秋成横下心，差点不跟他的道士班。后来，咸秋成还是把道士做了下去，话说回来，咸平老头也不全是个道士，只有年末、年初才忙，那时打工的、求学的都回来了，平常都闲。平常，咸秋成说他咸平老头太过于俏皮，他把道士做得很不标准。

天瓦蓝瓦蓝的，咸秋成心情舒畅了起来。她到家的时候是下午了，咸秋成想咸平老头不可能叫她出门了。她先去田里打化肥，化肥用大船拖过来，渡船的是王师傅。

王师傅是捉田鸡的老手，五月是捉田鸡的时候，他是来等收成的。今天，他的后面还跟了他女人。女人四川的，不喜欢吭声，生娃子到了七八岁，也没见说话。王师傅为了女人，请咸平老头做过法事。他夫妇俩在镇上刚开了快餐馆。船上，王师傅的女人一直在做些红线头，平常她在餐馆前，用这些花花绿绿的绳头做些招徕客人的生意，都是些地摊货。让咸秋成看，王师傅的女人面庞窄、像条船，看起来，这辈子不会吭声了。

船头的风很饱满，咸秋成兴致好，想起有一天她在竹楼里烧火煮饭，和来捉田鸡的王师傅开起玩笑。她说王师傅：“你呀，拖了一只乌龟。”

“你拖的乌龟佬，咸平老头领情吗？”王师傅说，“我看也是未必。”

王师傅是知道咸平老头为人的。当然，王师傅这么说她，咸秋成也不怪他。平常，她都说自己跟了个乌龟佬，她特别喜欢这样说。咸平老头年纪大起来了，做事手脚不利索，背词儿有时前不着跟，老是让前边捶鼓的她干着急。好在这些年，请咸平老头的大都是年轻人，全只图个乐趣，有时热闹就是乐趣。

王师傅和咸秋成在逗笑，可不想，咸平老头来了码头上。

下午三点多，王师傅和他女人走后，咸秋成开始在码头上扛化肥，去给稻、麦施肥。阳光的光线金灿灿的，像针一样，咸秋成戴着斗笠，还是出了身汗，酣畅淋漓。戴着长飘道士帽的咸平老头过来了，他从后边一眼就瞟见了在施肥的咸秋成。

他过来时，咸秋成站在田埂上，像立秋时候饱满的玉米，黄甸甸，圆润、发鼓。咸平老头像架飞机，保持领空优势，他像切菜一般，从一旁凶狠地瞪了她几眼。

咸平老头没有停步地在路上疾奔，他是要马上过河去，没有时间理睬咸秋成。咸平老头想了想，他给乔桂打去了一个电话，乔桂是他徒弟，去年刚上坛成了一名正式的道士。

咸秋成也看见了他，本来要来喊他，叫他停下来。怎么不等等她呢？转念一想，可能他知道她去找过黄姑，她就放弃了呼喊。怎么说呢，咸平老头和黄姑是师兄妹，表面上和和气气，心里却是一对冤家。咸平老头常常对咸秋成说起，论起黄姑，他说过的，“我们是伙伴”。

“伙伴，知道吗？”咸平老头说，“我时髦得很。”

这些年整体来说，信道士请他们做法事的人越来越多。咸秋成专司锣鼓，她很卖气力。轮到歇息的时候，咸平老头说，“打鼓，不要抬太高。”他盯着咸秋成看，咸平老头是个道士，平常也总是喜欢说昏话，周围的人一听，双眼眯成一条缝，像榆木疙瘩开裂。

现在，来看他们做法事的都是老汉老奶。老汉老奶个个看起来是瘪葫芦，没多大生气，不过最近，铺里的人奇了怪了，那些打工回来的人总爱请咸平老头。咸秋成想，可能是在咸家铺，咸平老头资格最老。有咸平老头，那么咸秋成自然在，老汉们说他俩是一对连体葫芦，也有说是不太规矩的唐僧带了个一脸正经的女沙僧，这样的心理很值得玩味。

咸秋成没上坛，不过是跟咸平老头跑场子，不过咸平老头也需要她这个捶手。对于咸秋成来说，咸平老头平常不是很忙，这样，她可以多干很多事。去镇上看儿子李宇生呀，农忙时忙农活，年初、年中、年末三个时间点，法事才多，至于利润，她有双成，反正那阵李宇生也放假。一放假，李宇生只会待在家，玩玩电子游戏。

上次，李宇生回来，捧着游戏机盯着看，咸秋成连抢都抢不过来。

“你这样看，眼睛也不怕近视。”咸秋成在切菜时就说。

“我不怕近视，好不容易轻松下。”

“在学校你也这样吗？”

“有老师管。”

“在家里我就要管你。”

“我不管你，你也不要管我。”

李宇生性子倔，就像一块随时崩裂的砖头，咸秋成担心这一点，她才经常去镇上打探。

五月的天，真是舒爽，与远近浑然的山也特别亲近，咸秋成打完化肥回来的路上，蚊虫交织。黑点、灰点之间，那些透明的翅膀，形成一种时兴的挂链。

她在镇上看到一家烤鸭店的门口就挂着这种挂链，像一种很少见过的丝绸，她站在台阶下看着它。当时，在烤鸭店的门口，还站着一个女人，见咸秋成看着她的店，眼神里满是奇怪。她在看咸秋成的打扮。这女人出来后，马上又出来一个男人，他俩一起走到对面一家米线店。女人走时，回过头来仍在看咸秋成，咸秋成也就多盯了她几眼，这个女人走路看起来像一只鹅。

不过，怎么能想荤呢？去镇上之前，咸平老头说："咸秋成，你入行两年多，也要上坛，上坛当道士。按咸家铺过去的上古音所讲，我们这里都叫它上邪。上邪，上邪是大事，懂吗?"说这话时，咸平老头是认真的。后来，咸秋成去查过字典，翻来翻去，对于咸平老头为何这样讲，她还是不懂。

这时，她碰见了乔桂。乔桂一脸苦瓜相，他也在路上疾奔，步子吊在空中，看见前面光脚走路的咸秋成，他催促道："干吗去了你，师傅找你，穿鞋子，穿鞋子，快快快!"咸秋成见罢，只好跟在乔桂屁股后跟他一起走。

他们到了柳叶冲，咸秋成才知道咸平老头心头急的缘由。看着床上已然落气的老人，咸平老头手拢着坐在床头，眼泪涟涟。这很应景，咸秋成在人圈外远远地站着，她看到了咸平老头。

孝家忙着备好了白布、蜡烛、钱米，丧事终于要开始。从歌郎唱丧歌开始。平常，咸平老头也是歌郎，唱只有歌郎会唱的丧歌，这在道士里少有，算是道士里的五项全能了。孝家男男女女，一路在灵堂站好，咸平老头摆足了架势，人站在八仙桌后，遒劲的手呈拳头状撑在桌面，躬背扶腰，老气横秋，呜呼哀哉，三种曲调轮回起唱，一旁的乔桂仰头起和，他俩做得神形兼备、悲戚至极。

和周边的人一样，咸秋成也一下掉到了应景里，对着门口，看着山坡上河谷里，看着那翻滚的绿得发紫、绿得发黑的麦浪、稻浪，她明白接下来马上要做什么。

咸平老头红涨着脖颈唱《夜歌》，不到半小时，人都还没散去，咸平老头嘴一张，急忙，他转向了咸秋成，又随着手势一挥，他嗓音急促："你来，快，咸秋成。"

咸秋成赶紧接上，由她领唱。手撑在桌面上，她的声调比咸平老头高，高亢、起浮，有自然的气息，乔桂在后面起合，形成一股精神气，像栖息在黑夜里沉吟的麦浪，翻滚着，舒展着，在追赶，这股气息在空气里，又像不存在。

灵堂里的人脸上慢慢绽出欣慰来，放心地说："真是亏了你，我们的咸平老头。"

屋子里，锣声震耳欲聋，唢呐吹至恍恍惚惚，人还没散去。这时坏了，咸秋成飘了起来，儿子李宇生说，我上课的时候脑子总是要飘起来，数学题也做不对，摸不着思路。咸秋成说，你是注意力不集中，走神，难怪成绩这么差，二十五名，考哪门子大学哦？

"考不着还是有扁担人学，也可以打工啊，哪像你？"儿子李宇生回击。

她唱歌的一路都在想学校里的李宇生，后来竟然异常乏力。凌晨两点多，逝者盖布，吃夜饭的时候，咸平老头过来，看她坐在高凳上昏睡起来，咸平老头说："去歇会儿？"

明明听见咸明老头说话，她仍有些迟钝。

"明天还有。"咸平老头说。

咸秋成顺意了，咸平老头人执拗，一般他的安排不容改变。

孝家早就给他们安排了床铺，是两张床，在同一间屋子里。咸秋成睡小床，床上很臭，有老鼠屎，她也睡得舒坦。屋子是木板楼，隔壁是个临时厨房，为了办丧事布置的，桌案上摆满了豆腐、五花肉，还摆了台电视机。一个男的和一个女的在看电视，他们在开玩笑，男的说在广州看见她，肚子捂得像金元宝，大得很……怎么，后来蒙起脸，偷偷坐小船回来……咸秋成迷迷糊糊，无辜地替隔壁的女人紧张起来，心跳加快，咸秋成不知道为何紧张。

还没鸡叫，那张床上也爬上来一个人。

咸平老头。

他们外出做法事，都这么睡，法事只留乔桂守场。咸平老头进屋没有开灯，他朝马桶那儿走去，看了一眼咸秋成。咸秋成让他看醒了。咸平老头站在马桶旁，解开拉链，滋、滋滋。咸平老头的尿液从马桶里一路溅过来，溅到咸秋成的头上。老人尿味有点枯而不臊。那边的厨房里已经没有了说话声，只有电视在播着，午夜播武打片，噼里啪啦。见咸秋成睁着了眼，撒完尿的咸平老头扭了下屁股。他说："你找黄姑了？"

"谁说的？"

"我自然知道的，不用你说。"

"知道的又不一定是对的。"

"你娃子说习，还算好？我不是不让你去，道场嘛。"

咸平老头把"学习"说成"说习"。他吸了一口烟，这口烟呛人呢，让屋子毛躁起来。咸秋成也想撒尿，等披着大衣的咸平老头入床，她一个打滚，摸黑起床。黑暗里，对着那只偌大的木桶，她的尿速很快，顺畅。她想起稻田里的鲫鱼、黄鳝，一条条从沟槽里出游，它们快活极了。

她看了一眼周边，摸了把屁股，屁股有些黏稠，沾了尿液一样，她羞赧地站起。她很久没有这种感觉。她站起来的时候，没去看咸平老头，她知道咸平老头不会看。

“我想他总归要回来吧。”咸秋成的声音很小很小。

咸平老头没再理她。咸平老头早就没在抽烟了，他酣然入睡，鼾声如雷。

看了眼远处灵堂里焦黄的乔桂，咸秋成走到床边，可是怎么也睡不下。

刚才咸平老头一下子就问到了她的根本，是她找黄姑的原因吗？不是，却是她入行的原因。刚入行的时候，咸平老头可怜她一样地说：“也好，上邪，唉，渡你一个就等于渡全家。”

咸秋成说：“我只管混口饭吃。”

“你还有个孩子要养。”

“养着李宇生。”咸秋成说。

“那谁。”咸平老头想起什么，他又没往下说下去，“是啊，他还要考大学。”

到这儿，咸秋成心痛起来。满打满算，男人大大前年出去的，说是去挖矿，一去音信全无。一起出去的人说，山凯到贵州的盘山道，就不再跟他们走了。每个人都这么说，也就撇清了关系。咸秋成想不明白，从男人出走开始，她才信的鬼魂。

这年开头，给她介绍的人就超过三个了，各种人都有，有劁猪的，赶场的，走小市场卖鱼的。媒人劝她，说她年轻，没必要僵着，人何必不痛快点过，哪怕抹刀子也是痛快，被软刀子割更惨。

软刀子的厉害，咸秋成尝够了，有时候她真想放弃。托媒的人每介绍一次，她就回一次娘家。娘家是个自省的人，也是能和咸秋成说得上话的人。上回娘家跟她说，到了你下决心也是我下决心的时候了。

咸秋成没动，只挪了挪屁股，她说："不急。"

娘家说："这也不成的。"

咸秋成说："还挺赚钱的。"

娘家说："你就清楚赚钱。"

咸秋成说："妈，现在与以前不一样了。"

娘家就有些生气，狠狠地落下一句话来："我要把你收回来！"

娘家痛惜地来打她，碰到咸秋成软塌塌的屁股，手停了下来。说也奇怪，李山凯走后，咸秋成的屁股一点都没小，这点连咸秋成自己都解释不清楚。李山凯走后，她搞过养殖，养十五头猪。养猪那阵，她经常站在母猪后面观看。对于她来说，这心理不太正常，想起来，也是件不寻常的事。到后来有道士当了，咸平老头说跟我来当道士吧，她连猪也懒得养了。

娘家早就知道她在跟咸平老头一起做道士，这样下去，毕竟有风言风语。反对过多次，娘家才生气。但咸秋成认为，反对有什么用呢？

咸秋成第一次找黄姑是入行没多久的时候。那次，咸平老头带领她在戚家唱傩戏，老板是个从城里回来的，爹佬是个盲人，在算命先生那儿许了愿，约了咸平老头年初一场。出场前，乔桂生起过怯意，咸平老头点名时，乔桂拿起手机给老婆打电话，很大声："娃子放学了？哎，你一个女人的，今天早上饭做成了夹生，你害人不是？"

这是乔桂很少的一次自作主张。

"那么，"咸平老头说，"咸秋成，就你和我吧。"

乔桂和咸秋成一齐走出来的时候，乔桂在小声抱怨："我怎么能给瞎佬唱歌，你不知道，给瞎佬唱歌不多出事吗？"

那天的事就这么定了，一整天的戏只有咸秋成和咸平老头干耗。下午三点多的时候，咸秋成让风吹晕了一样，迷迷糊糊。轮到她主唱，等到唱到高潮部分，她一手拿红蜡烛、黄纸，一手捧着炭黑的菩萨，脚步舞动，嘴中吟词提速，等到脚步再加快旋转，耳边出来一声话，它说："咸秋成，去吧。"咸秋成脑子迟钝，人仍在右旋，她一脚踏空，她想说话的是谁，像是谁的叮咛，那木菩萨叮叮当当磕到地上。

咸平老头勃然大怒。好在那个常年在外的民工知道咸秋成，咸秋成没上坛，不能算真正的道士。他只是责成咸秋成请来一个漆匠，用生漆和胶水把菩萨粘好了事，其他也没多加责怪。咸平老头加以赔笑，答应民工的全部要求。

咸秋成记忆深刻，她回去娘家，说给娘家听。

在咸家铺，出嫁的女儿都把母亲称作"娘家"。娘家说这是一次暗示，娘家说："咸秋成，你没想可能真的有谁找你有话要说吗？"

她没想到咸平老头，她去找黄姑问清缘由。

黄姑是能对话的人，这点咸平老头是欠缺的，或许因为他是男人，黄姑是女人的缘故。大概是男人与女人的差异造成的吧。咸平老头不能，黄姑却能猜透她的心思。每回她找黄姑，她都像跳进早已预设的咒语里，让她相信黄姑的话。

黄姑是市里道教协会认证过的，虽说是个女道士，可是在精深他们道行的老辈、老讲究看来，她因为专注而更有法力。他们说咸平老头是坑蒙拐骗，为了赚几张红票子，那些常年不在家出门打工的人图个热闹而已。哈哈，咸平老头就是热闹。

咸平老头自己却不这么认为，咸秋成第一次找黄姑回来，咸平老头就跟她说："你找的竞争对手只配给我提提尿壶。"

一想，咸秋成醒了。可见，后来她还是睡着了，而且睡得很死。

她看了下手机，早晨七点多了，阳光直射，像铺了金闪闪的钢珠，屋里屋外黑白分明，她一时害怕起来，赶紧洗漱，嘴里气若游丝般。他去镇里见李宇生的时候，还听见镇里人在嘀咕地球会不会热得爆炸。她想，乔桂不太可能还在房里，她看了下那张床。乔桂仍躺在床上，她张开大嘴呼吸，呼着腥臭的水汽。风里含杂着豆荚香气，噗地刮过来，床上的乔桂躺在那儿，像一只田鸡。

咸秋成从柳叶冲挑着皮箩出来，面颊红涨，眼球隆肿，像被日头晒熟的蛙娃子。整整唱了三天三夜，直到这个傍晚才落幕。"回头是岸，有苦不能难噎，往世太平终开始"。路上，咸平老头还在念念有词，哼唱着往回去的方向走去，从远处看，形影依稀，像三棵夜晚会移动的苦楝树。

"《告别阙》再唱一遍，就行了。"走过了柳叶冲，咸平老头对后面的咸秋成和乔桂说，"名字是我改的，我们道士要与时俱进，又要想远古的事。"咸平老头说，"找了个师范大学的毕业生，还是个研究生，一起划了个谋。"

“很好，不错。”乔桂说。乔桂只会应和。

“我们也要讲究个新时代创意哩。”咸平老头偏向咸秋成。

论到赚钱，咸平老头是不会放过任何机会的。眼看可以歇下来了，到了一年中的歇夏，跑了柳叶冲这一场，咸平老头着手准备召开会议。按老办法，咸平老头会把大家的一部分工资存在煤矿里，年终分红。

咸平老头有头脑。然而，有一个问题摆在咸秋成的面前，对于咸秋成的表现，咸平老头不满意，从他紧绷的嘴角可以看出。往常，咸平老头一看她和乔桂出差错，就像衰老至极，嘴角像被燃烧的塑料纸炙烫过一样。

等到会议召开，咸平老头说：“咸秋成，你怎么唱的《夜歌》？一开场，你就错，要吊腔，不该这么唱。柳公、七郎、八郎、胡君晚郎……接下来还要斜声，继续斜声。别看打工的不懂，久而久之，我这块牌子要让你掉光了。”

最后，咸平老头说起一句很重的话：“我看你是尘缘未尽，心境未了。”

咸平老头一反平常。

他是言说有意，想想还是咸秋成去找黄姑的缘故，也就是说，咸平老头认为她吃里扒外。咸平老头话就讲到这儿，咸秋成没有吭声，到底咸平老头是师傅。

也没有多说话的余地，她想那么就先干耗着。半个月以来，咸秋成没有去咸平老头那儿，咸平老头也没有叫她。那天，李宇生回来了，李宇生说学校要交补课费。

咸秋成才想起，咸平老头这天恰好是庆生。

咸秋成迈入咸平老头家的门槛的时候，她就发现情况有些变化。咸平老头在门口抽中华烟，一口一个烟圈，屋子迷离、朦胧，和远处的山体轮廓混为一体。屋子里有人抽噎。那是女人的哭声，咸秋成进去，看见一个女人埋着头，咸秋成猜想，可能是咸平老头以前的干女。咸平老头收的干女多了，按这一带的道士规矩，咸平老头收了二十多个，她们大多不相往来的。咸平老头的这个干女，咸秋成只见过一次，整体印象上像王师傅的女人。

咸秋成过来，咸平老头在靠椅上，咸平老头头也不抬。

他说："跟你一样学道士的，叫李玉花，碍山峁的。"

咸秋成说："欢迎。"

咸平老头打开抽屉，把钱开给咸秋成，按老规矩。

咸秋成瞅了那李玉花一眼，原来她不是来庆生的。咸秋成又想起前些天咸平老头说的话。一想起，咸秋成就不主动了。不像刚见到乔桂，一会儿给他打毛线衣，一会儿又给他热汤。咸平老头决意再新收一个徒弟，咸秋成认为明显是针对她的，她心里不痛快。

拿到钱回来，儿子李宇生在打游戏。

"当道士能赚钱吧？"李宇生头也不抬地说。

"我又不让你当，我累死累活干吗？要让你考大学。"

"屁。"

"你只晓得打游戏。"

"打游戏也比糊弄人好。"

儿子李宇生这么说，可也是奇怪，咸秋成不往心上去想，她在想她的师父咸平老头。她和儿子李宇生还要靠当道士过日子，否则只能与王师傅的女人一样，在小街上卖线头。

咸秋成开始慢慢了解李玉花。李玉花刚打工回来，之前，她们夫妻俩在广东的一个鞋厂，也是命中注定，老公突然得了病，是那种座上瘫，坐得起站不起，看起来挺像软骨病，花光了家里的积蓄，算疑难杂症了。夫妻俩去年才乘火车回来，回来后李玉花找过很多工，煤矿老板不要。矸石厂不要，县里新办的电子厂也不要。因为那里都有铺里的人，都知道李玉花的情况，厂里嫌李玉花上班肯定不能一心一意。实在没法，两人在家干坐，总要有收入才好。“入行来做道士吧。”咸平老头主动提出来。

李玉花最多背了半个多月的经文，就可以做法事了。

做法事前，咸平老头先做一个简单粗糙的入行仪式，咸平老头说：“我渡你三分桥，能不能上，唉！上邪、上邪，上不上，造化全凭你自己。”

天气越发炎热，乡间老人再也熬不过酷暑，在咸平老头和黄姑等身穿道士服的人们的苦吟低唱中，永阖双眼。法事一场接一场地做，而且比往年多。现在，道士行列多了李玉花，咸平老头让她捶鼓，李玉花不再哭丧，每次都由儿子开摩托车送到这边来，有说有笑。

直到他们到桑梓的那一场，七天七夜，咸平老头没再打电话请他山的师傅来帮忙，有了李玉花，四人能包揽下来法事，乔桂和咸秋成是主唱，李玉花司鼓。咸平老头反而有了点休息时间，在那儿巴着烟嘴子，静静地吸着。他在思考什么，像一头潜伏的鳄鱼。现在，咸秋成突然怕起咸平老头这一点，让她想起五月在紫江河边。

只要锣声一停，咸平老头和李玉花开起玩笑。

“玉花真不比咸秋成。”

“玉花打锣相当于打男人，这就对了。”

李玉花故作娇羞：“这样说也不对，人家刚开始，用力不均嘛。”

“不过话得说回来，猴子也有七情六欲？”

他们声音很小很小。

“不是这样嘛，天天震，我手腕子痛得要死，哪有空想其他的？”

他们在那儿笑闹，咸秋成心里不太舒爽。她偷偷瞟了眼乔桂，乔桂让她真是有些失望。乔桂说“好嘛”或“是嘛”，咸秋成终于明白，乔桂他没什么原则，乔桂对咸平老头态度始终一致，只要他能过日子就行。

自从桑梓下山，咸秋成非常乏力，全身酸软。

她决定去看一次娘家，她给娘家买了两斤猪肉和一只烧鸡。

她看到娘家正站在门口，咸秋成有些发蒙，觉得站在门口的不是母亲，而是另一个陌生人。然而，那边娘家已经说起：

“咸秋成，哪个家来的道士，你来了。”

娘家的一声“哪个”让咸秋成感觉异常害怕。

她和娘家吃饭前，咸秋成一直在回想，娘家不说话的时候看起来木讷。咸秋成怀疑母亲像村里的老年人，以后也有得痴呆症的嫌疑，咸秋成认为母亲的不幸是她带来的。这时她想，她这个女儿既然作为一个道士，那至少要给母亲一些祝福和祈祷。她给母亲烧了几叠平安纸，烧纸时，她空前自信起来，她想她似乎做好了上坛的准备。

晚上，娘家没有和她说话，等新闻联播播完，她就去睡了，也没看电视剧，一到床上，便任由自己软下去。这晚对于咸秋成来说很特殊，她做了一个噩梦，而且梦到一个人：李玉花。

现在，李玉花叫咸秋成“姐”，她俩在外做法事，都睡一条床。李玉花像个话痨，白天李玉花有说有笑，晚上也很喜欢对着咸秋成说话。有次，李玉花伏在被子上号啕大哭，正好咸秋成进门，见咸秋成看着她，李玉花回过头来解释："姐，我这是习惯，哭哭就好。"

后来，有次在外留夜，李玉花旁边只有咸秋成的时候，李玉花竟然哭起她自己的情史。咸秋成才知道李玉花在找了她男人前，处过一个对象，那对象好赌，结婚前几天，他赌光了钱，手机打不通，人再也找不着，李玉花只好另寻门路。

咸秋成记忆最深的是一次她们在后山一户人家，咸平老头临时有事，她们留在主人家的竹楼过夜。半夜里，咸秋成去洗漱，李玉花在竹楼外，在和一个男子说话。咸秋成洗漱回来的时候，男的已经在说："你咋不跟我去？"李玉花说："人家有事嘛。"男的说："有事就不能去了吗？"李玉花说："不能嘛。"他俩嬉笑戏谑，话越说越快，越发刺激咸秋成的耳朵，后来男的说，"去吃夜宵去。"李玉花说："好啊。"男的说："你肯定不敢。"李玉花说："我怕你啊！"

李玉花在竹楼外，声音越来越小，很晚的时候，李玉花才回来。

咸秋成对她说："你真大胆。"

李玉花坐在床上笑着说："姐，没事的，我不怕他。"她指那个带她去吃夜宵的男人。

李玉花怕是喝酒喝糊涂了，说完，咸秋成要准备躺下来的时候，李玉花去外面倒尿桶了。她说她在家睡前习惯先去倒尿桶，她犯了这个毛病，在家里，她男人每天都要她倒的。

李玉花回来后，又说了好多话，看起来，她是真把她咸秋成当朋友了。更有件羞赧的事，李玉花悄悄地开始跟她说起性事。李玉花站起来，说，姐，我们比比看。她们莫名其妙地比了下，咸秋成是弧形的，李玉花却已经松垮。她们站在镜子前，李玉花还揉了揉她，揉完后惊奇地说，真是没想到呢。又说，你为何要守那男人呢？咸秋成不知道李玉花想说什么，那个晚上，咸秋成一直盯着竹楼的顶看，她觉得蹊跷。

“为了李宇生。”她当时斩钉截铁地回答。

这天不是在竹楼，她梦里的话像一把针连续掉在地上，空旷的夜里，一放大，非常清晰。娘家在盯着天花板看，老年人夜省，咸秋成的话滑进了她的耳朵里，一字不少，她不时地抚摸女儿，对着月光，任咸秋成抖索，借一个叫李玉花的女人回忆着她自己。娘家也没叫醒咸秋成，娘家一晚上都在掉着眼泪想着她。

从娘家那儿赶早回来，咸秋成去学校见了李宇生，她是去送生活费。

李宇生班上的学生知道她在当道士，咸秋成是拉着李宇生出校门的。她问李宇生，要不要妈陪读。她这问的也是异常，是傻话，她知道李宇生不懂事，李宇生恨不得她立即乘直升机飞走。李宇生果然果断地摇了摇头。

就这样，她回了咸家铺，这一次，对于要不要去会黄姑，她犹豫了。她想起临走前娘家说的话，娘家说：“咸秋成，你要好好想想，你要上坛了，自立门户。”

那天，咸平老头低着头在屋子里噼里啪啦地拨算盘。

咸秋成凑了过去说：“师傅，你看，我第三年了。”

咸平老头明白咸秋成的意思，他皱了皱眉头说：“等等，等你师妹李玉花，看看好吧。”

自从李玉花来，咸平老头就再也没有跟咸秋成说起上坛的事。论理说，这年咸秋成确实该上坛了。咸平老头话里有话，自从桑梓回来，咸平老头看李玉花不一样了。

又等过了几个月，等到核查收入入账办定，咸平老头开会，他首先做总结，咸平老头对李玉花大加夸耀，他说："李玉花，她是个天生的道士，我看她就可以上坛，就入秋吧。我们都把这叫上邪，当一个真正的道士。为何上坛叫上邪？一个字：难。好比是谈恋爱，我们要忠诚、可信，做一行要爱一行，说的就是这个根本。"

咸平老头转身对咸秋成说："咸秋成，你也一样，准备好，加把劲。"

咸秋成没吭声。

"不要老是想着男人。"到这，咸平老头又想起什么，"李宇生嘛也是，没用。"

乔桂"呵呵"两声，附声应和。

李玉花欣喜万分，她马上给家里拨电话。与竹楼里的李玉花比，现在的李玉花越来越不像与咸秋成说秘密话的那个人，她称呼儿子快来，说把摩托加满油，晚上和师傅一起去镇里吃火锅，明显听到是她犯座上瘫的老公接的电话。

听着李玉花说电话，咸平老头很高兴。

"慢一下，一会儿上坛，由你李玉花来，李玉花，你先来吧。"

咸秋成脸黑皴了。李玉花呢，当然是高兴的，她太高兴了，她电话没挂，跟电话里的"儿子"说："话都是师傅说的啊，要守信用……不守信用还不如一只，鸡公。"

他们唱双簧，比唱戏还好听，咸秋成的脸色很不好看，闷在那儿。咸平老头和乔桂坐在那儿嘻嘻哈哈，没看见咸秋成般。咸秋成出去透气的时候，屋子里仍是热闹得很，咸平老头已经和李玉花开始讨论上坛的步骤，讨论罢了，咸平老头说："好好预备，训练好当一个好道士。”

按传统老办法，农历九月的第一天就开始。

那天非常隆重，咸家铺一下子有两个道士要上坛，旁观者多，连“伙伴”黄姑都来了。咸平老头高兴地说：“这次上坛是两个女道士，上邪，唉，我要亲自监督。”

咸平老头开唱后，转交给李玉花。

李玉花开始要上刀山、下火海，然后，装模作样地做一场示范性表演的法事。一伙人在她旁边，烧纸的烧纸，放鞭炮的放鞭炮。那边，李玉花打扮成一名标准道士，只见她身穿黑色道袍，头戴丝绸的道士帽。帽子是咸秋成最近一次去看李宇生时买的，十五块钱。

李玉花站在上刀山的梯子下面，她很紧张，可是当她看到咸平老头的眼色后，她知道怎么做。按着平常的操练，她一步步做了下来。

接下来是杀鸡祭祖，按理说杀两只阉鸡，可是这次是女道士，大家难以定夺。

咸平老头深深一想，说：“母鸡吧。”

咸平老头说要杀母鸡，咸秋成听得真真切切。

咸平老头为何要杀母鸡？莫非还是黄姑的原因吧。要杀母鸡的时候，咸秋成一直在屋子里。咸秋成很早就来了。外面的鞭炮声震耳，鸡飞狗跳，刚听到母鸡凄厉的疾声呼叫，她心里要喷出血来，耳朵又捕捉到娘家的呼唤：“哪家的道士……”冥冥之中，相当急切。母鸡杀完，李玉花急促地来催她了，说：“咸秋成，你快来！”

忙忙乎乎，咸秋成也走完了过场。

两个人忙完后一直闹到傍晚，师傅们一起吃了个饭，说是开庆功会，师傅们吃了饭，人很快就散了，像空气一样散得快。一时，咸平老头的旁边又只有徒弟三人，李玉花仍然在和咸平老头开着俏皮玩笑，《还珠格格》在那儿冗长地播着，也很应景。咸秋成在角落里，她嗓子里破除了一道一直以来的关卡，空气萎缩，嘤嘤细细，那个啜泣挺像李玉花刚来的时候。门口的乔桂长着嘴，话卡到喉咙里，他不知所措。晚饭吃得满嘴流油的李玉花走过来，她轻呼，咋了咋了？听到咸秋成哭，她哑然了，把手放在兜里，她也是拿不准。

“还在想呢，天下要想的事不是多吗？”咸平老头说。

咸秋成狠狠瞪了他一眼。咸平老头也没多理睬，他这天在抽喇叭烟，天气一凉，他裹了很多层衣服，像个多病的人。

这之后，好多天，咸秋成都没去看咸平老头。

咸秋成在打算秋天里的事，她整天都在稻田里，打完了稻，还要刈小麦，不要说去看李宇生和娘家，她准备忙完这阵再说。忙了大半个月，打了三十多担谷子，在河边的滩涂地烘晒好，她准备装船，拿到镇里去卖。

现在咸秋成心里装了把算盘，要精打细算才行了。她约了王师傅，请王师傅到码头装船，王师傅说好，等他傍晚来捉蛙。

傍晚的时候，王师傅来了。咸秋成和他一起装船，船大，船板宽且长，像过去的毛板船，是以前男人留下来的，咸秋成现在看它，心里怎么都不畅快。王师傅已经听说了咸秋成的事，谷子装船的时候，他一口一声地骂，等谷子全都装了船，他还在骂咸平老头。

“好了，别骂了。”船装完了，她极厌恶地看着船说。

差不多到了十点，王师傅去捉蛙了，咸秋成也忘了感谢王师傅。

咸秋成站在船头，船开着，朝两岸陡立的隘口驶去，隘口就像斧头劈开，远去的铺子留在空隙里，它像远去的星子，看起来若有若无。两岸有“蛤、蛤”声，那是一批打工回家的人，他们在捉野生田鸡，是最后一批捉蛙人了。咸秋成不再想过去，她浑身绵软，从肩胛骨里，好像麻醉药在扩散，她念叨了句什么，顺势躺了下来，连耳朵也意外灵便了。

“接下来要刈麦，麦子金黄了。”咸秋成心想她松一口气都不行。她懂得了点自己，这时，就像有无穷的法力，她把所有的声音都收走，与往常不同的是，狭小的肚里有两种回音相抵，不同于诱蛙声，她想顺着河水流走，总有一天要流到自己心里。

人蜗

黄姑说，三年一个轮回。三年里，那个被撞飞的人时时像秋天的白茅飞来，迷糊中，咸守义叹了口气，去揩眼窝子，干瘪无水。他想该去庙里给她焚支香了。

她就是女人王兰英。

三年前，咸兰乙娶唱木偶戏的春桂，王兰英走了。

娶亲本是好事，王兰英坚决反对，这稀罕。咸兰乙成家后没多久，王兰英走的，怎么走的？村里咸达其的摩托车直接骑在了她脑壳上。那天是阳光好得要命的下午，兰英挑着水桶上集市大建卖鱼，她在狭小的马路上疾走，出了凉亭刚到柳叶冲，她心里准在挂念那麻烦事，根本没来得及避开迎头的咸达其。

那年，他做巡线工爬电线杆，王兰英来送饭。靠着电线杆他确实做了把戏，翌年诞下咸兰乙。这三十多年，咸守义觉得他是个没用的人，而山沟里的兰英啊兰英，会搓麻，会纺纱，会犁耙，眼下，却只能眼巴巴地想，怎么说呢，他只会爬线，一到家，王兰英把他当猪看，她说，我权当养条猪。

可以说，轮到他接班了。

他找黄家坡的黄姑算掌（算卦），黄姑在鸡蛋上画个人，黄纸一烧，她脸色突变，老义，人还没走！黄姑指的是兰英的魂魄，黄姑让他把兰英的魂魄寄存庙里，三年兰英才会走。黄姑是道姑，她的话在这一带千灵百灵，咸守义也信。

每逢雨，她就从睡梦里来，他每次都得到预兆，陡峭的下颌一片抖。记忆里，她是一匹深色的老狼，只是如今像他，也是一只温顺的蜗牛了。而且每记一次，他的心肺就挤压一次，鸡胸往前鼓，有残疾的他越发像只孤鸟。

如今已快满三年。在对女人的追思中，起床、做饭。

门外风飘雨，碗里也有雨丝。雨从他荒芜的头上淌下，还有股盐淡味，好比米碎子。从屋顶上来的。咸守义不知道有谁在屋顶搞什么机关，咸兰乙和他婆娘春桂应该在外唱木偶戏。他抬头看，咸兰乙却在屋顶。

雨天检修瓦片子！咸守义提起胸肺，嘴一巴，又囫囵吞下这口气，就像牛嚼草。对于儿子咸兰乙，咸守义知道他的心肝都要熬干了。他吃着饭，刚才端碗去了邻居咸仁白家，咸仁白还在笑他，笑他男公子，老庚，当初你咋搞的，斜了。

这个雨天，他隐约闻到了要出事的气息。

咸兰乙——

他喊，屋顶检修的咸兰乙却是根木头，他厚着脸皮又喊，下来——

咸兰乙还是没二话，咸守义就重重放下碗筷来了，内心的气在冲撞、游离。

最终，他无法遏止，站起，无声地朝雨中走去，也没撑伞，他就戴一个破斗笠，穿件青衫。他变得漫无目的，老男人的他朝咸家铺外走去。

五月的雨像纱布滗豆腐，点点滴滴，有点白凉。路上，他很想碰到骑摩托的咸达其，周边却连犁田耙田的人都没有，没人问他是出走、投水，还是失踪。他朝王兰英一辈子最后走的那条马路上去，老远了，唯独咸仁白的大儿子，那窑工一根干柴似的，远远地朝他喊，义伯，见了我家滔公子，喊他回来！

咸守义看不见这根干柴，充耳不闻。

他低垂的眼珠子要凸出来，像路上的泥浆，鞠满了水。他眼里在放电影，眼里即将跳出来女儿咸月娥，可她远嫁在花桥。

咸守义记不清这是第几次和咸兰乙两口子起冲突了，王兰英料事如神。而依咸兰乙看，咸守义是豺狗子，至今霸占厢房，不肯退居二线，由他和春桂睡偏房，有钱也放存折，跟母亲王兰英还在一样。殊不知咸守人从黄姑那儿回来就想，一满三年，他就放权。

他没去上香，去了三里外的集市大建。

出凉亭，途中穿过柳叶冲的铁路线，他想等火车过来他奔过去，撞得满地落彩，王兰英的死，让柳叶冲成了片永远的沙漠。可他到底迟钝了，火车呼啸而去，他才发觉手脚不利落。那时，他仍在想女人王兰英，有件重大的事，就是有关王兰英的遗言，他问过黄姑，可至今没搞懂。在纠缠不清的猜想中，双腿使他跨过了柳叶冲，柳叶冲后面就是大建了，来到张屠夫的肉案桌前，他才停下。

张屠夫那板案上的猪肉吸引人。

他背着手来回了三遍，也闻了三遍，猪肉新鲜。

春凳上坐的张屠夫朝他眯眯眼，驼背，怎么，来两斤？

咸守义摸摸口袋，袋里主要是买盐的钱，买了肉，吃盐就不够了，他只好走开，去盐米铺。看他走，张屠夫笑话他，驼背，你要去看耍戏呢，演济公。

咸守义转头，果真听到哄堂的笑声，煤矿广场的边角扎了一个遮雨舞台，还有张醒目的招聘广告。那也是年轻人的事，这时，他偏偏又记起咸仁白家的黑窑工要他招呼咸滔滔回去，于是，他朝大建唯一的一家网吧走去。

咸兰乙的脑壳现在是豆腐渣填满的——照这咸家铺三百多户的咸、李人家认为。咸仁白尤其这么认为。咸仁白除了有个窑工儿子，还有个了不起的小儿子，就是那个大学生咸滔滔用他从省城学来的普通话说，兰乙是大脑搭错了一根筋——短路。

一听，咸守义的胸肺又被挤压了一次。但有些事他看在眼里，殊不知咸滔滔自从大学毕业，从省城回来名义是在打工，实则是每月花咸仁白五百，鬼都不晓得咸滔滔在通宵达旦地上网，咸守义却清楚。他清早起来卖菜，好多次看到咸滔滔迷糊着眼从网吧里出来。

今天，他却没在网吧找到这个高才生。

未果，他又往回走。转悠了几圈，没买盐，买了一匹粗布，没找到咸滔滔，他到底还是又转回了张屠夫那儿，称了八两肉。张屠夫嫌少，看他说，老将，太少呢，还有你儿子、儿婆子唱木偶戏回来了吧？张屠夫是想说赊账也行，咸守义却紧攥刀头。

买了肉的他终于到了煤矿广场那边角。那舞台动静比刚才又大了，下雨也集聚了一两百人。平常早晨，他就在这里卖菜，照往常他会去看，可现在他心中的气没消，还有些累，他很想把身架子松散，在边角一家小吃铺旁，他坐下。

他花了最后三块钱。一杯花生米、一碗甜酒摆在面前，甜酒里有他发酥的倒影，花生米则嘣得牙痛，让他吃花生的整个过程像挨枪子，挨咸兰乙和春桂的枪子。王兰英一走，他两口子并不把他当人。而他整个表情，看似瞑目地静静地坐着，手里则拎着棕叶挂着的那点瘦肉，他很想明天是世界末日，盐也不用买。

他闭着眼，继续抿着酒，也不去看十米处那人声鼎沸。他在这丝“抿”中给扑通一声惊了，肩上落了个重物，好比不孝子咸兰乙捡瓦时摔下来一片瓦。他摸摸脑壳，重物在背上。回头来看，一个家伙戴着金灿灿的面具。

是只猴子。

他后来都记不清这天到底做了哪些事，一想，轻松有味。回来时他买了一个玩具面具，不是给他那鳖孙子买的。回咸家铺的三里路，他一直戴着面具，哼歌。回来时跟去时一样，路上没有人，除了那些无处安放的游魂。一路，王兰英也没问他为什么不服老，他一个残疾人从来不怕人说闲话。

他疾走如飞，出凉亭到黄家坡时，偏偏碰到一个人。

咸滔滔！咸滔滔刚从咸家铺出来，还叫了他一声大伯。咸滔滔手里牵了一个窈窕女子，他觉得那女子很像年轻时的王兰英，还特地认真地瞅了一眼。待他一走远，窈窕女子嘴里竟啜出一句，谁啊，怪里怪气的。咸滔滔寡言，他清楚咸守义晓得他通宵达旦上网的事，可大学生毕竟有文化，咸滔滔也没对那女的说他是老不死。

他到家里后，快活地拿那快风干的八两肉做了一顿饭，饭后他刚想躺下，也不管他厢房上面的瓦片子掏出漏雨的洞咸兰乙有没有补好，有人敲门。

他问哪个。

门缝外说，拐老嘞。

拐老是老唢呐手，和他四五十年的伙计（朋友）了。前些天他在冲里砍柴，路过庙里，拐老、咸仁白在躲雨。拐老一见他，双眼活了，连对咸仁白说，老白，你看我们三个谁会先死？当时他们仨根本无视村里寄存庙里的魂魄，包括王兰英。

这会儿他去开了门。拐老这会儿拄着个锄头把当拐杖，手里拿着黄铜唢呐。拐老一进门就抱怨，老义，你一路上戴个面具干吗？追你都追不上，飞一样。

咸守义脸红了。

拐老就凑过来了，用锄头把指指门外，他俩今天没剥你的皮吧？拐老声音很小，咸守义听得直抖，宛如那个人是王兰英，在跟他私语什么。他扭过头去一看，拐老凑过来原来是递给他旱烟。递完烟的拐老说，颜家冲的木匠死了，晓得吧，我到他那儿来。

咸守义一惊，他才刚六十吧？瞅着拐老那布满黑斑的黄铜唢呐喇叭眼，他突然摇头，哪天你又要来了？

拐老就笑，看你活蹦乱跳的。

拐老扭头点烟，他瞅到了屋里王兰英的遗像。

那家伙还有用吧？他又扭过头来。

咸守义不明白他说什么，可是等他明白过来，拐老不在屋里了。拐老在窃笑中拄着锄头把走了，屋外的路上继而爆发出爽朗的说话声。

拐老人死掉婆娘后，就像个魂魄，人还不正经。

他出门去看拐老还在不在，九点多，他要回屋时，看到咸仁白他们家的屋子后站着两个人。他走过去，发现是咸滔滔和那个女的，他俩靠榛树上。咸守义问他俩在榛树下做什么，这回咸滔滔好像很生气，回过头气冲冲地说，做爱！

回想这对年轻人，睡梦里与往常一样仿佛沉浸在与那个人永远的对视中，咸守义想起白天的情形。

首先，他和猴子对视。这是只猕猴子，穿过面具眼孔怔怔地看他，没有恐惧，看见残疾的咸守义，还像小孩样的笑。它被他的小半碗花生米吸引来的，他和猴子形成对峙。猴子是耍戏那帮人的。刚开始，耍戏的人不知道猴子跑了，不过，很快就有人找来，一根牛皮筋抽在猴背上，差点抽到咸守义。咸守义就瞪着那人，好歹也是条畜生呢。他“哗”一声把花生全倒给了猴子。

那人白他一眼，你这么看得起，来扮济公啊？

咸守义生气，我怎么不能？

其实，他是生气。当那个人把猴子牵走，他正要起身，那堆人里却走出一个胖子，戴一条拇指粗的金项链，老板模样。对于这个体型滑稽的残疾人，他似乎眼睛一亮，热情地朝他招手，老将（老头），来，有好事。

咸守义狐疑。胖子说，来给我们扮角吧，正缺人。

那胖子还拿着招人广告举了举。

咸守义说，下雨好犁田，我要回家犁田。

胖子说，有报酬，我们民营的，创收，来吧，比犁田好多了。

胖子看他有意上台，不停动员，咸守义起先矜持，后来一想入土的那个人，一想早上的事，他就横定了心，问，怎么扮啊？

二十年前，县城文工团来演出，看他外形奇特，邀他演过。现在，他壮起胆，在平日买菜的人和那帮和他一起卖菜的菜农面前，扮济公，也扮刘海。不管刮风下雨，扮济公时，他驼着背，有鸡胸的他表演牵着猴子迈着鸭公步，滑稽十足……到扮刘海，要戴面具，他套上他的斗笠，牵着戴面具的猴子，好比牵着王兰英，台下的人哄然大笑。张屠夫也来看了，说演得好，没想到驼背还有这一手，演到六点才散场，胖子说你很有经验嘛，也不叫他“老将”了，连叫师傅，明天再来……

那个人又重新飞来，解绸子衣的扣子般，哗啦啦，他终于想清拐老的话。

要说刚才，只不过是一场梦，当雨水扑啦啦从山上冲下来，打在屋外那废弃的碾子、糍粑石舂上，这时门开了，门像自己开的。他以为女人王兰英站在那儿，像只蜗牛，距他不远不近。他瞟一眼，却是咸兰乙的女人春桂。

她叫他爸。她说，我刚唱戏回来。

春桂看见了桌子上摆一只喷香的碗，碗里至少还有四两肉，她也看到了床头的那玩具面具。她在喃喃自语地说，那事，他爸，没跟你说吧。

咸守义沉浸在高兴中，被春桂打破了。这时，他很生气地从床铺上说，是检修瓦把我赶走吧？

春桂说，不是呢，是你工作。

她心虚，声音越来越小，消失到无。他都记不得春桂什么时候退出房间，只是晚上她的突然出现，让他纠结起来。当年春桂初来咸家铺演木偶戏，王兰英就对他说，春桂是厉害角色。

气开始浮生，感觉脑门上糊了点黏液，不痛不快。

按理说，这年要走的兰英该气衰了，可这个半夜，冥冥之中，那么清晰。有人告诉他该坐花轿该揭红帘了，该做事了，他也没有像当年靠在电线杆上（如拐老说，他没用了）。她直接飞到他面前，牵着他的手过河，她的手臂颀长，眉毛颀长，犁田、插秧……

同时，气在他心里翻滚，开一艘船在紫江河里颠簸一样，另一种温言提醒他，夏热该抹个澡了，年纪大该先去撒泡尿了。半晌，咸守义才明白不是兰英，而是那没满三岁的鳖孙子。在他出门看拐老的那阵，鳖孙子自个爬上他的床睡了。那边，鳖孙子正说，爷爷，我要尿、尿。

他心游了回来，这个觉得自己半死了的老汉叹息了一声。平常，他不爱搭理这鳖孙子，可这会儿没法，再说兰英托过梦，黄姑也说兰英没走，她是放心不下。他像个要散架的人，只好抱着鳖孙子出门撒尿。

翌日一大早还在床上，他就听到咸兰乙和婆娘在他们的偏房挪家具，在做他明天就要死去一样的预备。这栋房是当年他和王兰英手把手盖起的，他的心被马蜂蜇了一般的痛。他又想到出走，气冲冲上大建。

不是和往常一样清早去卖菜，他是想去看看那伙耍戏的，胖子昨天的话在脑里徘徊，充满诱惑。到张屠夫的肉案前，张屠夫又招呼他买肉，张屠夫笑呵呵地说，人来了啊，昨天的肉好吧？再来八两？他也装作没听见，径直走向煤矿边角。他却没看到胖子，角落里只有一堆猴屎。

他在盐米铺的檐下坐了一整天。

他病了，一回来至少躺了四天四夜。

怕他于夜间突然死去，第二天起，他的鳖孙子就不敢给他捂脚了，改睡咸兰乙的偏房了。刚开始是心病，他绝望地躺在床上，或者想唤回咸兰乙和春桂的一点暖心，熬过两天，也没觉出肚子少货，也许是吃下那剩下四两肉的威力，其实肚皮早已干瘪。第三天，他感觉人要飘起来，跟那个死去三年的人一样，冷不丁，还有一只毛茸茸的手从床底下伸出来牵他，是个厉鬼，恐吓他，逼他同赴阴间，脑门上留存的那点黏液也变得更滑、更难以揣测。

他想这样下去，死得还不如一头狗。

没有人来打探他半句，他想他如果能起床的话，他要去找那个胖子，扮人也好，演畜生也行，他一定答应那胖子（要是年轻，当天他就会答应），跟着胖子还能混口饭，只是有句老话，年老不离屋。

床板这会儿像涂了层胶水，死死地牵住他，他越来越难以摆脱，下不了床了。睡得快要虚脱的他一吧嗒，终于有泪从几天没进食的已显凹陷的眼眶里掉出来。

咸守义灵魂缥缈地躺在床上，咸家铺有传言了，传言是咸仁白传出来的，说他瘫床了，起不来了。

第四天，阴雨，有人陆陆续续来看望他了。

第一个来的是拐老。今天拐老没拿唢呐，而是怀里揣着两瓶罐头，快活的拐老握着他冰凉的手，寡言沉默，看着屋外一绿一黄的水色，连叹气，他眼珠子也要凸出来。

咸仁白也来过。咸仁白自言自语，养儿子没用啊。咸守义这天才知道咸滔滔带回来的是女朋友。歌舞厅的啊。咸仁白痛心疾首，他眼珠子也要凸出来。

总之，开始有人嘘寒问暖了，有给揣罐头鸡蛋的，有给揣钱的，也有来问遗言的。

专门拉和尚、道师做道场的生意人也来了，那人抢先机，把耳麦（有录音功能）对准他，要他配合手里资源提要求，要他讲是请张和尚还是李道士。咸守义对这个高科技吐不出半个字，那人气愤地说，混蛋，张和尚给了我一个假冒伪劣产品！便只好把耳朵凑过来说，要火葬还是土葬？

那大学生咸滔滔刚挨了咸仁白的骂，看到丢出门的面具，这会儿他也走进来了。

不过，咸滔滔更像是来打探咸守义有没有断气，他手里仍牵着那歌舞厅的女子。这描红戴绿的女子今天见黑暗里不能动的咸守义，满脸惊讶，琢磨一个人怎么病得这么快，莫非真的病如山倒？

连那个一直未现身的咸达其也来了。咸达其抱着永恒的歉意，一进屋就塞给咸守义一百块钱，干坐那儿不吭气。他要走时，咸守义表现出临死前的挣扎，抓住他的手问，兰英最后说啥？

没说没说，咸达其慌得说话都变了音，落荒而逃，他是怕除了王兰英，咸守义也死在他手里。

大伙都不管桌子上摆着还剩肉星子的碗，床头有面具，大家也以为是他那鳖孙子玩的，丢到屋外。

咸兰乙在外面劈柴，像要准备丧事。春桂也不出门唱戏了，看乡邻鱼贯而入，她说，躺久了也会病的。

有本事把屋带走，她甚至嘀咕，旁边的咸兰乙则很生冷。

床上的咸守义是听见了春桂话的，可是到如今，他毫无办法。而且，他一旦能蹦下床，好像他装病，诡计多端。而且随时间推移，咸家铺谣言纷飞，首先是那雨天见过咸守义演戏的人议论，怎么会呢，那天我还看他快活呢。

对啊，他活灵活现，演济公呢。

我睡觉前去茅厕，看他在马路上跳舞！

这些话由一些窑工说来，才真是猴子耍把戏，忍俊不禁，可想想现实呢？

第五天咸月娥来奔丧。

是咸兰乙电话催她回来的，咸兰乙和春桂到底是慌了，连连催促咸月娥回来，见咸守义最后一眼。总之，前事、后事一大堆。而一说到后事，咸月娥以为咸守义嘴里的那口气肯定落掉了，看不看他也无所谓。因此，咸月娥风尘仆仆地来，先是和咸兰乙两口子急急忙忙地商量事，尔后，才来看咸守义，当出现在厢房房门前，她发出“爸”的一声哭喊，急奔过来。

咸守义还想挺过王兰英的祭日，夜间，他颤巍巍地吃过拐老的罐头，此时，他发出“欸”的一声。

听到他还能叹息，咸月娥尖叫，几乎以自以为是、偏执的口气说，快，打营养针，肯定是几天没吃东西了！

说到吃东西，咸守义咕哝一声流出了眼泪。

见咸守义掉眼泪可能是应和她，咸月娥更理直气壮了。在她看来，营养针是灵丹妙药，她说在她们花桥，老年少年都打这个，很灵的。她马上招呼人去喊村医师小周，没有人反应，咸月娥说，打针的钱，我出。

春桂这才叫咸兰乙挪动脚步。

当周边只有咸月娥和咸兰乙他两口子时，咸守义是个哑巴，任凭咸月娥吆喝。等来了三十多岁的村医师小周，咸守义本无力气，这时却晃动手臂避开针头，有所指地喋喋不休。他还就势哭起来了，很想像王兰英去世时在马路上号啕大哭，可眼窝却是一口干瘪的井。

春桂却听出了不平，哪里，就是给你找份工，我又没得钱，老年人故意歪解我也没办法。

一边的咸兰乙则不吭声。

她又说，胖子先联系我，看你合适，还不是你自己又跑过去了。

这两句春桂刚啜完，咸月娥就站他们一边了。

也许因来时和春桂他俩商量了事，所以她觉得春桂在理。她帮腔似的说，老年人就要好好过，生什么气呢。

出奇意料的是，咸月娥和春桂这一说，本来手舞得厉害的咸守义不动了，任凭小周打针。打完营养针后，等小周说光药钱就要一百，还要另算手续费时，咸月娥变得愤愤不平了，她在可怜她的血汗钱。她抱怨他，没事找事，以后没事不要喊我。

而让咸守义听来，远方的咸月娥也如此冷酷无情，他变得少有的愤怒，生平第一次对咸月娥发火，我养了黄鼠狼！

他单薄的话吊在空中，旁边一直没吭声的咸兰乙却瓮声瓮气地开腔了，还不是妈。

这一句顶得他睁大睁圆双眼，犹如他暗藏不可告人的秘密。

而听闻他们家里起了争执，屋里围了很多看热闹的人，包括咸仁白他们，也有拐老。其实拐老很早就来了，拐老旁听了好一会儿，众人哑然时，磕着烟筒的他慢慢地说，来，听我一个外人讲句公道话。

拐老一副老谋深算的模样，咸月娥他们三个唰地一齐看向他。

这时，拐老才开话。

拐老说，刚才不是说什么联系？到底是怎么一回事？

鸦雀无声。好一会儿，唱木偶戏的春桂才说，胖子其实以前是跟我一起唱戏的，只不过这两年改行唱猴戏而已。我也不知道今天他到了哪儿，出了省到安徽、广东、浙江去了吧？他也晓得。春桂朝丈夫咸兰乙努嘴示意。

咸守义蜷曲、佝偻。他才懂咸兰乙和春桂几天来的唱戏，满屋子的人在奇怪地看他，像看大熊猫。他哭笑不得，只是鼻子里的气更为悲恸、悲怆。俨然，他认为人都很陌生，不认得了咸兰乙和春桂，也不认得了咸家铺。

到此，他怀疑王兰英是否有来过。

而春桂果真认识胖子，当场就给胖子打电话。她叫，老牛你在哪呢？一接电话，胖子知道了怎么一回事，说他快到双峰了，一听春桂说我家那残疾，胖子说，哦，你说那老头子哦，晓得，他要来啊，很好很好，春桂你说他要入伙？按现在的话讲是加盟哦，那欢迎，热烈欢迎。

她说，那牛魔王你什么时候光临呢？带合同啊。

她说话好比在跟外星人讲。这会儿她叫他牛魔王了，看起来真是一场戏，太好看了，满屋子的人眼巴巴地看着如何演，咸守义的病屋都快成电视里的相声舞台了。

而一旁的咸月娥在恼恨地看着父亲。

她说，那兰乙他俩说得也不是坏事呀，你才六十五，现在讲究活到老，工作到老。老年创收嘛。

又说，我都是请假回来的，我也还不是一样在超市打工，上一天班才三十块钱，今天来损失大了。

咸守义眼睁睁地听咸月娥讲话、重复，他的气从嘴中啐了出来：

好！我去！

他抬起脖颈，那黑色的青筋好比蚯蚓在蠕动，吼完，他倒释然了，解开了心结。来探望的人摇头晃脑，就像古代的教书先生，纷纷离了场。

探病成了一场闹剧。雨水继续洗涤着咸家铺，像洗最后一床床单。咸月娥要走了，临走前悄悄问，存折呢，咸守义闭口不言，她只好不悦地回了花桥。

当晚咸守义就能下床了，但他再也不敢出屋，真像病死了一样。他就窝在屋里，像冬天的蜗牛，也像做了贼偷了东西，这可是他一生中第一次做贼！

一个星期后，胖子才来。

那天太阳很毒，晒得石头星子冒火，还没到中午，咸兰乙两口子就在厅屋的八仙桌上摆了一桌酒席，酒席摆得比过年还丰盛。好比出丧。咸守义看一眼要进厢房，春桂却来招呼他，老爷子，饯行酒。

胖子是酒席开始时来的。半个月不见的胖子变了模样，理了冲天平头，戴银晃晃的耳环。真让人联想到是来赴铁扇公主的宴。轮到坐座位，咸兰乙两口子竟让咸守义坐了上席。看着难以下咽的鸡鱼肉，咸守义眼泪又要滴出来。

胖子说，来，动筷子，咸守义却颤巍巍地站起，胖子错愕地看他。

昨天是王兰英三年祭日，按黄姑的吩咐，三年圆满了。他离座是去端王兰英的遗像，他把它从厢房端出来摆在桌前神龛上，恭恭敬敬地敬酒，又点上红蜡烛，与上坟差不多。

他倒想看看他们惊讶得像庙里菩萨一样的嘴脸。

前一天晚上，他偷偷烧掉了存折，与那些坐火车上广东、浙江打工的妹子一样，扎扎实实准备行李。他心里没说明年就回来。烧存折时，他倒考虑了咸月娥，可当打火机的火苗中闪出那个人的人影，他毫不犹豫地烧了。屋子里仍放着的王兰英用的老式纺车，也烧了。

他在告别。而吃饭时他的举动却搞得旁人十足尴尬。

刚开始，胖子还想活跃气氛，他今天说，老叔，人要快活，你不是很好的吗？

可这顿饭还是吃成了落气饭，桌子上的两瓶橙汁、花生牛奶在这四五个人之间像传雷管，谁也不敢放一个屁，吃得了无生机。因此胖子哭笑不得，他刚一吃完，就一揩嘴，离座了。去外面打电话，他在外面说的话，屋里的人都听见了。

胖子先是抱怨，这算什么事，刚吃的饭，我的天呀，坐牢一样。

对方说，怎么？猴子？跑了……没事，新找了一个。

胖子打完电话后回来，他招呼咸守义，你先准备行李，待会儿就走。

咸守义却打断了他的话，我要晚上再走。

胖子十分尴尬，却也没办法，他只想离开这个奇怪的地方。他说，那我不亲自来接你了，自然有人来。一想到这个老头很倔强，他临走前又说，合同签了的，在春桂那儿，是一年，其他也没什么。合乎劳动法的。

可是这对咸守义来说不重要了。这顿饭完后，他本来想出门向拐老告别，可又否决了，一整个下午，他都在找一个东西，却怎么也找不着。

白辣辣的天就这么黑下来了。

六点多，门口来了一个挑行当的人，挑着担桐油桶像个卖货郎，细皮嫩肉，初看是咸滔滔，细看才知是陌生的白脸少年，说是胖子叫他来的，咸守义就跟在他后面，迅速地蹿出了门。还没出十步，他就听见厢房里砰砰响，是挪床的声音，咸兰乙两口子要搬进厢房里了。

可这对他也不重要了。

下午接他的人没来，他去庙里见过最后一次王兰英，燃三支香，烧一沓黄纸，他说，你放十二个心吧，像看到王兰英化为无形飘飞而去，他心里既空洞，待走出庙门，才开朗。

回来路上，听到咸仁白屋里爆响：

她比你大八岁！

是檐下的咸仁白。

他腰杆子弯成一根扁担，在痛心疾首，第二个老义，天呀！

咸守义突然明白像战胜了谁，笑得跟豆油灯花一样。

这会儿，他跟少年走。还没到马路上，少年本想听他讲鬼故事，唆使他讲，老年人这方面丰富，还和他拉近距离，而他看了一下他行当，行当里摆着一个金灿灿的面具。好像找着了那个要找的东西，他去拿了就戴起。

少年见他戴猴面具，噗噗直笑，连说，老将，你别搞笑，那是猴子戴的。

咸守义这才知道他是个外乡人，普通话比咸滔滔还要正宗，咸守义连连招呼他，你只管前面走，不要管我。

少年笑得前俯后仰，少年说你林正英嘞，笑罢，他开始玩手机，玩完手机打电话，和他女朋友唠嗑扯皮，说团队组合说沙和尚带着唐长老，唐长老想成孙猴子——乱七八糟，乱七八糟何时了。唠完嗑后又无缘无故吵架，大骂对方，骂完，“啪”一声把手机挂了。

看来人一年轻就是副火暴脾气。

咸守义都听到了，如今，他是一只去了壳的蜗牛，要背井离乡，此时他像一匹穿村而逃的老狼，颤抖着苦笑。

两个人都只管埋头赶路。

插入荷花塘时，那种早夏的气息吹得整个人一片酥软。

一片酥软的蛤蟆响声中，他的眼前闪起亮晶晶，凉亭像泡在紫江河的水里。

原来又到柳叶冲了，他再次想起那个人。

柳叶冲有人婚嫁，傍晚了，还分明听见高亢的唢呐。

那声啊迷糊、醉眼，戴面具的他回过头来，盯一眼，远去的是咸家铺万家灯火，灯子咯眼，他只好暂时取下面具，可却什么也看不到，那差不多只剩一座庙，像一口黑洞洞的棺材，是真的沙漠，不再是家。他荒芜地唱歌。

猎人

我经常说要和戚老表分别，实际上，我们不曾断过联系。他与我只是相隔两代的表亲，却常说我是他的依靠，他指的是在我们这座城市。有一天，他说你快来这儿吧。

他老婆的棺椁抬出正是在这个傍晚。县城里开始下梅雨，而我刚好赶上，我才清楚他家里的变故来了，一件重要的事正在发生。大雨滂沱，雨水在载有亡灵的棺材上弹跳，顺着上面黑绿色的螭龙纹、莲枝纹卷移、滴落。看着精圆的雨点附于其上，它们仍旧藏在高空里吗？这种场面，给我的是一种怠慢而凛冽的虚幻感。有生以来，我是第一次见到这样一件东西：它冰冷生硬如铁，让人生畏，技术又如此精湛，我只能站在旁边，心里暗暗感叹，真是精致无比的艺术品。

很长一段时间，我不知道我家的亲戚戚老表在临时工棚忙啥做甚。以前，我来看他的时候，他大都在工棚里，把新中国成立后跟一位军管干部学的木工活全部用上了，锛、凿、刨，必要时得用放大镜，但他从来没有用过铣床。现在看来，他是在制作、雕刻它。

因为当过兵，他外貌有点像弩机，做事风格像他那一张瘦脸。之前有一阵，因我妻子的关系，我有说过他，我一说“老表”，欲言又止的样子，不言而喻，他已经明白我的含义。作为从咸家铺那个小小地方走出来的农民，我们都有一套独特的行为和语言体系：比如，不太爱花钱，一分钱掰成两半来花；又如，老年人去住城里后，有朝一日，也不选择公墓，首选还是回老家，随口就说“回去就是家”“变成疯子也要回去吧”。一般情况，咸家铺的人木讷，喜欢说下意识的话，又爱较真。我这样，咸老表尤其这样。

当然，话虽这么说，可是，我又于心不忍，隔一段时间还是去看他，送点蔬菜、馒头什么的。年初他快六十二岁生日的时候，我还惦记着。如果不是我们有层表亲的关系，他这个怪人，我认为是没有人想理会的。

这与爱情不同。我的妻子叫田欣，她是我们本地中学的语文老师。最初的时候，她给咸老表买过休闲裤、线衫，托我送过去的，她是怕他可怜兮兮的。可是，我去看他的时候，他还是穿着邋遢，我行我素。平常，他闭门不出，连发廊都不太去，纯是这些，社区里的人就离得他远远的。现在，社区里住的多是年轻人，老头混迹其中，是不会被待见的，何况咸老表是个“倔老头”。说实话，我怕去看他，我心里也有说不上来地想要寻求规避。年初，田欣已经为他和我争吵，她警告我，郑重其事地说，我必须断绝和他的来往，以此来维持我们夫妻之间的关系。

田欣由每日的叨唠变为不断地争吵，她已经把对咸老表的抵制上升到这个程度，这么一说，那咸老表的生日也没必要记着了，反正，我那表嫂正病重着呢。年初，倒春寒一过，我总想干一件事，来对我和咸老表的关系来做全面的总结，以此画上句号。

不久前有一次，咸老表来找我，说，“棉花糖”早上可真的清醒起来了，她第一次唠叨这么长的牢骚，她这么说，这日子过的是真糊涂了还是假糊涂，过去和现在，记不清了。她着重说了下“我们”：

“我们也记不清了，天花板怎么，出火花冒满天星光，炮弹轰隆隆的，噼里啪啦了，时来末日？”

“你当过兵吗——”

他可爱地说这是他的“棉花糖”的追问。其实，她问得清清白白的，小葱拌豆腐，一清二白，而不是像以往的沉睡或第二天之后的昏迷，从此迷迷糊糊。她问完罢了，还让他去外边看看，证实外面是否正有闪电。如果是真实的，那么，那所有的一切，现在还有包括过去，就都不是虚幻了。

咸老表也到了回廊去，他捣弄了半个多小时，回来后，对她说，“不是”，她又很是不信。摇头，叹息。至于咸老表有没有当过兵，这本是一个很好解决的问题，可是这已经到了表嫂最后的告别阶段了，她实在到了再也无法弄明白的地步，来厘清他们的现在和过去。

最后时刻，咸老表找到了我，对我说，那地方你最熟悉，我是什么，这要你证实。他指的是县档案馆。

那时，我正疯狂地沉迷于对安塞尔·亚当斯的黑白摄影艺术的追逐，对于他们夫妻这样怪异的谈话，我感到莫大的好奇，当即屁颠屁颠地跑去县档案馆，为证实他的身份，急急忙忙查档案。咸老表退伍后，在我们这座三线城市像县钟表厂、县卡尺厂、陀螺仪厂，他都干过，他干的都是一些科技工人的活。而来到我们这座城市之前几年，他开电梯，在上海。这是退伍前最后一个活，他开成了电梯组长。尔后，他回了咸家铺，和妻子在咸家铺待了很久，因他的“逆子”需要读书、全家谋求发展，他才回县城重新工作。我向咸老表如实回复。

“都是我乐意。”他乐呵呵地跟我说。

这是我和他故事之外的一个插曲。谁老记他那些陈年往事呢？此前半年，我看他的次数很少，想必，他可能知道田欣已经对我说了关于他的批价，虽然从来不会有人传话给他，他也从来没有主动打电话给我。

田欣确实对我说了一些什么。梅雨来的前一两天，田欣说她实在到了无法忍受的地步，她决定要去南方了。田欣刚从她们中学辞职，广东一所新办的实验中学招人，在那所实验中学的高中部，她有个外省亲戚。她亲戚说，你来我这儿。她亲戚说，那儿的工资现在贼高，不比我们的小县城。至于田欣为何选择离开我和儿子，我隐隐约约觉得又不全是为了这个，回忆起来，我们的家庭问题琐碎，里面大概因为有牵扯到咸老表，难道有点类似于三角关系？

谁叫我和他的交往过于频繁呢。田欣说，她是要出去透透风，是该出去一下了。她说，你店不办的时候，也可以去南方。她着重地看了我一眼，就把我丢在了家里。梅雨在那儿胶着地下着，带着污秽的潮气，席卷而来。我被无名的空虚包围，连肺底子都要浸透了，一回到家，我老在想表嫂出事时下雨的那个晚上。

雨下了很久，县城不少工地都停工了，我们的生活也像糜烂了一样。帮咸老表料理完丧事，过去差不多一个月，我出门找事，咸老表又联系我了。我没听见手机铃响，回去一看发现未接电话里有他的。后来他还发来一条短信，说请我过去，我不忙的时候，可以来看些东西。

那个晚上，我又去了。平常只有儿子周小步在家，反正也无聊至极，我没有回绝他的理由。我上楼前，发现他在楼下私自搭建的工棚没有了，原地的混凝土立柱上只有一个巨大的红漆“拆”字。它算违章建筑，为了这个工棚，我还为他跑过城市管理局。最终看来，它还是拆掉了。那地面早已清扫得干干净净，原地，长出来一撮绿油油的野青麦。

门半开，他家里乌漆墨黑，我摸进去好一阵子，像是一条黑蛇，在偌大的车间里闯荡。他的整个房间成了一个大车间，他是把工棚直接搬进了公寓楼里，我首先发现了这一点。

以前，他只是在家里做一些精活，像什么移动电子照明器，有利于我表嫂出行、洗脸、上厕所解手一类，都是制造一些协助瘫痪、失禁病人的辅助工具。进门的时候，我纯是想起这点，就激起我生出不少紧张。以前，他的女人躺在床上，大多数时候，她不能说话，她和他之间只差一道屏风，每当我经过，她只能用眼白挪动来行注目礼，我能感觉到她的柔弱如风。现在，她还是气若游离啊。他除了忙，还要照顾这个被他称为“棉花糖”的女人。当然，我并不清楚这诨号背后的意义。如今，屏风没了，可是回想起来，我仍深深地感到害怕，就像身处监狱里让人觉得没有安全感。

如今暗淡、深色的房间，我老长一阵才愕然发现，房里没有开电灯，却有一只鸽子。

我想说的是，看到它的那一刻，它多么柔软、雪白而醒目，咸老表站在黑暗的窗子下，他在逗鸽子，动作娴熟、亲昵而优雅。他不去顾周边。周边，他的房间已变得像那天下雨一样的冷了，只是缺少了形式上的雨点。刚才，我走了老远的路，然后坐公共汽车来的。街上，雨很是散乱，我手里抱着相机，为了防止相机浸雨，我浑身都湿透了。一路上，我都在琢磨要不要安慰他一下。至于他短信里特地吩咐我带上相机，可能是为了生活的延续，他想出了创新之类的什么发明。

依我看，他应该称得上一个猎人，而我算得上他唯一的亲朋。他儿子早就留学去了，在他眼里，他儿子是个桀骜不驯的学理工科的“逆子”。“逆子”三十二岁的时候，娶了一个洋媳妇，他带着他的洋媳妇只回来过一次。

洋媳妇金发碧眼。当时，他还把洋媳妇带着给我和田欣看过，我和田欣住在集资房，县城那种老式房子，洋媳妇要低头才能进门，她只会一句中文“你好”。她说：“你好。”田欣也只好客气地回应一声：“你好，大家都好。”然后，我们和咸老表一家吃了个家常饭，当天，洋媳妇跟着田欣学会了几个新词汇：紫江、轿子、花灯、孔明灯……

那天相处得很好，其乐融融。尔后，“逆子”带着他的洋媳妇要回去了。洋媳妇上了长途大巴，临走前又是反复不停地说：“你好，大家好。”回来的车上，我和田欣都在想着这个场景，一回到家，田欣揶揄得有些意味深长：“至少有人不太好。”

直到自己的母亲去世，“逆子”才飞了回来，和我们一起把他母亲送到咸家铺归葬。匆匆忙忙的三天，事后，他也没带走咸老表。表嫂去世的时候，我妻子田欣还以为咸老表跟他儿子走了呢，直到咸老表联系我，我也才知道他没有走，我想不清楚他不走的原因，为他没走，田欣开始生了我很长一段时间的气。

咸老表和儿子之间的联系，大概只有一个短暂的问候电话作为纽带，他宛若孤寡老人。很长一段时间，他大概把我当成了驯兽。

咸老表在我们县城，这座十二万常住人口的小城市，他很长一段时间都不去找别人。想来也好笑，不管是有意还是无意，他的脑筋、手都长有不知疲劳的触角，像医生试寻病人的智力、情绪和神经。谁叫我是他的朋友、亲戚呢。以前他多次说过，我是他的馈赠对象。可是，我只是他的表亲，我不可能幻想遨游太空一样去想不切实际的事情。另一方面，我们又来往多年，因为这，我有点宽容他。某种程度上，我认为他是一个孩子，他没法让生理年轮放缓，他采取的是用木器、活物、器械、新点子来延续，眼下可能满脑子涂满的是悲伤，他的过活，是酒瓶子盖在头上一样的黑暗。如今，它也成了玻璃碎片，连它的折射也是让人不忍直视的。

“天啊!”我内心在为同情他而感慨，“或许人就是这样。”

这时，饭桌上摆着一打啤酒，酒瓶油光滑亮。这打啤酒应该是服务员刚扛上来的，刚才我还没上楼的时候，他又给我发了短信。他说，除了看看几件新东西，一起喝点酒。

听到脚步声，他把灯打开。他始终背对着我，我口头禅式地开始问他：“呃，有没有吃点饭呢?”我看到他搁在背后的左手，他已经把鸽子送进了旁边一个特制的铁笼子，我在想不应该这样问他。对于吃饭，他总是很草率，特别是时下，慵懒的空气有些湿冷，不过，梅雨已经开始出现消退的迹象，预言燥热的夏天快要来临。

我坐下缓慢地活动胳膊，舒除喉咙里的秽气。

他转过身说：“欢迎你的到来。”

他轻快地开窗。雨小得像粉末，楼间远远的空隙里，倒是有一点很小的月光，他说话的时候，月光像在颤抖（或许这是我在屋子里的一点假象、幻觉）。他从讲述表嫂的诨号“棉花糖”的时候开始，一直到说起搜罗新技术、新发明，都是他回忆里的故事。

他脖子上有一个膏药。我这才注意到房间里原来有光，墙壁上，他还真装了一盏别致的电灯。

这让我立即想起我在老家的时候。每当下雪，人们总是提一盏玻璃罩着的马灯出门。它们散落在路上的光，从远处的屋舍里看，都是美到难忘的玫瑰色，不透光的地方，哪怕是阴影，也会劈出一线线绮丽多姿的墨绿，透着令人向往的淡雅和宁静。现在的发光处——妩媚，让我想到女人的口红，想到这，我竟然想笑，那边，咸老表没有说话。

旁边的鸽子停止咕噜的呼吸，安静下来。它停止咕噜的时候，通过眼球的转动，当它看到自己突出来的鸽嘴时——它已经涂满艳丽的红色，准确地说是桃花一样的绯红色——它开始轻快地跳舞。鸽箱里，随着翎羽的舞动，色彩斑斓而舞动起来。

灯光调控气氛，灯光成了情绪调控器。我万万没想到，灯光还有这样的作用，不知怎么的，我突然觉得有了喜感。于是，我想起了他叫我来的缘故。

“你可以拍照留念，”他自信地说，“下个月我要去南方参观工业设计展，你知道的，我都做得很好。”

我说：“很好，我相信的，你做事情就是这样，老是要做到彻底，做到极致。你说呢？”

我目不转睛地看着他，我相信我这样的评价是中性的，而不是大加褒扬。

“过奖，”他这时却说，“大摄像师，你等等。”

他又很快从那些铁桌子的抽屉里掏出东西来，是更多五颜六色的灯具，套着各种新奇的灯罩，和房间里那只跳跃的鸽子摆在一起，很是神秘。

笼子的鸽子仍旧欢舞，他迅速地操作，奇妙的是，灯具让他一插上电，房间里如电影场景，气氛在切换、跳换。我顿时觉得浑身酥软，脱胎换骨，满脑子专注于这新奇的联合表演，宛若沉浸在热闹的舞台气氛里。最后，他又一一熄灭，换上一种很淡很淡的咖啡光。他说电灯是 20 世纪最伟大的发明，也将是现在、未来，我们这个新的世纪里，最重要的发明。接着，他尝试以各种方式论述它们的变色原理。

“给一些商家看看吧，你看如何?” 我征求他的意见，我有点想起表嫂还在时的时光了。

他眼睛里出现闪光点，我知道他是同意了。其实，他不必征求我的意见，表面上，他没有丝毫表态，他继续滔滔不绝地论述。我有些兴奋，看着鸽子，想着那些已经发生的奇妙的事，看来，鸽子是起了点什么样的缓冲作用？他真的是把不愉快遗忘了？我突然发现了一些特别的意义，后来对于这晚不害怕那个不存在的女人——我那空气里如幻又如青烟的表嫂，真是觉得不可思议呵。

一到夏天，天气果真懊热起来了，还引发过我的鼻出血。那阵子，我只能躺在床上，看着郁蓝、金黄相间的窗外，窗外有舒缓的山坡，穿过山坡就能望到种着向日葵、莜麦的城郊，真是有点像梵高在法国南部的生活。田欣在南方，最初的时候，她最多打几个电话来，一般问影不影响周小步上学，周小步的成绩有没有退步。她问的都是周小步。当然，我明白田欣是烦我们之前乱糟糟的生活，才选择辞职去的南方。

咸老表来看我了，他从他的南方回来后，双手一摊，愤愤不平："连个鬼都没有赏识的。""唉，你又成了例外。"他这样说，他现在当然可以无拘束地摆弄鸽子、灯具，看着各色各样的灯具。于是，我又看过他几次奇形怪状的发明，连我自己都认为和他到了相依为命的地步。

我总是想起一个司机熟练操作方向盘，而找不准前方的路，我感到与他同病相怜。而且，由于表嫂的过世，我对他充满怜悯，只是，我没再去他的公寓楼。潜意识里，我还是害怕我那已经走了好几个月的表婶，仿佛她还在。

接下来，我几乎和咸老表一起过。每个早上，我送完周小步去上学，然后我通常把咸老表约到江滨公园里，我去那里取景拍片，有时会去步行街走走。到中午吃饭的时候，我们一起吃个便饭，都是些西红柿鸡蛋或酸辣土豆丝这样的菜，有时吃份凉皮什么的，收拾得都很潦草。那时，他没有带任何猎物出现（现在，鸽子是他新的猎物）。我让咸老表出来，他很不适应外面的环境，特别是步行街，他没有走在步行街上的习惯。到中午要去吃饭的时候，我们从滨江公园过来，穿过城里新建的这条长达一千五百米的步行街。他跟在我后面，他的鼻翼一直在张着，像条陌生的犬一样，有些疑惑，有些不解，这让他的强烈控制欲暂且得到了抑制，这段时间，他一直戴着鸭舌帽，尽量把帽檐压得很低，虽然他并不认识城里的什么年轻人。

我带他去步行街，原因是我想让那些商家看看他的发明，推销一下或许给他介绍个义工做什么的，借以消磨时光。

最初，没有一个人理睬我和咸老表的推销。明朗的大街，阳光直射，我们被像蒸包子一样地晒着。我们行走，街上宛若空荡无物，这样重复长达数月，等到到了实在无法找到陌生的落脚处，哪怕是街上一张椅子，我们都熟悉无比。一出现在街上，就像安徒生笔下的小锡兵，感觉我们的身板，在无穷无尽地矮小、缩小。

奇怪的是，表嫂的影响在我心里竟然消退得很快，我高估了我的同情心。我妻子田欣离家前往南方后，因为这样如影随形的咸老表，我心里再次毛躁起来。可是，那年八月的时候，却因为一件小事带来了转机，我们的关系得以延续。

那时，我接到一个活，表弟的。表弟刚结婚，就在步行街开了一家咖啡店，他要我做套宣传册，最好还给他的店里摆弄一番。我想起咸老表。还在滨江公园的时候，我对旁边的咸老表说，我们去坐一下？他表示同意。

我们到了咖啡店。

前些年，表弟卖书卖碟，黄碟黄书啥都卖，现在是改邪归正了。可是，当步行街开起来的时候，他的抉择似乎有点错误。我对他说："开间卖狗肉、猪肉、牛肉啥店都比这强吧，开四个轮子当司机拉建材，哪怕三个轮子的卖水果，也比它强。"

"是啊。"表弟像圣人贤人似的一直在那豁着嘴笑，他其实精明得很，他说，"你还真不知道我脑子里发了什么疯，你要知道，我这样做很不容易。"

我继续说："莫非你是要高雅起来，引领我们的时代潮流？去你的，在我们县城，远离国际都市和一线城市，开家咖啡店，打住，经营状况，可想而知呀你。"

"真让人发疯！可确实如此。"表弟再次附和，他指着站在吧台旁的妻子，他们新婚三个月，而我的追问让他彻底打开了话匣子。

"哥，你要知道，我两岁来城里时，就会抱着水龙头喝水。在我们乡下，那时我从来没见过水龙头。我三岁就会玩陀螺、磕弹珠，和五六岁的小孩在一起。还有，别人的童年记忆不清，可是我历历在目，完全记得！当时，我妈说我老聪明了，世上最聪明的小孩。我相信我的儿子也会如此聪明。我也坚信我一生是这样。你说我是什么，是什么……现在，你应该很清楚。”

“营业以来，生意一直不太好，她一直闹离婚啊，再这样下去……唉，当初开咖啡店就是她的主意，你看现在，都要把人弄神经了。”

表弟最近喜欢上了反复说悔恨的话，还差点什么，还差点什么呢，他确实犯了这个毛病。他唠叨着、述说着的时候，他那妖娆的妻子给我们端来了一碟碧根果，她朝我苦笑一番。

妻子一来，表弟马上转移话题，他嗓音大起来，说：“能营造些特别效果吗，越出奇越好，弄得跟天上仙宫一个样。你看它，要多牛就有多牛，是吧？”

我无语，咸老表在旁边接话了：“嗨，我能得很。”

“不相信？问他，我的老表！”他指着我。

表弟发怔。对于身边这个一直没有说话的老年人，刚开始，他或许以为我带了个老年痴呆症患者出门散步，路过他的门店，顺便来坐坐而已。我立即补充道：“这是我的亲戚，老表，老兵，有个优秀的美国儿子。”因为他有个让人觉得骄傲的儿子，我对咸老表竖起大拇指。

咸老表严肃地加以纠正：“错，有个美国逆子！”表弟尴尬地沉默了，然后幽默地说：“我也有个亲戚，前几年在沿海做基建，咯噔咯噔的，好家伙，现在跑去摩洛哥卖灯具去了，你说他犯得着吗？”聪明的表弟哈哈大笑起来。

“他是个老年发明家，灯效制作师。”我纠正他。

“嘚，啥老年灯效发明家？”表弟说，“就这个，我看行！”

咸老表和口气戏谑的表弟说着说着，他俩一拍即合了。

我真没想到结果会是这样，又不知如何插手。我的宣传册已经决定不拍了，咸老表对表弟表示，他可以准备好。没两天咸老表就去了，推着辆自行车，带着鸽箱、工具箱。工具箱里差不多有一百来个自制的各种灯泡，有霓虹彩灯，有 LED，奇形怪状。他在店里店外搭好脚手架，咸老表说，他要像新潮的舞厅一样制造奇特的光电效应。他就像我们这个时代的卓别林。表弟嘻嘻哈哈地看他忙活，也没顾上看他的表演，和他说的啥光电效应。

咸老表带着鸽箱里的鸽子、灯具、他的全副武装走入我们的城市森林，他忙了一个多星期，表弟在脚手架下面给他打打下手，送送饭。这期间，我来过两次，然而作为一个摄像师，我却不关心他的灯效、色彩。我总认为表弟和咸老表是合伙办了一场可笑的魔术，因为它是一场魔术，所以不可信。

咸老表忙完差不多一个月多点，表弟有来过我的摄像店，他一进门就说，太热太热。他要喝水，见我在给周小步指导作业，表弟翻着周小步的书，漫不经心地说："没想到你亲戚，呵呵，效果还真有些意外，吸引的客人还真不少。"

"哥，你不也是猎头吗？哈哈。"他目不转睛地看着我，"这下好了。"

他另有目的，我知道他在说咸老表。他在找热水瓶喝水，表情神秘、难解地说，哎，你说，我们街上累了一天的小年轻们，纷纷往店里跳啊跳的。真怪。表弟快活地说完，就撂下来六百块钱，说："我要走了，店里正等着呢。"

表弟搞得神秘兮兮的，其实他是来给咸老表送点工本费的。

我只好又打电话告诉咸老表。当然，我也不知如何叙说和描述，反正现在人的爱好，单纯一两个原因解释不清楚。马上想到的是人类具有莫大的好奇心，在某一刻，城市黑暗的一刻，有可能有那么一双黑色的眼睛就在那儿盯着你。咸老表对我就是这样，任他调配——原来，都是好奇心作祟。在生物的进化的过程中，向光性可以说是好奇心里一种极为普遍，也是极为正确的行为，那么，人和动物一样，是不是有向光性，轨道一样的简单、明了？对于我，这是个相对容易理解的问题，咸老表虽然没上过生物课，估计他“逆子”读中学那会儿，他是没少翻过他的生物课本的。

对于我的约见，咸老表和我说第二天晚上吧。本来那晚，我已经约了其他朋友，只好临时取消计划，要见咸老表。我火燎火燎地赶去我们先前约定的地点，滨江公园。

他没带鸽箱，背着工具袋，像往常一样。我把表弟的钱给了他，咸老表推辞后接受了，他很高兴，然后，他把帽檐一揭，耳目一新的样子。他说，老表，今天我要请你。

看着他郑重的表情，我就笑了。我笑得分外惊喜。对于他的热情，闻所未闻，以前只有一回，表嫂病情好一点的时候，他送过我一支老旧的钢笔，这一切想来，恐怕是我妻子田欣心里对他不高兴的缘由。

“我请你来吃河豚，吃河豚，吃河豚像打针一样。”

“嗨，真的，吃河豚。”

“以前，河豚把我们在河里当狗子一样赶，稀里哗啦地，现在倒是少，要知道，以前家家都穷的时候，我们也穷，棉花糖有多喜欢吃……”

他要请我吃河豚，并且还说像打针一样！

那就吃罢，在1994年造的大桥旁边的一家夜食店，我们吹着紫江迎面的江风，吃着紫江的特产。除了吃河豚，还有剁椒鱼头、碳烤鲦鱼什么的。我喝着酒，想起多年的遭遇，心里很是有一种失落感。同时，我的遭遇牵涉田欣，刚才玩手机的时候，我和田欣发了几条短信，就她年底回不回来，我们又争执了一番。不过，我没有把田欣的意见转告给咸老表。

咸老表在继续说他当年在河里游泳，想尽办法捉了满木桶的河豚。他说河豚其实没毒，如果按一种特殊的煮法，那种煮法从原始人时代就已经开始。某种程度上来说，现在，人可以说多么愚蠢，一方面，对发生的事没法做到过目不忘，包括对那过去的记忆；另一方面，无法寻找自我。他有了新见解，如果唯一承认什么的话，我就是这样，猎人，他继续说，猎人就是我。

他高谈阔论。

任他唠叨吧。

其实，后来我应该想清楚他什么都明白。我们不相干地喝着，望着河对面步行街的方向，将近半个晚上的时候，咸老表说和我合作——以前的猎物，是鸽子。他说，以前，他一直用的是鸽子在做模拟人类的行为科学试验；现在他需要人，来进行人类相关的心理测试。老表，今天轮到你？

接下来，他从包里拿出彩灯和电池，要我帮忙，测试人类对一些新型的霓虹灯的所有反应。情绪、行为都可以夸张。我倏然想起在他家里看到的鸽子舞动的一幕。我以为他在开玩笑，笑道："老表，你让我想起了什么，对，孩子，周小步。"

咸老表"嗨"了声，把头转过来，他问："手上的彩灯图案像什么，你想想。"

从桥上可以望见步行街，看不着表弟的店，咸老表做的强大灯效却在那儿标示着它的存在。表弟的目的达到了，表弟需要一个“陷阱”来让顾客自投罗网。至于“陷阱”，这真是最好的比喻了，他让它连远在一公里之外也能被看到。

我说，想想。黑暗里，“陷阱”一闪一闪，我想起不少小孩在河边放风筝。他与以前的咸老表似乎有了变化？我说：“老表，你手里拿的是什么？风筝断线，唉。”

我这样表态，咸老表低下头来：“哪里是，明显是满天的星，你看，可以分拆，可以联合，天下合久必分，分久必合。嘿嘿，棉花糖，嘿嘿，妹妹我大胆地往前走。”

我以为他神经质地布着“陷阱”，“陷阱”让人防不胜防。还有，我并没有明白他的意思。于是，我说了一句“胡说”。他严肃起来：“你真的不信？”

“都是小事，你可要记住，命由始终，在咸家铺，特别灵。”我加了句，“真的。”

“啥嘛，你不知道？希望在田野上，这些灯形成的心理暗示，特别灵，你也会这样看。”他总是充满哲理和诗意。

“是吗？”我非常想笑。

“你不相信？”他表情丰富起来。

暗示他要滔滔不绝。

……

“好了，你只是想捕捉而已吧。”

“你说什么？”

“玩弄。对，猎人。”

“糊涂。”

“猎人。”

……

也许，因为咸老表搅乱了我原有的生活，也因为我生怕再有乱糟糟的生活，我忍无可忍，而且本来我就是带着情绪来的。咸老表走后，我一醉方休，冷冰冰地坐在河边，望着彼岸的城市，对咸老表和我自己的事，我越发纠结起来。

如果，每个人都是如此的多面体，多面的纠缠，难道这世界真是一场分合术？

自此之后，我真正开始厌烦和咸老表继续见面，想起来，和一个装是探索者的猎人在一起，太像动物园的杂耍。按加缪的逻辑，我们的生活多少有些无趣和徒劳，何况如此荒诞的情况，何况还有“猎人”的强力摧残与绞杀。那阵子，我宁愿在家里的窗台上种花籽消磨时间，我再也没有和他一起赶场子走步行街。照常人看来，表嫂的痛苦期慢慢消退了，即使是打碎的玻璃碴，也应该慢慢收拢、无迹。

咸老表却来找过我几次，带着那只白鸽子。

他没有动它，既没有让它扭动舞蹈，也没有让它振翅高飞。他们看起来非常宁静，他只是时而抚摸它，时而看着鸽子动人的眼睛，那是两颗诱人的晶体。他俩互相调解着，沉浸在对方的情绪里，对于旁边干坐的咸老表，倒能想得到他无比的孤独。

生活这样平淡无奇地过下去，过了大半年，咸老表再没有来找过我。

我也能想到他的灯具、鸽子这些玩物开始代替我的位置。他永远清闲不下来，我从其他人那里打听到，他已经不再局限于鸽子。他找过步行街的管理人员，探讨未来街道、县城的设计。夏天的时候，他开着一辆小三轮车，车上装有神秘的东西（最重要的一点是，他对外宣扬，那些都很神秘），他认为自己在进行新的探索，像一只蜗牛小心翼翼地探路……这其中某一些事，让县城的人知道了他。

他真是个老兵，他固执，他一路凯歌，他扯下脸皮，按他的话说是恬不知耻地、前所未有地给“逆子”打越洋电话，他的“逆子”百依百顺。直到这时，我才明白他儿子并非如他所说，他儿子只不过是一个辛苦的 IT 男罢了，做软件开发，竞争激烈，一切都来之不易，唯一的过错是娶了一个外国媳妇没能回国工作。他儿子也只不过是他的猎物而已，只是大多时候让他不成功而心怀怨恨而已。

冬天没过去，他“逆子”果真给我打了一个电话，以平稳、镇定的语气跟我商量，说他已经许诺给他父亲开间公司，而且还是科技公司，他很客气地询问我诸如此类公司的运作费用。

等到来年春天的时候，咸老表开了公司。这时，有亲戚来我的摄像店询问，他是不是想寻找什么东西，借此名义？大家只能想到暗度陈仓。我想起表嫂叫他寻找过去的回忆。我说，寻找他的过去和现在？这是另一种方式，至于是不是，他自己是知道的。

咸老表开起公司，好奇的人到我这儿来咨询、打探，也不像无所事事，来者之意竟然是想——入股。那一年多，也许是因为他“逆子”有足够的诚信，来的人特别多。对于咸老表和任何一方来说，这都不像守株待兔。

令我意外的是，有时我需要整天接待。那时，我说我和这个亲戚的关系基本断绝，可是来的人像苔藓，哪怕你是再坚硬的石头，他们也总能得到一些缝隙探进去。看来都知道我和咸老表的关系。我不和咸老表联系，从来者的打探中，我还是探得了一些他的信息以示关心，后来随打探的人增多，我却从漠然转为反感。

有一次却特别，来的是表弟。

自从上次咸老表的事后，我两年多未和他联系。他来的时候，我正在摄像店里忙，看见门外有个人，像块布一样晃动，因为天色灰暗，我又记不起是谁，等他进来，才认出来是表弟。表弟愁眉苦脸，一看见我开口就说："表哥，请我吃顿好饭吧。"

我因他的愁苦而困惑。在咸家铺，重大事情来临前，亲戚都可以这样要求。当天，我请他吃了顿上好的饭，其实我差点猜到他是为咸老表才来找我。吃饭的开始，他转弯抹角，欲言又止。我使劲地问他，怎么你了。吃完后，他好不容易才说，表哥，你表亲别再害人了行不？我略沉默后又问，他怎么你了？他后来找过你几次？他叹息，你不知道我也加盟了吗？

我不解，又有点想起来了，县城确实有不少人卷入咸老表的公司，咸老表的公司逐渐沦落为非法集资，它真成了"暗度陈仓"。问题是，表弟是聪明人呀?!

"我以前是真不明白，人可以这样子。那么荒唐。"表弟说。

表弟这次来找我，我才知道他离婚了，他感觉到前所未有的羞耻，就在他和我吃完饭的那个晚上，他远走他乡，从此不知去向。我清楚地记得那个晚上他在大巴车上，他给我打过一个电话。黑咕隆咚的午夜，他跟我大谈特谈人生，然后说："表哥，我至今才明白我这个悟性，笨，哎哟，这人世间，还有，"他停顿了下，"什么叫神经和骗子。"

这是表弟迟到的通牒。

我是最后一个得到他"通牒"的。我无须明白表弟为什么这么做，他远走他乡当然不全因咸老表，但多多少少受"陷阱"的捕获。咸老表给咖啡店做的灯效陷阱，充其量是充当了打鸡血的作用。可是因为咸老表，他以为找到了救命稻草，咸老表开的公司里有表弟的股份，到了无可挽回的前夕，他才发现无法自拔。

表弟是一个不好骗的人，还是让咸老表的高尚“陷阱”所猎狩，并且屡屡陷进。只是，咸老表又没有刻意教唆，叫人犯罪。表弟的事，让我想到他扮演的是愚蠢且鲜艳的鸽子角色，众所周知，在早已被设定的人类生活轨道，这显然是不幸的事。

表弟来找我前，他已经加入了反对咸老表的大军，他只是反对者中的一员，他全然觉醒，为之自费糊过广告。表弟出走，反对大军多起来的时候，咸老表的公司在法院的判决下，全面败下阵来。这是我在县电视台里看到的。咸老表面对话筒的时候，强作镇定与惊慌失措相互交叉，这是哈哈镜，从他的脸部都可以看得出错误的结局。

我们都在照一个捕捉的念头设定程序地活着，不得不承认，“我们”都是猎人，这让我们感伤，不再信任。

一天，咸老表突然给我打来电话。他说，他想像以前一样，上步行街，回到原点。然后他说他会马上过来，他说我还是他最亲近的人。

咸老表来了，他一见到我就说要我支持他。我不知道该如何说，我惊奇地发现这些年他的变化。没有表嫂“棉花糖”后，他西装革履，打扮时髦，俨然是个商人。只是两鬓斑白，当然，为了公司的利润盈余，他费劲全力，看得出来，他已经精疲力竭。

一个猎手与玩鸽子的人之间，一个孩子与孤寡老人之间，他在不断摆渡，真是无法定性，我望着他，神情恍惚，他令我唏嘘。

他坐在我的摄像店里，有执意等我的意思，他继续说下去，言辞激烈。他的到来打扰了我工作的节奏，有两个来拍照的女孩，见此场面便离开了。我一时半会儿腾不出时间理他，始终没有吭声，能说什么呢？我们的关系是不是不一样了？

他一直坐在那里，差不多半个下午，我才闲下来。我忍无可忍，我说："老表。"

他睁大眼。

"别闹了，有人都离婚了，家也破了，你没听说？"

我说得很小心，当然，我是想刮下他的神经，看他有没有失去痛感。如今，这个底线变得比任何先锋性的实验都要重要。

"谁？"他也是前所未有的认真，双眼像狙击枪的镜片十字处冒出的蓝光。他摸了下头，"谁离婚？真的？"

我说："就是我表弟，莫非还骗你不成。好了，别说了……"

"莫非，是我过错？"咸老表有些发怒（全身开始出现特别的举动），他嚷，"怎么可能？"

"怎么不可能？你有的只是……唉，别说了，真不说了。"

"你怎么不说了呢？"

"我不想说啥。"

"嗨，为什么呢？"

"我是有点累，事实在那儿。"

"你不说让人难受。"

我嘘了一口气，我没有接着说下去，我只是说出表弟的事，当然还有更多的"试验品"，我都没说。我只是表明，我拒绝回到步行街，帮他去追寻更痛苦的虚幻，这是我的态度。真的是吗？没有假象吗？没有错呀……他却在反复追问。

接下来已是我们为数不多的接触。

又是一个梅雨下得喋喋不休的春夏之交。接下来，我像个信使，耐着性子，充当他的办事员。他的口气变为了央求。他都说，请。请你再给我跑趟档案馆行不？他以特别郑重的口吻说。

他要求调回档案。有时，他会在电话里嘀咕几声。有一次，他又说："如今'棉花糖'不在了，真不在了，她真不在了吗？她最后的时候，她找不着了自己，可是我，我也找不着了吗？还是我吗？我是不是要回老家……回娘胎？"

他的眼泪像门帘外青绿的梅子雨，电话那边，也能闻到雨味。

他不像退伍老兵，不像意志坚定的猎人，他是器官衰竭的病人，在他的箱阁里试图把全部的气息都挤出来。我还知道，他想说什么，例如，这样活下来容易吗？他没说，他只有声带的扰动，以及他的不可理解，连同带动刺激我的耳膜。我耳道里出现沙子了吗？这只是我的幻觉，我清晰地记得他旁边仍有鸽子，"咕噜""咕噜"，气氛颇为黏稠。我真的难以拒绝。我去跑档案馆。跑完档案馆，他又说，给我跑趟公安局行不？他要求拿个护照。我以为他是出国去找他的"逆子"，办公司出事的时候，是他儿子买的单，他已经不这样称呼自己的儿子了。

我面无血色地回忆着以前说："好啊，你反正是去寻找自己。""是啊，寻找我自己，我自己是猎物啊，猎物！"这些事情我照办，却没当一回事一样，我说："我们两个人其实就是这样。真的。"

对于我来说，那一段时间着实是痛苦时期，因为是正常人，我的痛苦另一个重要的来源，是那些年妻子田欣的离家出走。当又一个夏天来临，万象更新，枝繁叶茂的时候，没有预测的是，田欣她回来了。这简直是不期而遇，她没有在电话、网上通知我。

那天我正从外面回来，刚开门的时候，看见周小步在和一个女人吃饭。我刚要叫周小步，就认出来妻子田欣。一只绿紫色的行李箱摆在挂挂历的墙边，不仔细看，倒像一只紫色的灯泡。对于田欣的归来，一时之间我有点转不过弯来。田欣看着我，她抬头说：“你还知道回来呀？”我“呵呵”两声说：“你回来了，怎么也不叫我去火车站接你？”

“快吃饭，坐下来吃，”田欣说，“我是直接坐大巴回来的。”

咸老表画了一个圈，终归回到了失败；田欣也从南方回来，大家都在变。田欣似变了一个人，我感觉她不再是之前我们争吵不断的田欣了。

一方面，她瘦了，夏天的晚上，天气很热，我们总是开着窗乘凉。不过，自从去了深圳，相比在县城里的粗糙，她全身光滑了起来。那天，我们躺在凉席上，本来僵持着，都很矜持，我们睡到半夜，天色半是黎明半是昏暗、浑噩，好像时光在窗头重新开启、转动的时候。黑暗中，我们才有疯狂。仿佛，直到这时，我才彻底醒悟，其实一个人就是另一个人的猎人——只是我以前根本不打算承认，特别是对于生死，像雨一样胶着的情愫，爱与恨交织的爱情。我们头对着窗口，就这样，接下来，望着窗外舒缓的山坡，而面对我们的山坡上，已经有大量淡蓝像蝴蝶一样的紫鸢花，一直延伸到郊外纵横交错的田埂上。直到这个早晨，我种在窗台的花籽都没有萌芽，窗外的山坡上，紫鸢花却在发晕地开着。它们颤抖着，之间有饱满、透明的露水，含在齿柄间，有时，从一片叶到另一片叶。

坡前有鸽子！

它像发光的露水。

是怜悯的电灯。

像我内心的一道闪电，我惊愕地坐起，那时一同想起模糊不清的以前。田欣已经起床喝水了，她想和我说说县城里的事，她说的大多是关于周小步。我本来想说说咸老表，又不知如何说起，我说，我往窗台上去望望。田欣说，望望什么？就望望光，我说。我在掩饰自己。

不过，鸽子肯定不是咸老表的，我知道。田欣回来后，她说她可能还要去南方。她说得意味深长，这仿佛是悬在我们头上的砝码，增加了我们情感的累筑，同时，在我们的温存中，对其他事物天生就怀有敌意。这让我无形中撇开了和咸老表的联系，对于以前的联系，甚至也想撒谎。我不知道我为何生出这样不地道的心理，然而，就是它深入骨髓，让我遗忘回忆，然后不说过去。

接下来，时间像个磨盘，我时常又有种错觉，又回到了去咸老表公寓楼看他的特殊时期——只是现在更像它的侧面。那时我的事业刚好有所破冰，已经到了一家省城驻县的新闻单位。对我来说，生活才像吹塑泥，像膝下的周小步属于可塑人种。田欣也终于高兴起来，她不再以咸老表为禁区，也不再提南方，双方的咬合已经磨出了黏稠，磨出了胶质，这是其余情感无法抵达的。

当然，我多次想起那天的鸽子。一个晚秋的下午，我强烈地想去看看咸老表，我想起数年前的梅雨之夜，第一次因他约我去看他的时候，随着沉重的步伐登上台阶，它们变得历历在目。我又记起这个曾决定远离的表亲，而这天的临时决定，太像我因他约我去看他的那一次。

不过，在我来之前，我没有能联系到他。到他的楼梯口后，门也没能打开，门的锁口挂着一张抄水工的停水通知单，纸条蜷曲、昏黄、布满灰尘。

不用看，我的眼睛就已经湿润。继而，咸老表笔筒样的形状在脑子里开始一笔一画出现。如果是平时，我会会心一笑，如今我怎么也笑不出来。我把纸条轻轻拿下，放进口袋。

那天后来不知怎么的，浑浑噩噩，我有些走得丢失了方向，我怀疑我自己就是老年痴呆症患者。我是到了步行街上，提了一袋子紫薯。当走到步行街的末尾的时候，我在一个古铜色的塑像旁边的椅子上坐了下来。那是在麦当劳的门口。也不知坐了多久，天色尚好，我没带手机和表，好像是快到了要回家的时候，可是，我仍好像在等一个人。

头顶上的雨棚，因为有清洁工在清扫，不时漏下来一点光来。它移来移去，头顶好像有台透明的老式电影放映机，在那儿放映。它让我又渐渐回想起我们的芝麻小事。原来，时间也是猎人，它在嘲笑，它黑白、真诚，而自身透彻。

“如今除了光，还有什么？”我心里突然被某种情愫触动，我还真有点不明白。步行街上，人流渐渐稀疏，还是有不少，没有人在我旁边坐下。后来，邻座终于有个妇女，指了下我放紫薯的地方（我记得这是以前我和咸老表常坐的位置），我挪了下，把座位让给她。

那是个有点肥胖的妇女，戴着眼镜。妇女看到我在惘然中沉睡，在温度陡降的傍晚，她担忧着一个陌生人着凉。她几乎几次不由自主地要说话，她仿佛一直想挑出一个话头来。然而，我始终没有和她说话，在心里，我早就把她类同于我的亲戚、想要分别而没有远离的咸老表。我没有提防她，也没有说话。当我已然睡着的时候，她终于跟我说起：“你知道那些椅子有什么用？”我的沉睡被惊扰，疑惑地看着她。

妇女再次问：“还有哪些人知道？”

“不用知道吧。”我说，“它们很久之前就在。”

“知道它的街上还有哪一些人呢？”

我想她肯定问得高深，这些椅子，也让我想起咸老表和我的往事。我说："这我要好好想想。"

"你想要说什么呢？"妇女饶有兴致地看着我，"我说在你想想之后。"

"我在寻找问题的答案，相互间，人为什么一定会这样，难以让人回忆。"

我因回忆往事而颇为伤感。

"你想起来也是不真实的。"妇女说。

"是啊，"我说，"以前的事让人没法厘清，想起来也是模糊不清。"

她说："原来你是要它们的答案？"

"我要一辈子真实的答案。"我说。

"那现在，你说人为什么要不开心呢？"

"呃……"我想叹息。

看着我沉思的样子，妇女肯定地说："人活着就没有答案。"

"是猎人把我们的过去和现在套住，"我继续沉思，而开始意志坚定，"我们是猎人却为自己所困。"

"就是。"妇女转动得很快，她自己却开始黯然失色，"你看天这么快就要黑下来了。"

这时，我们头顶的雨棚上扫过来最后一线光，它有点像雨，有点像雾，诱惑、愚钝而神秘，让我们若隐若现。天色渐暗，周边马上灯光四起，我豁然开朗道："世界总有一些发明，那是另一番手术，它们总会让人明亮起来。"我想起咸老表，我说，"时间是最大的猎人，它构成多群猎人！它就是游戏！"

我说得豁然、滑稽，自以为意味深长。妇女快活地笑起来，我猜想，她可能是哑然失笑吗？这样的表情，真是让人难以猜透。

白塔飘飘

一

咸老七的船出发后无踪无影了。河口的水雾经久不散，雨越发大了，面对眼前光景，咸光明和堂哥咸六五毫无办法。河水急如陀螺，他俩站在愤怒的河岸对面，用抽烟剩下来的烟嘴直戳河滩上的烂泥巴，两人苍老地感慨，一起望着河对岸的白塔。

白塔飘飘，河岸新长开来的稻禾都让河水割了头颅，剩下绿油油像油漆般的颜色。浓厚的水雾中，咸六五刚从田边朝这边走来。前些天，他刚给稻禾撒完化肥，突然到来的洪灾让农民的辛劳打了水漂。

四周水雾纷飞，都让人极易想起很多年前的洪水，咸光明的心里冰凉起来，他的眼光紧紧贴着河面朝对岸看：有一只黑鸟从水面飞过去，鸟的速度很快，远方，乌云更像一床蘸满污水的棉絮，不听任何人吩咐似的飘飘而来。它就像对岸悬崖上的那截白塔，同样牵动着咸光明的神经，咸光明不由咕噜道："六五哥，你说咸老七不会出事吧？"

唉，还是不见去河对岸的咸老七。远远的白塔边只能看见周边悬崖上的树木葱绿，咸光明轻声叹息，咸老七作为一个敬鬼神的道教人士，屙屎都要屙得离白塔远一点。咸六五说：“这个时候，白塔边上兴许有萢（覆盆了）吃了。”

“六五哥，你说打野鸭子也没这么慢。”

河东的家里肯定在忙活了。咸光明掏出手机急忙摁了一通，果然，屋里朝他喊起：“光明，我们要开始为你开会了，你还不回来?”河那边一直见不到咸老七开回岸这边的木船，咸光明顿时恼火万分，他嘴上虽不说，心里不分赵钱孙李地骂道，唉，依今天的运气来看真是猪嬲了。

“喂，”通话人那边很快换成了她的女人李翠翠，相比河口的一番杂乱，李翠翠的声音像一片晴天般爽朗。李翠翠说，“你喊谁，你们要几时才能回来?”咸光明直着脑瓜往对岸的白塔看了一眼，蔫蔫地说：“不晓得。”

堂哥咸六五听罢，高兴得像个憨子一样，笑得发颤：

“嘿嘿，光明，你不办好，翠翠又要你睡板凳，翠翠又要拧你耳子。以后天塌下来了，翠翠也不管你了。”

咸光明心烦意乱起来。从前天起，咸光明确实一连睡了两天的长条凳。谁叫李翠翠是个有办法的女人?按时兴的话说，李翠翠除了是一个漂亮女人，她还是社会上的“强女人”。有了妻子李翠翠，平常，他吃喝是不用愁的，只是大部分时间李翠翠都不在家里。这次村里轮到他选村主任，要不是县城李翠翠的主意，他不会想起竞选村主任的事情。李翠翠去县里磨豆腐的时候，他就和开挖沙公司的咸阿顺喝喝酒，上山打几只鸟罢。

“票应该不会飞吧。”眼下，他开始迷茫起来。

二

下午五点多的时候，他们在河岸等咸老七，像是抖索的泥人，咸六五又开始叨唠：游兵散勇的，偷偷摸摸，又不是皇帝老子命。他怎么也没想到咸光明今年竟然会参加村选举竞选村主任。当然，当村主任是为了好生财，如今社会泥腿子也能做上天的好梦了。不过不管怎么说，轮不到他这个做堂兄的垫背。

他们终于退到河岸旁边一间废弃的老庙里。老庙高出渡口很远，和对岸的白塔相对。这种老庙以前河边常有，现在成了猎人打兔、麂留下的临时宿地，咸光明没有结婚的时候经常来这里。从老庙能看见白塔，宽阔的河口处水流激荡，变幻莫测。

“六五哥，听说白塔出来的水鹿生着两条脚呢。”咸光明说。他本想逗下叨唠的堂哥咸六五，因为他忽然认为咸六五挺像电视里的赵本山，是一个天生的相声演员。不过随时间的流逝，咸六五看起来愈加胆怯，眼里的光像绿色的胆汁四处逃逸，看起来连面颊都在抽搐。他对咸光明的闲话并不理睬，不过，两人僵持着，双眼还是不离对岸白塔的方向。

他们瞌睡的时候，天边出现一线飘飘的红云。云就像一匹硕大的马驹，马驹是红紫色的，轻轻松松地爬上了对岸白塔的上空。这时仿佛能闻到浓重的火药味一样，并且云里，咸光明好像看到了河对岸咸老七，看到了白塔飘飘底下那只木船，船差不多已经移到天上了。咸光明认认真真地眨了一眼后，轻呼：“六五哥，看，快看。”“啥?”“鬼!”

“我看看。”咸六五听咸光明指着衣襟处，他悚然站起，双手使劲地往外拨，他肯定把鬼当成了刺拉虫，全身黏了一只一只的刺拉虫。不过，咸六五马上打住了：鬼是只能在洞里歇着的，否则怎能叫鬼呢？咸光明，你骗人！

两人在河岸喊崖，村里荷花塘边，翠翠给有意投票的人做了一顿丰盛的晚饭。咸光明去白塔的时候，为了拉到选他的票数，李翠翠把这顿饭做得非常丰盛。

李翠翠不像村里的妇女，虽然她和咸光明维系着婚姻关系，但平常，李翠翠早就不在村里了。这都得归功于李翠翠有经济头脑，她把县里的豆腐生意做得风生水起。初始，李翠翠去县城是管理摊位，后来她买起体面的门店。当然，李翠翠自从去了县里做生意，她的肤色也开始像水豆腐一样，像早春的翠竹皮子。同时她自个儿的秉性也磨出来了，她更是一个干净的女人，就像村里白塔一样神秘。

一个月前，李翠翠突然从县里神秘地回来，和咸光明去临近的镇上下了馆子。两人回到家的当晚，咸光明就火急火燎的。之前，他心窝里早早痒了起来，平常时候，他想李翠翠想得发了疯，把李翠翠想成一只骚狐狸。当然李翠翠在县城的生意，他是根本不用负责的。那天，他们往床上钻去，上上下下一遍遍地来，紧要关头，李翠翠说，住手。

李翠翠坐起来，她朝床边摸去，她说，今年村里要选举了，你知道吗？

这次李翠翠回来，原来是来摸村里选举情况的，作为村里原来的大美人，她让咸老七去白塔拜祖，然后选村主任。他们这偏僻的一带，村里每逢大事，都会去白塔那里一趟，名义上这事叫作“拜祖烧香”，而且，这行当都由村里的“先生”（祭祀人员）完成。如今，咸老七是村里的先生，现在摊上选举这等村里大事，选举的人必定请他。

听罢，咸光明用左手不停地敲着膝盖，他毫无主见地望着李翠翠。对于这个野心十足的事情，他心里还是没有做好充分准备。最后时分，他才说，翠翠，等我试试看嘛。今天，李翠翠却不像往常，她让他把手抬起来，看起来正儿八经，这让咸光明发现李翠翠自从去县城后真不是原来的李翠翠了。李翠翠说，你起誓。咸光明笑道，翠翠，你做得像电视机里的一样嘛，不是总统选举？李翠翠没有笑，她继续说，你照我说的做就行，你也不想想，现在城里谁不这样？咸光明只好顺她意答应下来。这时，李翠翠说，你可以去找咸五、咸六哥，你们三个人一起去，反正你在家闲着也没事。钱嘛，我都准备好了。

村选举花钱铺路谁不知道？你别小瞧咸阿顺。李翠翠说。

那选啥村主任！咸光明心底说。

河西，咸老七的婆娘陈香刚从水库收浮萍回来，那个焦急啊，饭不香坐不住。她出门的时候，咸老七手里拿着香、纸、红蜡烛，准备去河对岸悬崖上的白塔。眼下，河边的云飘到河东来了，雨越发凶狠，让人胆战心惊，陈香心里不断地给丈夫祈祷。到了傍晚，河东河西看不见亮起一个灯子，她急得实在没有办法，催促女娃咸默默，默默，你快出门去，找你爸快点回家。

咸默默只好冒险驾着船，一直把船撑到了河东的荷花塘边。

河东，荷花塘边正集聚着村民，李翠翠在开小组动员大会。咸光明的钱江摩托在屋檐下摆着，水淋得湿漉漉，一旁是咸默默，她很是焦急。“翠翠婶，我爸回来了吗？”她问。

李翠翠说：“默默，等等，去白塔的人都没回来。”

过去半天，有人开始抱怨，说咸光明真是慢，不该等他们。还有不信邪的叨唠说，到了这个时候，再请咸老七去白塔祭祖，本来就是一件荒唐的事，你说如今祖宗也怕是泥菩萨过河。

“21 世纪，我们讲钱就可以了，现在还需要先生来讲迷信吗?”李翠翠停下来炒菜，说话的是她请来投票的咸清清。李翠翠循声笑道：“清清，你不知道吧?各地有各地的规矩，就像法律一样，还记得小时候在白塔边吃甘蔗吗?我们可是懂规矩的人啊，村选举不能只管大老板，再说阿顺也去了，咸阿顺还是我亲戚呢。早晨时候，我请你和咸老七一起去，你又没答应。”

咸清清说：“我命短，不像翠翠姐，你想当村主任。”

“清清只想当窑工。”

人群堆里响起笑声，大家哄堂大笑。听罢，咸默默的脸更黑了。现在，咸默默十六岁，她脸皮本来就薄，一旁听着刻薄的话，咸默默大声说：“那么是我爸要了?翠翠婶说好，捞个组长也行……”

“默默，全村四百户，乡里也来了人呢。”听到这儿，咸默默只好低头出门去了。

家里乱糟糟的，好像都让河岸的咸光明听见了。河岸，老庙泥糊的墙已经开始有灰尘剥落，巨大的回音从河口传来，吽、吽，咣、咣，吆喝、嚷叫，宁静而杂乱，像泥牛入水……河水仍旧上浮，咸光明的耳朵竖了起来，赶紧趴到窗口看，天啊，看不见天了！远处的村只见黑绿的竹林翻滚，河对面云中的白塔已然不见，而远方的山石看起来狰狞，这些普通的青石都像有一张巨大无比的嘴巴要吞没一切，山中只有巨声喘息，咸光明只能听到自己的呻吟：“六五哥?哥!”

咸光明终于开始痛心疾首，想来这一切都是李翠翠的主意，唉，真是倒霉透顶了，现在他更是害怕，如果万一出了人命……咸光明在老庙里，连说话都开始走调，回头说：“六五哥，走吧。”咸六五眴他一眼：“你不等咸老七了?”咸六五真是憨，这时候他看咸光明的眼神，就像小时候看特务一样的不信任。咸光明再也耐不住性子，想起李翠翠，索性抖抖索索地骂：“唉，为个娘们来赶洪水送命。”还是没看到白塔那边的河岸出来一点气息，一点都没有。

三

积满雨水的云层漏出巴掌那么大的余光。村里青绿，发黑，枯燥。荷花塘边全黑了下来，咸光明迎着头顶的暮光，往前摸，深一脚浅一脚往荷花塘边走去。他也不知自己咋回的村，一度他还误以为自己跌入了河里，因为途中他摔了一跤，气得他骂骂咧咧。现在，白塔那边发生的事让他怕得要命。村里人说，人命三盏灯，按理说，村子和人一样至少也会有三盏灯，可是今天怎么会一灯未亮呢？整座村子像河对岸的白塔一样黑洞洞。

这是不好的兆头。一路上下来，咸光明把全村上上下下都数落了一遍，甚至包括他已经死去的老爹，他怪起了命。他站在家门口，像打了败仗，站在白天咸默默站的地方，看了看后边自己摸回来的路，胆战心惊地开始敲门。现在，李翠翠拉拢过来买票的村民已经散去。

“赌鬼？”李翠翠听到脚步声警惕地喊道。咸光明声音极小地回应：“翠翠。”他就进屋里了，雨水让门板上沁出神秘而妖娆的花纹，他迅速关门，小声地说，“灯呢？开灯。”李翠翠开灯，等到他洗漱一番，走进李翠翠睡的卧室，又是左右环顾，他才开始解上衣的纽扣。从河口回来，本来，他是要向李翠翠汇报咸老七去白塔那边的情况，可是杂乱打破了他的步伐。

李翠翠似乎看出了异样，她说：“咋了？”

“雨下得太凶，河口再也不敢去看。”咸光明说。

李翠翠没搭理他，继续睡觉。他坐在床上，他心虚，咸老七回来了吗？他没看见咸老七呢，他还没回呢……它始终提醒他，它像脑子里的杂草，都杂草丛生了。他的手开始停不下，忙忙乎乎，那些毛茸茸的念头，最终，他的念头移回到了床上。

那边，李翠翠已经完全睡着，借着那点余光，他碰了碰她，摸到眉毛弯弯的像苇叶，摸到脸，看起来像水一样柔软。本来，他要去喂笼子里的一只水貂，水貂是他从后山的小溪沟里套回来的。初始，咸光明打算拿来给李翠翠做副手套，后来觉得它挺通人性，便当宠物一样豢养起来，只需等李翠翠回来。

这下他没有下床，懒得去喂养水貂。李翠翠已经在轻微地打鼾，对于咸光明说，他心里在反复地挂念，李翠翠是美丽的骚狐狸……从村里人羡慕的目光里，他当然能读懂。眼下，李翠翠的肤色非常光滑，像白瓷上浇淋上去的釉，光芒夺人。他借着床沿的釉光，向她两腿间慢慢摸了过去。

刚才，他和咸六五在河边的时候，他就挺想这事的，一想身体就越发硬朗起来。这让他诅咒起自己来，当然，他是不相信去趟白塔就能让他当上村主任的，他心里说李翠翠真是大胆得不得了。何况他已经知道，和他竞争的是挖沙公司的老板咸阿顺。咸阿顺是何等人物？他可是县城和市里两级都混得开的人物。不由想，咸光明心里更加害怕起来。他想，现在落个村主任到头上，还怕砸了脑瓜呢，这么看来，害怕和羞耻是骨肉相连了。

白塔那边发生的事让他心里发起狠来，什么村主任，不当就不当！而李翠翠是他女人，如今像天上的灯笼，她这盏灯不比村里的灯笼，李翠翠好不容易才从县里回来一次呢。

“哎呀。”李翠翠睁开眼，硬生生地把咸光明吓了一大跳。

李翠翠坐了起来，明显她清醒的，眸子里的光像水里的蜉蝣一样，光芒都发散开。家里前厅的水缸一样有光芒在波动，滴答，滴答，涟涟生辉，李翠翠听着，开始急促地下床去。门让她“啪”一声给打开了，家里的地上揉进来一些雨，雨一线一线的，在地上攒成一整块光滑细腻的绸布。咸光明从窗子里往远处张望，平常家里都能看见白塔。眼下是弥天云雾，它们停留在远处的白塔悬崖上，白塔飘飘。咸光明浑身有些不自在，他又想起白天的事情。

李翠翠喂水貂去了，见到水灵灵的水貂，李翠翠一时也喜欢上了。

她回到床上的时候没有吭声，这可吓到了咸光明。现在任何一点声响都让咸光明害怕，他坐在床沿上，瞳仁子不动，认认真真地看着李翠翠。李翠翠回来后，头发上迎着绿豆大的光，头发看起来绿莹莹的。

“咋了？”李翠翠认认真真地躺下，伸手朝竹篾毯底下去，她找来红线头系好头发，安稳妥当后说，“你去拿木架子上的箱子。”

那是从县里带回来的小皮箱子，咸光明知道李翠翠的箱子意味着什么。咸光明没有动。

“莫非咸阿顺没有请咸老七去白塔吗？”李翠翠怀疑起来。

咸阿顺是挖沙公司的大老板，开着三五条铁壳船，威风凛凛。平常，咸阿顺虽是挖沙公司老板，却像咸光明一样，没事的时候在村里像一个浪子。偶尔，咸阿顺会请咸光明去他的挖沙船上喝点酒赌点钱，因此咸光明也不敢得罪咸阿顺。李翠翠触及咸光明不愿意谈的事，他不想明天乃至后天了，顿时，他连碰一下李翠翠的念头都没有，熄灯后，他说：“困觉，困觉！”

四

咸光明起得很早，雨看起来发白了，如牛毛尖。如棕毛。雨漫天飞舞，看起来下成了桃花雨，先前的雨早就让大河小溪满起来。咸光明站在荷花塘边，远远地朝白塔那边眺望。如今，白塔那边只能看见一朵云，云像一个小山丘一样浮着，近些地方有三两只白鹭，轻飘飘的，线悬一般浮在稻禾上方。农民急着保住洪水中的稻田，根本无暇顾及这些专食田间鱼虾的白鹭。

自从没看到咸老七回来，咸光明心里发慌得很，他毫无头绪。这天早晨，他专门一个人又去了那边一趟。这次，他没有打算叫上堂哥咸六五。站在昨天站的河口，洪水涨得已经看不见河对面，河口鸦雀无声，水雾翻滚盛大。今天，没有人敢渡河。往回走的路上，咸光明纳闷的是，熟悉的埠口旁边，他看见了一条熟悉老旧的船。

船是咸老七的！

但不见咸老七。

这会儿，咸光明的心真是要蹦到嗓子口了。他本来打算去趟河西，找咸老七的妻女陈香和咸默默谈话。接下来，他不敢去河西了，他急忙地折回荷花塘边的家里，对河岸出现的船始终不明白原因。

咸光明回到家的时候，李翠翠已经打算去县城。李翠翠说，她急着去县里一趟，后面投票的时候，她再回来。咸光明没有答应她走，他说，翠翠，你还是再留一天，马上要去拜山，家里需要有人做饭。说完，他从灶口旁边扛起锄头准备外出。

这把锄头是他老爹的，老爹以前扛了一辈子。其实，咸光明心里一直有件事压着，他的霉运大概是从老爹得病开始的。他一直想放下来这块石头，事到如今，他心里有了一丝惭愧，该对死去的老爹有个交代，其实，这才是他答应女人李翠翠的原因。

老爹七十五岁的时候，每天都能感到他气息游离。那些天，咸光明每天要骂他老爹，他像他爷爷一样，而不像他老爹的儿子。李翠翠去县城做生意的日子里，他整天在隔壁骂将起来，骂老爹是老不死的爹，老爹活着吃干饭，死了要拿来当干柴。一天，太阳晒得外面迷迷蒙蒙的时候，床上的老爹说要去河对岸的白塔一趟，谁也争不过他。当天，老爹坐在白塔旁边睡下后，再没有醒来。

白塔地处河对岸的悬崖峭壁上，在这方圆数十里一带甚是有名。前些年，省地质队的人来勘探过，说河对岸白塔附近的悬崖盛产优质煤，煤层深厚。自从地质队的人来过后，白塔附近让政府封过，听说这次村选举后又可以挖了。因此，咸光明渐渐明白李翠翠为什么非要去白塔不可，她是在用超前的眼光盯着那边的财路呢。

咸光明扛着一把老锄头出门，李翠翠没有多加盘问，或许，她也是怕问及咸老七。

咸光明很早出门，事出有因，咸老七家里肯定会来找他的。他已经掐算好时间，往常，陈香和咸默默都是坐八点的中巴车去县城卖菜。现在，他怕陈香，更怕咸默默，那丫头年纪不大，但人却是一个冰凌子，心尖着呢。他急着出去，还因为堂哥咸六五。咸六五不止憨，还怕事，说不定过会儿，他也会鬼使神差来打听咸老七，这样的事，咸光明碰到过好几次。

咸光明也是后来才知道老爹是出门去看白塔了。长辈叔伯来向他告丧的时候，说得一板一眼。听说老爹临死前走到白塔前，还嘀咕了声……这事，咸光明不知道，老爹死的时候，他正和咸阿顺在一起，在那些拿来挖沙赌博的铁壳船上没日没夜地喝酒。

眼下，咸光明老实了，他准备去那熟悉无比的后山。“唉，选什么村主任。”他一路咕噜着，浑身淌着雨水，像一头丧家犬，雨水中踉踉跄跄。对于他，如今想起父亲，倒像是一个不好的预兆。他到路口的时候，远远地发现有人叫魂，那是河西的方向。

五

初夏的天黑得很快，咸光明差不多到天黑才回家。后来，他是到了后山上，他到处转悠着，反复地玩一把老火镰，试图在雨天看到撞击的火花。平常他用这把老火镰来烧山里的芦苇秆，现在，他试了一个下午也没有成功。李翠翠就只能一直在家里等他。一回来，咸光明仍在想火花的奥秘，不由分说地，一关上门就和李翠翠炽热起来，也不再顾其他什么事。这回李翠翠依了，她把手高高举起，抬过头顶，双手嵌入床栏杆的雕柱间。这个胶着的傍晚，家里只有那头貂发出微弱的鼻息声。

等到李翠翠开始想睡觉时，咸光明很是神秘地说：“翠翠，我在河岸看到咸老七的船了。”李翠翠不相信他的话，她惊愕地是，莫非咸老七一夜没回来？咸光明一直隐瞒着她！咸光明看她在怀疑自己，他说，咸老七肯定是回来了，否则咸老七的船怎么会停埠口呢？李翠翠说，难怪陈香没有找上门来。

李翠翠以为没啥事了，天一亮，看起来还很早，她早早就起了床。李翠翠说她要先上县城看看再回来，咸光明答应了，终于可以轻松下来，安安稳稳睡个懒觉。

他睡到半晌的时候，有人破门，是咸老七的女儿咸默默。

咸默默哭哭啼啼，她说，她爸咸老七是回来了，可是，她硬要咸光明去她家看看。咸光明听了很久才明白事由。咸默默说，爸是我昨天晚上接回家的，回来后，不吃不喝，我和母亲陈香都以为没事了，今天就上县里卖菜。平常，咸老七作为村里专司祭祀的先生，她们母女万事不管，等到她们回来，咸老七还在床上躺着，叫他不应答，才急坏了她们母女俩，迫不得已她才过来求救的。

咸默默在门口哭着，最后，咸光明让她哭得心软了，只好说："默默，我去。"

咸默默来后，咸光明正准备去看看咸老七，去县里的李翠翠又回来了。李翠翠刚回到县里，她就听见三两个村里来的卖菜人闲扯，说咸老七去山里遇了邪，怕要成植物人。村里人都知道陈香平常和咸老七一样信道术，她肯定要准备请黄家坡的李先生来，李先生正是咸老七的师弟。听卖菜的人议论，李翠翠脸色惨淡，她匆匆忙忙赶了回来。

她和咸光明一起去了河西咸老七的家里。

他们看到的和听到的大相径庭，可是，面临的坏结果都是一样。咸老七卧床，双脚浮肿，一直闭目养神，一番苦修模样，咸光明也不好打扰。咸默默在回忆昨天晚上找到咸老七的情景。她说她到河岸看到爸爸的船后，爸爸手上空空的，香、纸都不见了。咸老七没有撑伞，也没有戴斗笠。咸默默喊，爸。咸老七简单地应了声，默默。咸默默说，爸，是我。咸老七又应了声，默默。咸默默问，爸，你咋了？咸老七在原地，指了指河东。咸默默喊，爸，你指错了。咸老七又回，默默。咸默默脸色在变，她已经预感到父亲出问题了，然而咸老七很快说，回家。

就是这一问一答让咸默默消除了疑虑，平常咸老七做村里“先生”，话就不多，母女俩当成了正常反应。咸默默回来说给她母亲陈香听后，又麻痹了她母亲陈香，她俩今天一大早就出门卖菜了，如今，陈香一筹莫展，在家不停地祈祷：“天啊，天。”

李翠翠惊惧起来。旁边，咸光明的汗津津地下，他凑近咸老七，喉咙震动，带哭腔地大喊：“老七，我和六五等了你一个下午，你去哪了——老七哥！”

大声，再大声，都无济于事。

莫非咸老七成哑巴了？

咸光明来的时候，一个戴着墨镜的道士骑着摩托来了，就是黄家坡的李先生。十七年前，他和咸老七一起学的道。李先生到屋里后坐了下来，倾听陈香和咸默默陈述，倾听完毕，偏着头一本正经地说，咸师哥准是碰到了山里神物。

陈香一家疑惑地看着咸光明和李翠翠。李先生像过去的老先生一样开始装腔作势，众人哑然，李先生用毛笔画押，只见他歪歪曲曲地填出几个丑陋大字，名曰：崖兮猡兮。

李先生写了一遍后，他说：“碰到的叫崖猡，师哥肯定中彩了。”

胡乱说的吧。谁也不认识，众人朝云雾遮掩的白塔望去，一头雾水，毛骨悚然。众人：“吃人吗？”

“好比打了彩票吧，”也有嬉皮笑脸的，“真中了？”

李先生不理他，说：“吃！”

众人：“怎么来呢？”

李先生很轻易地绕过去了：“白塔那边不是长着碗口粗大树，以前死过人吧？”

众人：“谁知道呢，李先生你也知道，我们都去白塔烧香不知几百年了。”

李先生不以为然地笑：“是我们，就不同的。”

众人：“有啥不同？只怪翠翠，县城的李翠翠。”

重新戴起墨镜的李先生开始夸夸其谈：“简单地说，我们是有特异功能才是大人、先生。这特异的地方，在于他能看见、听见不同的事，而你们看到听到是风刮、树响、河水动。”待嬉皮笑脸的人再问，李先生不耐烦地说：“那是宇宙的声音，世界的声音唉，就像你们能弄清白塔吗？”

众人木然。只有人小声嘀咕：“宇宙的声音是啥？”

这事不关己。年老人里终于说：“恶鬼。怕是讨债来的。”

一个叫咸木木的点破了题：“准是做多了恶事，做多了恶事。”

李先生锋利的目光转过来：“有听到过吗？”

“声响还很大。”咸光明说，“想起白塔那边的响声，我胸口出冷汗。”

这里你一言我一语，咸阿顺也出现过在人群里，他没有说话。

李先生已经一锤定音了：“那我说的，准没错。”

李先生开始法事程序，花时三天。法事做到半晌的时候，有人问，雨，还要下多久？李先生答，七七四十九天。

“天啊，那还有得活吗？”

白塔出来的事像一条倒流河，消息迅速灌满全村。村选举临近，见此怪事，督查选举的康指导员来村里了。康指导员外号“糠饼”。以前，咸阿顺就知道翠翠好像有让咸光明选村主任的意思，咸阿顺还对咸光明说，光明，带你去见见乡里来的干部，你选村主任不能没有他。今天是咸光明第一次见到康指导员，才知道他长得真像诨号一样，是一个矮胖男人。

平常，“糠饼”在办公室和别人说自己是民俗专家，现在因为选举出来一件奇怪的白塔事件，民俗专家终于到了陈香家里。他装模作样撬开咸老七嘴巴，像给老虎拔牙，看到烟熏得乳黄的牙齿，最终没有明白原因，毕竟他不是医生，更不是心理医生。见到乡里的人物，咸光明站在门口，手里拿着一根芦苇秆，到了拐角处，他悄声问李翠翠，钱花出去了？李翠翠说，钱早就花下去了，你们去河对岸白塔的那天。咸光明骂了句脏话。

六

咸光明从陈香家里回来后，心里高兴不起来。他整日待在屋子里喝酒，也不去找咸阿顺。雨仍在下，变成了没有任何预告，说它来，不来；说它不来，或许马上来一竿子，打在翠翠的竹竿上，扶摇一阵。只是河东的水清了不少。那天，李翠翠在河水漫川的地方洗围裙，“糠饼”坐在小轿车里正好路过，他叫住了李翠翠。“糠饼”说，你是李翠翠吧，晚点请来村里，我们上面和你谈话。

很是奇怪，上面没有找咸光明。而且，上面找李翠翠谈话的前一两个钟头，咸光明恰好因为一件事去过咸阿顺家，在咸阿顺的家里，他看到了“糠饼”。咸光明感觉特别别扭，又不好去说什么。找了李翠翠后，咸光明想乡里来的人应该找他们才对，根本不需要找咸阿顺，咸阿顺和上面已经够熟悉的了。

李翠翠跟他说了“糠饼”找她谈话的内容。“糠饼”一直在说政策，他一直以为李翠翠听不懂他的话，他跟李翠翠打起比方。“糠饼”说，政策好比迪斯科，是芭蕾舞，是韩国那个明星，跳骑马舞的明星，舞要跳得好看才行，大伙认可才行。听罢，李翠翠自然一口一个承诺。回家后的这会儿，她和咸光明再次商议。李翠翠说，事情到了这一步，他们早就打定了主意，投出的钱不能没有回报。晚上，他们给有票的组员又一一打了电话。

连日的雨水让满村灌满奇异的气味，氤氲满空。选举的那天晚上电闪雷鸣，选举如期举行，地址设在村小学二楼。为了选举，村里嚷嚷了大半个月，这回“糠饼”开始调查村里的白塔事件，咸光明才明白选举的严重程度。由“糠饼”主持的选举前的通气会，咸光明和李翠翠都在。咸光明还和李翠翠半开玩笑，乡里的人看我们怎么不像筷子一样看齐呢？

他是在抱怨乡里在他和咸阿顺之间的选择存在巨大的不公。这时，李翠翠没有理睬他神叨叨的抱怨，等投票完毕，她坐到第一排去。咸光明怕看见选举结果，他主动坐在最后一排角落，旁边的地上乌黑胡乱地摆着扫帚、垃圾桶。

他当然看见了咸阿顺。咸阿顺投票从后门走，哈哈地跟人说，喝酒搓麻将去？咸阿顺投完票就走出去了。黑板上已经出现“咸光明”二字，不过，咸阿顺没有投他的票。

选举的过程很漫长，咸光明在角落里，他有点瞌睡。前排只有李翠翠在认真看黑板，黑板上歪歪斜斜的“正”添加，李翠翠一直在查看选票。

咸光明是在困顿中完成开票的，他在想参加村选举怎么凭空出来这么多怪事，他突然想到狐狸作祟。在他看来，狐狸是最古怪的生灵，依照他逮过的豺、獾、鼬看，它们的古怪都没有超过狐狸的。他底下的“正”在累加，李翠翠在帮他数，一个、两个……到一百二十九票时，是个“止”，再也变不成“正”了。咸阿顺的票始终上升，咸阿顺共得了二百一十二票。

李翠翠痛心疾首，这样的出票结果，她想不明白，起身离座的时候，她嘴里突然呼出一声：崖猡！

她蒙了，倍觉冤枉。

村选举那是多么重大的场合，往常和善的人也不管她是不是李翠翠，全村人的心已经绷成一条绳。眼下，搅乱会场的人就是不可饶恕，会场有人骂，白塔出来的事，是李翠翠在作怪，妖媚惑众，贻害一方，原来李翠翠是狐狸，她是该遭天谴、遭千杀的狐狸！

李翠翠没有嚷嚷几下，开完票的人吵起来，李翠翠出门去蹲在外，想起李先生的话，肚子越发不舒服。咸光明睡在临时的长条凳上，打起轻快的鼾声，他没去找李翠翠。对于他来说，选举这么重大的事，都不重要了。实话说，自从那天的事发生以后，狂躁的气氛把他折腾够了，他真累了，再也没有心思想那破选举。他打算休息一下后去看看咸六五，听说咸六五自从河岸回来后，身体也不大好，他真糊涂起来，他挺想不明白的是，这些天一直忙了些什么。

七

李翠翠从不远的镇上买了一大袋苹果、石榴、罐头，还有一个收音机，去河西探望咸老七。看起来都是蛮贵的物什，咸光明一看，心痛得掉牙。成哑巴后的咸老七要吃最好的东西了，陈香说，李先生说他连世界的声音都听到了，这下要尝尽最好的东西。

咸老七的卧床可苦了咸光明。咸阿顺当选，事情严肃起来，他查着村民的选票，左调查又调查，最终也没有查出个名堂，当然他听说咸阿顺卖票的钱更高。回头一想白塔的事情，这下，他认为老实的陈香也有蹊跷。

这天晚上，他调查回来的时候，李翠翠坐在床边，李翠翠的旁边放着从县里带回来的箱子，里面空空，查不出问题的咸光明想着整日在外瞎转也没用，他心里赌气，要不要忙下一届，要不要叫李翠翠再上县里卖豆腐。这都是问题。

咸光明一直看着空箱子，尴尬得不知怎样说话，他本想逗逗李翠翠，便像往常一样漫无目的地问："翠翠，我们有没有喇叭套（避孕套）?"

李翠翠头也不抬，没有兴趣回他。

李翠翠不理他，咸光明又拿起空箱子，点着口水，装模作样，一百、两百地数，他说，一张票五十块，要多少钱哦?

他们口袋里的钱如流水般花完了，那天白塔的事发生后，为之还欠了一笔债。咸光明心里的疙瘩越来越紧，像扼紧他脖子的绳索。他终于嗅到危险的信号了。李翠翠一直忙着看望咸老七，为了还债，整日忙着打豆腐，可是突然有一天，她也怕起与水有关的事来。打豆腐要水，煮饭要水，涤濯要水，后续那么几天，李翠翠极为神经质了起来，碰水，她就叫，就喊，看来她是病了。莫非她和咸老七一样也是着了魔?

现在，咸光明恼火得不行，可是，他不敢大声地骂他的李翠翠，他只敢在背后使火，凶狠地骂。

李翠翠得病的时候，咸阿顺带着两斤葡萄，把他的铁壳船开到了荷花塘边。

咸阿顺算起来还真是李翠翠的娘家人，平常，咸阿顺叫李翠翠也是叫"翠翠"。这天咸阿顺在她家，他喝了李翠翠倒的老长的水酒，说了老长的亲戚话。接下来咸阿顺说，这次洪灾前所未有，山里发生山体滑坡，我要连夜往乡、县报告，还要守护白塔，你们要知道白塔可是我们的遗迹。白塔飘飘啊，能倒在我们这一代手里吗？唉，刚刚选上村主任不到一天，乡里就叫我去主持救灾工作，钱什么的不见一个，人可累得够憋！忙了大半个星期，腰腿都酸透了。

咸阿顺接着对咸光明说："大前年起从医院回来，我就知道我肺部长了颗瘤子，马上要去省城动手术，一住也不知多久。闹了这个病，按惯例也挨不长久。唉，这个命，啥选举不选举的，到时都是你，挖沙船、挖沙公司也转给你，你有翠翠嘛。"

咸阿顺唠叨来唠叨去，咸光明听着，他不吭声地在扎芦苇扫帚，心里气得痒痒，双眼里汩出油来，眼泪汪汪的一副模样，满脑子灌充着愤怒。

咸阿顺一走，咸光明关起门开始使劲地咒骂李翠翠。

白塔飘飘！眼下，他成了热带刮的风暴，他是暴风骤雨，他是愤怒的河流，他怒了，敞开家门，他暴跳如雷地骂，恨不得扬起手给她三个耳光，骂她祖宗十八代，全不顾他的钱是她带来的，家当是她买的，捕猎的器具也是她从县城带回来的……

李翠翠意外地安静，她平静如水，去打理铁笼子里的水貂。出人意料，这次貂在她手指上留下三道瘆人的血印，李翠翠痛得没有尖叫，嘴里轻轻地咕哝着什么，好像是：崖猡。

不知所云，听起来却是轻微得体。

咸光明躺在床上笑了下。他是舒爽了，大膀子亮着，像一面亮开的铜锣。他用芦苇拂起胸口，要多舒服就有多舒服。明天，咸光明打算去乡里，替李翠翠去把村选举的事解释一番，怪来怪去，只怪天灾人祸的事情纠缠一起。自从狠狠地教训了婆娘李翠翠一回，这下，咸光明觉得自己站在了正义一面，他胡乱地吸了一通烟。

睡觉的时候，他没有去道歉，他想李翠翠终归会服他的。睡梦里，他一直在使劲地朝床沿边靠近。摸到云里，云里出现一座纯洁的白塔，白塔高大，高大的白塔上坐着一个咬着半截青甘蔗的女人，远远看去就像李翠翠。继而，他摸到两只酥软软的奶蛋，多么黄灿灿、金贵的奶蛋，像两只南瓜那么安然。一颗，两颗，在他的梦里开出一朵、两朵笼罩全身的花来。他心底发誓道，再也不跟咸阿顺一起喝酒了。

在临近又遥远的隔壁，现在李翠翠躺在一张荒废已久的床上。她在抽泣，她的泪水就像古怪的雨，在黑青的瓦楞缝隙间悬浮，就像天空星子眨着眼。滴答。滴答。闪烁着动人的光芒。哗。哗。一阵猛风从荷花塘吹来，将他们的门闯开。云低垂，再也没有一滴雨滑下。

李先生的话也没有应验。三天后，李翠翠去了县里。从此，李翠翠一去不复返，县里的铺子空空如也。一年后，荷花塘边，她和咸光明的家彻底成了空巢。那时，出现幻觉的咸光明每天在河岸一条船里困窘地生活，整日守护白塔。春暖花开之际，有人过来问：饭吃了吗？咸光明说，吃了。那人又问，翠翠呢？咸光明说，她会回来。

她真的会回来吗？

金鱼

李溪风要去园林路一下。青绿色的阳光透过梧桐树笼罩着要将他掩藏起来，直到他走过园林路中间的桥，花鸟市场的人才会看见一个高高大大的男人慢腾腾地出现。

半个月来，李溪风都在重复做一件事，这让他自己都觉得奇怪。

他来的时候是下午四点。他将车停在了河对岸的停车位上，那里柳荫苍绿，过了河后，连他自己都看不到车了。

园林路的尽头是个老巷子，巷子口很大，进去五米，就到了花鸟市场的一楼。他要去张亮睛的金鱼店，张亮睛的金鱼店在一楼里面的拐角处。他走到拐角的时候，花鸟市场的小贩还没有下班，有看报纸的，也有打牌的，那些人里有人说：“你出啥牌呀？”

“一对K。”旁边有人说。

李溪风瞄了下，出“一对K”的原来是大胡子，大胡子戴着一顶蓝帽子，李溪风没有认出他来。大胡子也只是瞧了李溪风一眼。

李溪风第一次来园林路，买的是大胡子的金鱼。大胡子也在一楼的拐角处，张亮晴的对门。大胡子卖金鱼，也卖鸟，画眉、鹦鹉啥都有。大胡子给李溪风装了五只黑皇冠，五只虎头。李溪风拿回来的当晚，黑皇冠就亮出了白肚皮，到了早上，那几只虎头也都有感染，要么浮起来，要么一动不动。李溪风来和大胡子理论，大胡子懒懒的，搪塞地解释，无关痛痒地搔痒似的。李溪风说："这可不行。"大胡子不知是出于什么心理，鼓起眼没好气地说："要买金鱼，你找对面的张亮晴，张大美女，行了吧。"

李溪风才知道对面那个女的叫张亮晴，顺着大胡子的眼神往对门看了下。张亮晴也往这边看了下，她听到对门在喊她"张亮晴"。李溪风来花鸟市场的时候，张亮晴在和她的一个朋友说话，听见对面的理论，她只是看了下，没有参与进来。

大胡子的话，李溪风倒是听懂了，他嘻嘻哈哈，故意说："那我倒从此都要感谢你。"

从那天起，大胡子再也没和他说过话，其他打牌的店主也以为他是来穷耍的。

李溪风的确不修边幅，每天穿着膝盖上有大兜子的牛仔裤，站在人群里，他的高大也不是很显眼。只有当他坐起来，喝着茶的时候，纤细的手指抬起来，明亮的瞳子一对照，才可以看得出来，他背后藏有东西。而李溪风来市场，间隔时间长的话两三天来一次，短的话第二天转眼就来。金鱼的种类，鹅头红、红珍珠、玉兔，他都要。张亮晴将金鱼放进塑料袋里，里面灌满氧气，吩咐他拿好，他就这样按张亮晴的吩咐拿着。

张亮晴出门扔塑料袋，走到戴蓝帽子的大胡子店前摆的垃圾桶时，她看见了李溪风。看到笑着走过来的李溪风，张亮晴眼神好像亮了一下，对他说："坐。"

张亮晴进店后，给他用一次性杯子泡了一杯茶，坐下来摁计算器。她偏着头抬起来，眼神很焦虑、好奇的样子。她的眼神一直在变化，变得很快。她问李溪风："哎，你的鱼怎么死得这样快？死得这样快，你也来买？"

昨天李溪风才刚回去。李溪风看了下打牌的那个大胡子："张老板，你是不是也要我去对门？反正，市场里只有你们两家卖金鱼。"

张亮晴"噗"一下笑了出来，她没想到他会这样说话。他们算是熟了，可是还没熟到这种地步，算是朋友的地步，她觉得自己糊涂起来。她说："你怎么会知道我名字？"

李溪风指着她的电脑桌。那里摆着台式电脑的液晶屏，联想的牌子，黑色的液晶屏左下方摆着一个名片盒，里面整整齐齐的装着张亮晴的名片："金玉堂"的下面，"张亮晴"三个字醒目着呢。李溪风说："要不哪天我拿一张名片，就不要我亲自跑了。"

"哎，你怎么天天买鱼？你还没说。"张亮晴说，想这个人也真够开心的。

李溪风说："你说呢？"

张亮晴看着他笑，看着他的瞳子，她就不笑了。她在焦虑另外一件事情。这天，张亮晴很忙，美术学院已经开学了，有不少学生来买鱼写生，到这个时间点，她还要准备十来个袋子装金鱼。张亮晴转身去鱼缸里舀鱼，没有时间顾得上说话。她突然不说话了。

李溪风看着鱼缸里的金鱼，硕大的鱼尾在拂来拂去，脸上像压了一团药棉，很是凉爽。他慢悠悠地说："以后还是你帮我送货吧，市场不是有专门送货服务吗？"

他买得少，不超过五十条，再说，她也没有心思去送货呀。

张亮晴说："还是你来吧。"见李溪风又在看着他，张亮晴说，"真的。"

她加重了一点语气，李溪风在那边喝茶，这边她给他弄好了金鱼，张亮晴先给他装了金鱼，袋子里灌了气。李溪风笑吟吟地说："那我走了啊。"张亮晴说："不送。"看着张亮晴的模样，他想笑，却不敢再笑出来，他赖在那儿，也没有走。

李溪风喜欢上了画画。按他的原有生活来看，他和艺术八竿子打不着。他只是一个小学老师，住在园林路的河对岸，开车到学校的话五六分钟。他是一个俗人，不过，自打儿子去上大学后，他喜欢上了去花鸟市场买金鱼。

在此之前，很长一段时间内，大概有十年，他喜欢静坐，坐在那里不动，他能坐一个上午。静坐带给他平静的心态，可以平静如水，如川前抚琴的幽然，也可以不修边幅，像个艺术家。这么说又谈到艺术了，当人到中年后，可能他确实发现自己要有所改变了。这还得从他的习惯说起，周末的时候，他经常去废旧摊子找书，发现有些书脏兮兮的，翻到其中一本画册，画册里面就有一幅金鱼图，金鱼图旁边有介绍："汪亚尘，1894 年生，杭州人，善绘鱼藻、花鸟。"

那是本老画册，他可惜起来，买下来不少。现在，他让他的车子堆满了各种老旧书刊，不忙的时候，他就翻一下，温故而知新。

翻动书的时候，李溪风特别喜欢那玩意儿，也许受了他自己名字的仙气，他第一次去园林路的花鸟市场转转，发现只有两家卖的金鱼最全。首先他转到了张亮晴对门的那个大胡子那里，也许是被大胡子特立独行的外表所吸引。然后，才转到张亮晴那里，从张亮晴那儿买的金鱼活得久，活蹦乱跳的，他特别喜欢上她那儿。“是和大胡子的因缘不到，也许是张老板的魅力。”李溪风很幽默，他第二次来买金鱼，他对张亮晴说。

现在，李溪风在家里的阳台上摆了六个大鱼缸，轮流换地晒阳光，车子的后备厢有一个小鱼缸，小鱼缸是方便开车时安置的。开车的时候，李溪风在想张亮晴，她像一条金鱼，真是有意思。

而张亮晴觉得他这人怪，怪得让她觉得没谱。上次的时候，她知道他叫李溪风。名字挺好玩的，不过，她是一个离过婚的女人，她有个女儿，她和女儿一起生活。

前一次，李溪风来的时候，他们聊到过这个话题。李溪风还待在她的店里，他儿子给他打电话来，张亮晴无意中在旁边听到了。李溪风打完电话，张亮晴说：“你儿子读大学了哦，看不出来。”

这不像是恭维的话，那天，张亮晴很清闲，有时间说话。

到这儿，李溪风没说什么，就像打坐一样，只是抬起手，用指头掂着纸杯喝起张亮晴倒的红茶来。看着他深思的样子，旁边的张亮晴嘴角动了动，她装好所有金鱼了，开始倒高锰酸钾溶液，给鱼缸消毒。而那边，李溪风注意到她可能要说什么，他问：“你在说什么呢？缸子要消毒吗？”张亮晴连忙摇了摇头说：“没说什么。”

说的时候，张亮晴在心里猜了起来，这个不说自己年龄的人比她大多少呢？差不多五岁？

至于家养金鱼的消毒问题，李溪风第二次来“金玉堂”买金鱼，就意识到消毒这个问题。他准备和她探讨一下，见张亮晴坐在电脑桌前，他问张亮晴：“大胡子的鱼全浮起来了，你的鱼怎么就没事呢?”

张亮晴见他真是第一次养鱼，笑着说：“其实，你不能怪他的。”

李溪风想了想说：“也是。”

张亮晴向他解释：“鱼都一样的，只是他卖的是素金鱼，懂吗?”

李溪风问：“什么是素金鱼?”

话说到这里，张亮晴觉得他这个大个子真是奇怪，她说：“就是没消过毒的鱼。你以后一定要消毒，家里可以用食盐，很方便的。”

李溪风笑了起来，觉得张亮晴说得真逗，他反问道：“这有什么不一样吗?”

张亮晴没好气地说：“唉，不说了，不说了，那是你的智商有问题。”

张亮晴很久没有生过气了。在别人看，她干练，做事勤快利索，风格看起来和她的身材一样，她是一个从来不动情绪，也不被情绪左右的女老板。她一天过得基本只有三种状态：要么在家陪女儿说话；要么吃饭；要么忙起来。她每天早上七点四十分过来，等着送鱼工送货，然后她给鱼消毒。她的量不是很多，销得很快，基本上每天都可以卖光，傍晚六点就下班。

李溪风要过来也是在此前的四点半。张亮晴基本摸准了。就像摸准了这个买鱼人的性子。张亮晴也忙完了，她说：“你还不走啊? 我要下班了。”

“你不要想我哦。”

……

张亮晴想笑，可是她还是不敢。她想起这半个月里，有那么一两天，李溪风没来，她还是怪想的。当时，李溪风去学校办事，或开会了。他没来，张亮晴还在给他留了那么几条孤零零的金鱼在鱼缸里。她不可能死等，临到关门落锁，看着店里被关着的金鱼，她还特别想起这男人，想起他喝茶翘手指的样子，真是好玩。想起来的时候，她情不自禁地笑了一下，这年头卖金鱼卖得有意思起来了。

她还真想起这男人来了。自从这次走了后，李溪风来买了一次金鱼后，他大概有好几天都没有来，这几天比他以前没来的间距久了点。拉开窗帘的时候，可以看见园林路，路中间那座沉入水中的拱形桥和河岸花岗岩的石堤，那是圆弧与直线的对比，就像硬朗的男人和柔媚的女人……她想入非非了，看来，她还是渴求内心那些原始的动力的。

这些天在下雨，外面的景观鲜活了很多，也清秀了很多，雨水集在坑洼处，连走在路上，都能照着自己的影子一般。张亮晴格外地想李溪风怎么不来了。想起来的时候，她把自己都弄糊涂了，至于上次的逐客令，她后悔了。

那几天，李溪风在忙事，他做事就是喜欢这样，慢条斯理。而且最近他喜欢画画，那就更忙了。刚才画画的时候，他找到一种金鱼，凤尾龙睛，他发现少了它，桌子上摆着张亮晴的名片，他对照着摁了号码，他想了想，又挂断了。张亮晴没有接，她也没按这个号码打回来。

这天，已经下午五点多了，下着雨，他猜不透花鸟市场关门了没有，他放下手机，抱着侥幸的心理，想张亮晴应该还在店里，这个时间她应该在店里核对账单。

开车从家里到花鸟市场五分钟的距离，李溪风到市场一楼的时候，果然张亮晴还在，李溪风一只手扶在门上，张亮晴看到他，很意外地说：“呵，这个时候你怎么来了？”

李溪风进门说：“鱼还有吗？”

“你怎么这时候才过来？”张亮晴很是诧异。

李溪风迟疑的时候，她笑着说：“不好意思，都卖完了。”

李溪风呆在那里，也不像是发愁：“怎么办啊？”

张亮晴说：“你可以去外面买啊。”

李溪风也很固执：“问题是就这里好。”

张亮晴让他的傻劲儿给逗笑了。她是真笑了，外面雨下大了，莫非是要留住他了？她开始考虑这个棘手的问题，该怎么解决这个高个子。她灵机一动说：“要不，我请你吃顿饭算是补偿了，行不？”

李溪风一本正经的样子，他说：“那倒没必要了。”

“没事的，反正我也要吃饭。”张亮晴倒掌握主动了。

张亮晴对于这个心里对她或许有点意思的男人摸不透，她又觉得这样子很不对劲，那还不如直接把关系挑明。想起来，是读高中的时候，她们班主任老师教的如何对付男同学的一招，就是大胆地接招，然后拆招。二十来年没用过，恐怕现在要用上了。当然，并不是没有人对她示爱过，只是她属于那种喜欢看新奇的人，从来不接招。

张亮晴把店落了锁，他俩走了出去，到巷子口的时候，她心里又后悔了。直到走到园林路上，她都在想，自己怎么能这样呢？从严格意义上来说，这个男人对于她，其实还算是一个陌生人，只是一个感觉不会去伤害她的陌生男人罢了。她简直不清楚今天怎么了，难道真是因为他几天没来她这里买金鱼，她心里有点忐忑不安？这是怎样的一种感觉？

快到园林路的石桥那边的时候，张亮晴眼睛一亮，园林路上有很多家小吃店，都是以花鸟市场做生意的店主为主要顾客的。中午的时候，她叫的是外卖，也是这里的饭菜，多加一块钱，为了不跑动。

“要不，就在这里吃点吧。”张亮晴说。

李溪风说：“怎么能在这里吃呢？你看多不卫生。”

张亮晴有点烦了，她说：“没事的。”

这时走到园林路的桥中间了。

李溪风说：“放心，我有车。”

张亮晴哈哈大笑，她说：“哈哈，真没想到。”

李溪风并没理会，他说：“小心点，到断桥了哦。”

怎么这会是断桥呢？张亮晴才不信，但是看在他挺幽默的份上，也不顾其他的了，爱走多远就走多远，她抱着豁出去了的心态。

等到坐进了李溪风的车，车上全是废旧杂志，奇怪的是，不是乱糟糟的，它们整整齐齐地码好，让张亮晴觉得很新奇，也没想到。她坐在两堆杂志的中间，心里扑通扑通地跳。她想，他养那么多金鱼在干什么？莫非吃不成？但是她又不敢问。

李溪风将车一路开过去，一直开到了雷迪森大酒店。张亮晴猜不透这个男人接下来要唱什么戏。由服务员引领，他们在二楼大厅里坐定。金黄色的餐厅、金黄色的座椅，张亮晴简直是惊呆了，她越发感觉自己是凌乱的，坐立不安。她真的后悔起来，后悔坐上他的车。可是她又碍于情面，她对面，这个开车带她来的男人若无其事的样子，只是翘起手指，很典雅的搁在嘴边。好长一段时间，他们都没有说话。

等到服务员来的时候，李溪风叫她点菜，张亮晴很为难的样子，她说："随便吧，我还要赶回家呢。"

李溪风说："那好，随便点，我吃素，你呢。"

张亮晴想他真是个大闲人，她累了一天，需要一点体力补充，她说："那我来块东坡肉吧。"

李溪风说："那挺不错，雷迪森的东坡肉做得最好，可是只来个东坡肉也不行啊。"

张亮晴看着菜单上的龙井虾仁，她有点流口水了，她实在太饿了，她说："那再来份虾仁吧，半份也行啊。"

李溪风对服务员招了下手说："来份虾，全份。我也吃。"

等菜端上来，李溪风还是只喝免费供应的茶水，不说话。张亮晴憋屈了，闻出了什么气息，她鼓起勇气说："你为什么请我？吃饭我买单。"

李溪风直愣愣地说："好说好说，我办了会员卡的，不用付了。"

他堵得她没法回答。到这儿，张亮晴傻掉了，但她是那种简直要像融化了的傻掉，她嘴里像含了块冰糕，好像她自己就是一块冰糕。对于面前这个男人，她再也受不了，她脸都火辣辣地烧起来，她低着嗓音说："那下次我买单，行吗？"李溪风说，"好说好说。"

他也不给她夹菜，各自吃各自的，等到虾仁上来的时候，张亮晴很有心计地试探地问了下："要不要给你夫人带点菜，她肯定没吃饭。"李溪风说："我没夫人，你呢，莫非跟我一样，也没老公吧？"

张亮晴憋屈着，不语，有种受羞辱又不感觉是羞辱的感觉，然而她默认了。

他俩在雷迪森大酒店吃了饭，李溪风掏卡结账的时候，张亮晴偷偷瞟了下，一顿六百多块钱，张亮晴吓了一大跳。出门的时候，张亮晴说："哎哟，你请我吃饭，这钱要买多少金鱼哦？"看张亮晴的样子，李溪风说："钱再多也买不到一个'情'字啊，哈哈哈。"说到这儿，张亮晴脸红了一阵，她觉得这个男人真逗。

从雷迪森大酒店出来，张亮晴简直是逃出去的，她怕邻居们看见。对于雷迪森大酒店的这个地段，她太熟悉了。她就住在这儿不远，每天早晨去店里之前，她骑自行车来买菜，都要路过雷迪森大酒店，只是她从来没有进来过。从雷迪森出来，她真的怕碰到熟人，人家还以为她要谈恋爱了呢，谈什么恋爱啊？说到这个，可是现在，至少是这个时候，她还没有这个想法。

她对李溪风说："我要走了。"李溪风等在旁边要她上车，她本来想坐8路车回家，只需要坐两站，也可以只坐一站。这会儿她说："我要打车。"李溪风说："我送你。"张亮晴说："不用，我熟得很。"

李溪风也没强求。

后来基本上，张亮晴把他当成了朋友，是那种最普通的朋友。她知道他是一名老师，尊重是要给他的。再有，李溪风再来的时候，她的态度也好了点，并不诘难他了。她认为这个男人至少是可交的。至于其他感情什么的，她不敢往那方面去想，心里面，她觉得自己是被动扭捏的，何况她有女儿，对方也有儿子。

张亮晴有点好奇又有点心急的是，过了十多天，李溪风都没再有来，他也不来买金鱼了。一个月，李溪风都没来了，张亮晴真是有点搞不懂这个男人了。到这时候，她发现她有点心动的时候，他又不见了。人呀，真是莫名其妙。

至于她的问题，她准备问问女儿，打打擦边球，她第一次这样。周末，女儿从学校回来了，铺开作业做功课前，她问："乔乔，妈妈想问你，你想没想过我们有个完整的家？"

她就像个小学生，在做秘密的心事。她是敏感的，女儿也是敏感的，早就听懂了她的话，女儿说："妈，你是说你要结婚吗？和哪一个人？我见过吗？"

她摇头的时候，女儿说："不像爸爸那样就好吧。"

女儿说得很直白，也说得让她感动不已。没想到女儿会这样宽容地对她。女儿跟她一起单独过七年了，女儿是懂她的，女儿跟了她后，很少到她爸爸那边去。

女儿早慧，她爸的出轨也是她第一次讲出来的。那是女儿四岁的时候。当时，她爸以为她小，不懂事。白天，张亮晴在金鱼店的时候，他带着情人回家了，两个人在家里的沙发上大胆地做爱，女儿就在他们旁边，他们也没有回避她。那次过去不久，张亮晴带女儿去童装店买一件衣服，当给她挑到一件花绿色的童装时，女儿大声说，我不要！那阿姨的衣服跟这颜色一个样，爸爸在家里把阿姨的衣服脱下来了。女儿记忆犹新，童言无忌，她急忙奔过去捂女儿的嘴，可是来不及了。不过，她是相信女儿的话的，从童装店回到店里后，她强忍住自己的眼泪，没哭。

所有的一切，只怪她先生和她从认识到结婚的时间很短，三个月不到，太短了，这就像一锅急火煮的汤，并不鲜美。不鲜美到离婚前她都不能去想她真的结婚了吗？结婚，现在她挺排斥这个词，它像山棘，让她不敢轻易去想。

临到这天，她给女儿炖汤的时候，她想，还是慢点炖才好。虽然，她还是渴望内心原始的冲动，生活就是这样，自从经历失败以后，生活变成了细煎慢熬，浸透在和女儿的吃饭说话里。平常与咀嚼饭一样，像金鱼慢慢地游，游啊游。而现在，她感觉李溪风也是一个炖汤的人，过程很慢，很令人煎熬。只是她不清楚，这个李溪风是不是一个经常炖别人汤的人。

为这个问题，她偷偷关过一次店门，她去暗访过。

她暗访的方式也说得上愚蠢，从雷迪森酒店出来，相互发过几次短信后，她不想再被动了，她直接找到了李溪风的学校。她进传达室的时候，坐了下来，找保安说话，挑了一个空档，她对保安说："我找李溪风，能说说吗？"

保安说："你说李溪风？好呀，那是我们的模范教师，我佩服他得很。"

张亮晴感觉自己掉进了一个陷阱里。

"你凭什么佩服他这个小学老师？"

保安说："不佩服不行，他能吃素，静坐个十多年，我反正不行，要不你也像他，坐上个一年试试？"

"那也是把一个人想得太简单了。"

保安好像是第一次听人这么说，马上"嘿"了一声说："你不了解李溪风吧？我看你是，不知是何目的。呵呵，我告诉你，他老婆死了，早就病死了。你是来调查人家的呀，别看人家穿得破破烂烂的，要知道人家还真没家，你这样问不好。"

看着张亮晴红扑扑的脸庞，保安也是打趣的。

张亮晴果真"扑哧"一笑，她没想到连保安都会替李溪风背书。可是她又要问保安，她突然想到李溪风的金鱼，她说："你既然知道他，了解他，那你告诉我，他养的金鱼，哪儿去了？我就是卖金鱼的那个人。"

"这倒是稀罕了，卖金鱼的人来问李溪风买金鱼干吗了？闲着没事，我也说下，他买的金鱼都送学生了，送给小学生了。这学期，他给学生开了个兴趣爱好班，各种班。不信，你去问小学生，过会儿下班他要过来的，我这样说总可以吧。”

和保安说着的时候，张亮晴往那像栋教学楼的地方一望，李溪风出来了。坏了，她连忙对保安说：“我还有点事，不说了，走了啊。”

张亮晴走出传达室的时候，保安也看见李溪风了，保安朝后面的她喊：“出来了，哎，你别跑啊。”

保安把张亮晴说得一愣一愣。李溪风的形象印入了她的心里。这人竟然像个传奇了，由得她一个女人想来想去，还真不简单。

那天好像是专门为她准备的。周五上午，她在店里，女儿已经打过电话来跟她说，老师组织班里同学旅游去了，这天不回来。女儿打过电话之后，李溪风也打了电话，他说要金鱼，能不能帮个忙送下货。既然上次李溪风请她吃饭了，张亮晴想，那么等到中午的时候给他送货过去。

十二点一刻的时候，她过了园林路的桥，一直穿过河边的那段柳林，按李溪风电话里吩咐的，张静晴走进了李溪风住的那间巷子。

李溪风在巷子口等她，看见张亮晴后，跟她招了下手，笑了下，然后转过身去，他在打电话。他刚从学校辅导学生回来，还没吃饭，他准备叫外卖，但没拨通电话。他们前后歪歪曲曲的步伐像蛇形一样，像接头暗号，他们进房间之前，一直都没有吭声。他在前，张亮晴在后，李溪风手里端着手机，张亮晴手里拎着装金鱼的袋子。张亮晴本来是抱着期望来的，这时她心里面很有些气，可是她又不知道该如何发泄。

直到到了李溪风的家门口，李溪风给她开了门。

“吃了饭吗，一起吃吧？”李溪风问。

张亮晴没有回答，她进屋后，她没意料到的是，李溪风家里竟然很整洁，不像个男人的家，一尘不染，沙发扶手上盖着团花状手巾，冰箱顶上也托着一块团花状手巾，手巾上面只放着他和他儿子的照片，所有的卧室门敞开着，张亮晴的目光很轻易就能瞥进去。一间卧室的阳台上还有一张蒲草。

真的不像没有女人的家，整个房子很整洁，可是只有久违的男人的气息，其中还有一股香草味在游离。张亮晴对于这一点很敏感。她把金鱼袋放在地上的时候，看到李溪风吃饭的桌子上摆着一碗粥，里面有几颗莲子。

张亮晴说：“你喜欢莲子？”

李溪风去洗手，回头说：“没有，是我儿子喜欢。你呢，喜欢吗？”

张亮晴说：“不喜欢。你儿子呢？”张亮晴是明知故问，她准备故意刁难一下李溪风。

“开学了，昨天他刚走。”

李溪风对她说“坐”，然后说：“要不你也去洗一下手吧，你喜欢什么，说吧。”

“我喜欢莲藕。”张亮晴很想说莲子苦了点，她是喜欢吃莲藕的。藕甜，莲藕炖排骨、莲藕红枣煲牛骨汤，她都会做。她坐在团花的沙发上。

“哦，还真有莲藕，在冰箱里。”

张亮晴说：“要不我帮你做？”说到这儿，张亮晴心里扑腾扑腾跳，心窝里像住进了一打金鱼。

没想到李溪风说：“好啊。”

张亮晴只好去洗一下手，她洗手回来后真给李溪风做了莲藕汤。她做好了莲藕汤的时候，已经一点多了，张亮晴说：“我要回去了，我女儿今天不回来。”

张亮晴说漏了嘴，她后悔不迭，她是真笨，自己岂不是送货上门吗？

不过，她马上想到金鱼还在袋子里。她径直把袋里的鱼倒进鱼缸里。倒完金鱼，她在沙发上坐了下来，独自逗了一阵子金鱼。她想起女儿她爸，她用桌子上的一根筷子，那是钢筷子，自作主张地插在鱼缸里，慢慢搅和，哗啦哗啦，哗啦啦……在另一张桌子旁静坐的李溪风看着她，也不知道她为何搅鱼缸里的金鱼。

李溪风也不去责备。张亮晴从鱼缸里捞出筷子的时候，异常动起了情绪，她竟然像一个少女一样，她想哭，真的哭了！

“别嘛，别哭。”李溪风是真的弄不懂她了，他去拉窗帘，觉得拉窗帘还不够，他又去打开音响。他想掩盖张亮晴的哭声。

他看着在打坐时焚香的香炉，来送鱼的张亮晴哭得更厉害，李溪风过来劝解她说：“哈，亮晴，你要心静，自然凉。”

“你不是要这样吗？”张亮晴没好气地跟他说，“凉个屁。”

她又“扑哧”一声笑了出来。

“我要怎样？”李溪风认认真真问她。

他这么一说，张亮晴要夺门出去，偏偏李溪风扯住了她，门没有被张亮晴打开，她气急了，那边却已经被李溪风抱起。

那时，张亮晴两个臂膀打开，她张牙舞爪，像螃蟹一样地钳他，她说：“你快放下，快放下嘛。”他也不放。他不放，张亮晴慌慌张张没辙了。

等李溪风放下她的时候，他们到了那个有蒲草的卧室里，两人稀里哗啦地，还真倒在了蒲草上。最后一刻，张亮晴还是想挣脱，不过，她气馁了，顺从了。那边李溪风稀里哗啦地，把她剥得精光，最后的时候，她去靠近床头的时候，他把她转过来，张亮晴在他手里像玩具一样，她竟然没哭。

她是晕掉了，像打碎的瓷片，等到停下来的时候，她把那些画面拼起来，像撕碎的照片拼起来。斑驳的拼接中，她看到了自己什么。当时她的呻吟是要哭泣一般。其实，她一直在哭。她的笑是给别人看的，给金鱼看的，面对最亲近心的时候，她最脆弱了起来。

张亮晴睡了一会儿，醒来睁开眼睛的时候，看见墙柜上摆着蓝水盂、一个花瓶，花几上装着十来条金鱼的一个鱼缸，它们原来是用来作为静物展示画画用的。但对于李溪风来说，他似乎不只是用来画画的，它们一尘不染，在她和李溪风的周围再没有其他东西。

窗子是关着的，下午，阳光从窗子的缝隙里挤了进来，稀里哗啦地涂在她裸露的身体上。她奇怪地看着沉睡的李溪风，要说往常，她都有一股要杀人的狠劲了，可奇怪的是，这回，她连害羞都没有。

张亮晴赤裸地坐在那儿，她为自己发愁了。她转过头去，盯着那些鱼缸，看着那些游来游去的金鱼，各种颜色的，杂糅在一起，条条熠熠生辉，任凭光映在上面，波光粼粼的，像无声的烟花、像变幻的长袖……她是真晕了，怎么会发生这样的事情？对于她来说，接下来怎么过才是一个老大难的问题。过了这一天，她想，变成一条金鱼跳进去，让人捧着去倒掉也行。

连续很多天，她都没有去开店门。她赌气地想要马上消失，这是她回家后一气之下的念头。

说实话，她的店是真不想开了。她原来打算过了这些天，换到毗邻的城市去住，准备去卖服装，那个城市里她有亲戚。临到真要走时，她慌了，愣了。等到上地铁的时候，她差点卡在地铁门外，等到上大巴车的时候，她差点走神误点。在亲戚家里住下来，她先帮亲戚卖服装，卖完服装回来后的晚上，她每天只干坐在房间里，还老爱发笑，特别是手拿起“金玉堂”名片的时候。亲戚见状，没好气地说，亮晴，看你鱼卖的，都像那些爱闹腾的金鱼了。

张亮晴又回城里来了，那时是冬天，她拖着行李箱回来的。她明白了全部的自己，以前，她没哭也没闹过，很多朋友都说她柔韧性好，张亮晴直到这时才完全懂得她不是这样的。

张亮晴的金鱼店还真的是关门了。等到春天到了，李溪风说，我们俩去新疆旅游一趟，去帕米尔高原去看杏花，那里有个杏花村，与世隔绝。说到这个，张亮晴没再吭声，她像个女孩子，双手在前，脸红扑扑的，看着在静坐的李溪风。

临到金鱼店关门的那一天，对门的大胡子看见了张亮晴。大胡子大大咧咧，他好奇地问：“张大姐，张大美女，你关门后从此干吗？”

“结婚。”张亮晴红着脸，第一次那么幸福地抖搂出来。

一次离别

一

“没他事了。”李小诺说话的时候，一边翻看着手机，一边逗着狗。她逗狗的姿势很别致，一只手在柔软的沙发上，无名指缠绕着金黄色的毛发，从头到背部，仔仔细细地，一直圈到它的左肋处。

母亲揭开窗帘，刚才落地镜让窗帘给遮住了。她慢慢梳理头发，镜子里一同出现沙发上坐着的李小诺。李小诺说着话，那瞬间的停留里，她们的卧室呈现出一种完整又不完整的光彩，春天才有的浅蓝色。阳光从铝皮窗子玻璃外飞来，散射的玻璃表面与雨天有相同的颜色，色彩斑斓。母亲随即从角落里拿起刷子，使劲地刷床单，她抽出被套走到阳台上去。晚上，她俩一起睡，她想让李小诺每天都睡个安稳的舒服觉。

母亲回来无意中又看了看镜子，李小诺仍在翻手机，母亲说：“别翻了，你不想才对。”

“下午跟我出门吧，我们去下公园?”她又揣摩地说。年初，距离她们家很近的景辉公园扩大了，公园里新成立了一个体育中心，有器械馆也有游乐园。至于其他地方，母亲心里没准。这会，她的唠叨病攻上来了，女人都是操劳的命，李小诺回来，哪里有不需要她的？而且现在，母亲心里有个问题困扰，要不要给她的妹妹成群再打个电话？

她肯定联系过李小诺的阿姨成群了。昨天下午她有给成群打电话，成群一接通，便压低嗓子，悄声说：“姐，有什么事吗？你找我？忙呵。”

“那等你过来再说。”作为家里老大的母亲回应得也生冷。

成群在文化局的下属影院上班。成群作为阿姨，她在顾忌什么？昨天傍晚的时候，她开车来了，她们的父亲已经告诉她关于李小诺的事了。李小诺小时候得病好一段时间，在家静养的时候养过灰兔。昨天来的时候，成群带一只贵宾犬来交给李小诺。

“只求心安，小诺，你就叫它心静。”成群这会儿说得不动声色，像悟道的高人，直接给狗取了不合时宜的名字。唉。母亲疑惑着，在厨房做饭。成群自个儿坐在客厅的高凳上接着说，在家就可以多养几天吧。她又聊起家事：“姐，你说我哪天不要主家？这阵天气好，恰好我师傅从山上下来，你说我，求啥？”

母亲本来要详细地说说李小诺，她的眼光一直搁留在一个地方，成群说话时的嘴角边。那里，好像停有一只透明的苍蝇，让她轻蔑、不安、难过地揣摩着，一声不吭。母亲心急，不过，心里该说的话却全部搁浅了。她知道成群的事情的，成群自从去了一次西藏，喜欢上寺庙后，每日刷微信都是辟谷、斋月等事项。昨天周末，成群的丈夫说，她刚刚陪师傅下山。

李小诺的外公有次听到大女儿讲到这儿，他温和地批评起小女儿：“成群的操心，以前是扔在牌桌上，现在她是扔去了庙里。”李小诺的外公很少批评一个人，除此他还能说什么呢？与成群现在去寺庙不同，自从学校退休后，李小诺的外公除了在家整整植物，几乎每天都要登山。

“我想去外公家里看看。”李小诺把一条腿搁在沙发上，暂且不去缠绕贵宾犬金黄的毛发了。这会儿，成群准是忙着照料师傅了。“心静”这个名字，李小诺觉得很奇怪，名字变得好玩，她模仿成群的口气轻声呼唤，贵宾犬愣了一下，开始狂欢打转。

李小诺不想笑，但她还是笑了笑说：“真是小姨养的，也可说不像吧，妈。”

“别动别动。”母亲走到李小诺的面前注视起她的脸。李小诺的左脸出现了紫斑，那么小，针眼般，像暂未舒展的香草，由皮下组织层里面浮出来。哪怕是香草，也格外地令她重视。女儿的脸不大，如果没有这点瑕疵，在她这个年龄，称得上完美。母亲走去拿来粉扑，像外科手术医生，手臂悬空，带有一定力度和弹性，咽喉的发声，带有轻快，也可说一定黏度的叹息。听明白妹妹那儿模棱两口的态度后，母亲感觉事情真难办。

二

昨天她刚回到家，待了十九年多的小县城像铁桶，又开始锁着李小诺。她回家，唯一值得欣慰的是，九月天气很好，与以往爱下雨刮台风的早秋不同，老巷子与整个县城都坠入了无声，只有空洞的循环，而天空，蓝是蓝，白是白，挤满了各种大小的玻璃球，她们在透明的玻璃球底下操心，奔跑、发愁。李小诺望着邻居家的小花园，空中看似有些不存在的风流动着，她有点累，体内的枯燥感很像浓缩的咖啡汁。

“李小诺到底在想什么?”母亲做饭的中午时分，她又有点发起愁。李小诺回家的选择，某种程度上如成群所说是母亲的主张。他们经历多次激烈的吵嚷，母亲的作用，为她做的抉择，在于母亲无视任何离婚程序，母亲摁下老家座机的那颗红色按钮，她来推波助澜。母亲真不希望她有什么不高兴，一分钟也不行，她往拉杆箱里塞衣服，正准备出门前夕，母亲在电话里说：“肯定不行，回来吧，回来跟我过呗。”

母亲声音总是很小，像锋利的瓷片。她们吃完早餐，洗碗的时候，母亲转过头来说：“我记起一件大事，你等等。”

她狐疑起来，母亲喜欢故作玄虚。

母亲以惯有的眼神看来：“呵呵，小诺，今年，你体检了吗?”

她心里一片空白，摇了摇头。

“不体检，怎么能行?现在你一年至少也要体检一次!”母亲停了下，又说，“我猜你就又没有做，走吧，反正我要去查下牙齿。”

李小诺和母亲去医院体检，忙完也没能去看李小诺的外公。

回来的路上，母亲终于接到一个朋友的电话，是来询问李小诺的情况的。电话里，母亲在说：“对，她回来了，就在家陪我。”

等到第二天，母亲几乎向所有人都说起她的离别了。一辆黄色的轿车从她俩身边开过去的时候快如地铁，一桩旧事急速地来到了她的面前：关于她同学邢羽来家里母亲的招待。以前从医学院刚毕业的时候，邢羽还跑来找她，有次邢羽来恰好是年关，母亲给她们煮饺子，记忆最深的就是这次。吃饺子的时候，母亲拼命地给她俩夹，母亲就是这样，李小诺本来以为也没什么问题，可是自那以后，邢羽没再来了。好几年后的一个夏天，趁着旅游的机会，邢羽去看她，李小诺约她在咖啡店里见面，当说起母亲，刑羽关心地问起她：“小诺，阿姨，是不是有点那个？别怪我，我说的是过去，你爸爸出事以后。”

路上，李小诺的眼泪就溢出来了。她用食指拭去，泪水在指头沾了一线，晶莹剔透。李小诺知道有另外的铁桶锁着她，这些铁桶都能过去吗？

现在连母亲自己都承认她是破碎的花瓶了。那年，李小诺脱掉了白大褂告别手术台，准备转业，为做一个家庭少妇准备的时候，她爸从海南养珍珠回来，忽然倒了下来。对于母亲来说，李小诺她爸的离世，真是天大的打击。从她爸躺在病床上开始，她就让执拗、深刻的怀疑给困扰了，母亲说她总感觉到怕。有一回，李小诺回家看母亲，母亲还问，自己到了晚年会不会瞎，因为晚上总有条黑蛇游进她的眼睛。

母亲在早晨的镜子里再次看到了女儿的问题。除了女儿，她能相信谁呢？母亲内心轻声叹息。唉，她还只是一个孩子，失去了父亲，无依无靠。在母亲看来，镜子里看到的情景，会连同镜框一起凝结成冷若冰霜的画像，生硬的没有幻想——她害怕死亡，无比的害怕。最美的蝴蝶也会死吗？都会的，这不能怪她，她又想到了死。这时，母亲只有拼尽全力，她只有挽救她作为一个女人的孩子，而且也是她深爱的丈夫的孩子。

又得提起当初，至于那年夏天李小诺的结婚选择，她至今没法理解。她们已然老去，过眼云烟，唯有用佛理去消磨齿轮运转中的平淡——她们的小姨成群微信朋友圈总喜欢提及克里希那穆提，那个印度大哲人。可是李小诺不一样，她可以重来，女孩的人生齿轮肯定会再次快活运转。

回医院路上，李小诺想顺便去趟超市。

母亲说：“我们去时代广场的乐购？”

说起乐购，李小诺隐约记起了什么。下午四点多，她们去乐购，今天母亲一路上都笑呵呵的，给李小诺买零食、水果、买李小诺喜欢吃的沙拉酱、三文鱼。李小诺为长期住下来的做准备，买了牙膏、牙刷、卫生用品、一双亚麻布拖鞋。临走前记得成群没有带来狗粮，李小诺又买了狗粮。

从超市出来快六点了。还在时代广场里，母亲问，小诺，饿吗？李小诺有点饿也有点累，她点头说，有点。母亲说，那么，我们先吃饭吧。

她们就近在港式餐厅里吃了晚饭。吃完晚饭，李小诺看了一下窗外，外面很热闹，却满目漆黑，一时她又害怕出去了。九月十二日，她恍惚记起，上次来时，她爸还在，那回是一家人来庆祝她的生日。看着母亲准备要走，李小诺说：“妈，能不能再坐一下。”

十多分钟后，不能再坐了，光坐着肯定不行，时代广场里有家电游，母亲说：“小诺，要不咱俩去玩下电游，行不行？”李小诺才说好，母亲年轻的时候喜欢玩打枪，玩的是电子枪，广场那边的气球枪，她俩也一起玩过。母亲是希望有人来关心下李小诺，即使击鼓传花，他们先做做样子也行，现在李小诺却只能依靠她了。

三

她们家在老巷子里的三楼，窗台上有爬山虎，这让窗子玻璃看起来有些凌乱。李小诺本打算来清理，可是轮到动手时，她犹豫了好几番。前些年，朋友群里流传过，说李小诺从形象到气质，和巴山夜雨，和李商隐的诗都有一比。最初说她的是好同学邢羽，邢羽跟闺蜜们一起开的玩笑。不过，与邢羽上次说母亲不同，李小诺没有像上次一样的怪她的心理，她反倒觉得，是她自己没搞清楚。

她和邢羽有一年多没有见面了。这天晚上，李小诺去参加她爸同学们的聚会，她看到邢羽也来了。吃饭前，邢羽进包厢来的时候，李小诺就看见了邢羽，她主动和她打招呼，邢羽很惊讶："李小诺，你怎么来了？"李小诺没有吭声，县城里太小，根本没什么秘密，她回来的消息，母亲早就蚂蚁搬家似的通知了大家一个遍，邢羽怎么会不知道呢？

这时，李小诺只是问："邢羽，你呢？最近好吗？"

邢羽笑了下，没作回答。

她只比李小诺大半岁，她俩一路走来，意想不到的竟然一路是同学。小时候，李小诺叫她精灵球，原因是邢羽喜欢讲故事。邢羽总是无时无刻、不消停地在讲故事，李小诺也挺喜欢听她讲的。到了她们高中的时候，她俩还在交头接耳。那年夏天开始的时候，邢羽结婚，李小诺做了她的伴娘。不久，邢羽结婚的那个夏天还没过完，同样是这个燥热的夏天，李小诺宣布了一件令邢羽觉得不可思议的事情：远在几百公里外的李小诺马上要结婚了。

这次他人的聚会，李小诺知道邢羽会来。与她们年少时相比，现在，她们见面越来越少。她俩的此后的来往，也多是稀释在他人举办的这些多年的聚会里，当然来的人都那么从容，像是来出席一场殡礼。聚会成为仪式，成了例行公事，带有一种庄重和令人难忍的失禁，嘟嘴、斜眼间都不协调，气氛显然不留给初心如旧的人了。

显然，她是属于那种内心想要嘲笑参与者的人。在这个场合和邢羽见面，她是要和邢羽快些聊点什么，或许，邢羽会提供给她参考。

邢羽和她有一样的委屈，邢羽的婚姻以惨淡收场了。那年夏天过后不到一个年头，邢羽的老公就有地下恋人了。她老公报了个瑜伽班，这是一个喜欢猎奇的都市男人，想必他的人生美学是厌倦平淡无奇的，经历奔波的人群中寻找如痴如幻，他和那个女孩不经意间相识，然后有了暧昧。他们是水中菱角，勾搭在一起了；他们是凶狠的匕首，叠放一起了。想起来，他俩这样一起，心里觉得大概杀的也只是平淡的婚姻本身吧。两个人很快发展到每周六下午一次的约会。天气转凉的秋天，忽然，他决定去出长差，实际是二人约好去东南亚游玩。

这样过有多无厘头，他们多次聚合分离，已经留下来不大不小的破绽。邢羽终于看清了她过的日子，她只不过捅破了那层纸。去年，邢羽恢复单身后，学起做糕点，在县城街上开面包坊。邢羽恢复单身的时候，李小诺还替她难过了好一阵。

“别伤心，一次离别而已。”今天，李小诺以为邢羽会说起她的婚事，没想邢羽会这么说。

饭桌上，她和邢羽挨着坐，超乎李小诺意料。这天，邢羽为她宠爱的植物发起愁来了。邢羽说，我种了两盆蟹爪兰，都起黄斑。还有其他种的，银丹草，都感冒了一样，怎么办哦？李小诺说，可能喷水太多，羽，洒点多菌灵看看。

一聊到可爱的植物们，就仿佛说到主人们共同的遭遇，二人忘了其他。父辈的同学们陆续离场，她俩还在，直到邢羽提醒：“小诺，我也要回家了。”李小诺还如在梦中，她的眼神、手臂搭在餐桌上，这些下意识的动作显示着，她很是不舍。邢羽说：“小诺，有时间吗？有的话，我们一起打打球。”

“阿姨好像吩咐过很多人。”她这样对李小诺说。

“李小诺，每一天，你都应该这样过，每一个人都应该的。”等到这天早晨八点四十五分的时候，母亲开始在卧室里说。

李小诺的体检报告拿来了。从那些指标来看，她有脂肪肝贫血，她是发胖了，不能不去想原因。她每天上班，清晨、傍晚至少要各挤一小时的地铁。那过程怎么看都像木头人。那么，应该多补铁，早睡早起，睡不着的话，吃点酸枣仁胶囊，综合看看效果。

“都要买，这次我就不上淘宝了。”母亲看着床上的李小诺，快活地说。事实上，比起前两天她更加忧心忡忡。

母亲已经把胳膊支起，从镜子里看，是准备做出操的动作。当然，她只是示范。旁边，贵宾犬要解手了，李小诺带着它去上了盥洗室。等李小诺出来，她看了下母亲。

她快速地给母亲画着速写：现年四十九，中等个，喜欢单色调时装，平常是大片的蓝或红，配咖色裤袜和一条不过膝的迷你裙。排除父亲的意外的话，能预见的是，母亲的现在与阿姨成群差不多吧。每个女人，似乎都要给贴上一张戏剧化的面孔，人们自以为认清了她的全部，母亲只有像成群，才是中年女人享受生活的标准姿态。

曾经，有人说李小诺很像母亲，至少从李小诺的背影看，非常像二十八岁时候的母亲。

这会儿看着母亲，李小诺想所有人大概都误会了她这个只会穿灰衫黑裤的女子，把笑装作哭也不哭一样的女子，哪里像呢？最多，女人们大概都有一些重影吧。

“妈，你就得了吧，我要忙些事。”母亲把卧室当成了运动场，李小诺说她困，也许是因为回来后还没有一刻钟，她能够安神，她有点不耐烦了。

“这样可不行，你能不跟我吗？下午就跟我去，散步也行。”母亲手里拿起李小诺的体检报告，唠叨病又要上来。

母亲这会儿说要出门，李小诺记起来，邢羽说这一两天可能就叫她去打乒乓球。那时，她盯着阳台上的一盆虎皮兰，虎皮在阳台的局促角落里。她很久都没注意到阳台上有盆虎皮，因为隔壁的邻居家小花园里有一棵青松，从卧室看过去，视线都让青松探过来的针状叶给遮挡了。现在看起来，虎皮的长势还不错，李小诺始终盯着它叶尖的刺芒。

“把它扔掉。”母亲已经生气起来。

李小诺低下头去，她知道原因。虎皮是她结婚前不久，她和他一起种的，自从他们争吵后，母亲画地为牢，他已然成了禁区。她没再盯着虎皮看，她快速地翻动起手机，她要做一点事了。转业后，除了正常上班，她喜欢用微博、微信等弄点事儿。信息化时代，微博、微信是利器，她可以检索到社会新闻、突发事件，可以提供素材，各取所需，这是她所有工作的习惯。在娱乐而孤独的年代，她像蜜蜂，把它们当成了花粉。

上午，她俩沉默着，后来，李小诺还是去了距离最近的景辉公园。母亲一路埋怨：“李小诺，你爸的同学刚聚完餐，不过几天，月初，是我同学聚餐，又是吃，大鱼大肉是拦路虎，你能这样吗？”母亲记着她的体检结果，没有声音的巷子里尽是她的劝告，藤蔓一样的纠缠，李小诺实在没辙。等到了公园，看见了羽毛球场、乒乓球场，也看见游乐场了，那里有碰碰车，李小诺灵机一动，她说：“要不，开下碰碰车吧。”

四

李小诺心不在焉地玩碰碰车，邢羽在乒乓球场打乒乓球，出来后碰见了李小诺，她只是和李小诺打了声招呼，有母亲在身边，邢羽大概觉得话多不方便。刚才在公园里，成群打来过电话，母亲没有接到。玩碰碰车的时候，母亲太像一个孩子了。

从公园里回来，李小诺坐在床上，取来一本画册翻看。李小诺看到画册里的《湘夫人》，那是傅抱石的画。李小诺一直喜欢傅抱石的画，他的画绵密清幽。床头柜那边，母亲的手机响了。

电话由成群的丈夫打过来。母亲正在卧室的盥洗室洗脸，李小诺知道她没听见，连忙把手机递上。母亲一声“喂”后，电话里问：“姐吗？”

母亲说：“是我，成群她不忙了？”

“刚才她给你打电话，你没接，她以为你生气了，让我打给你。姐，你没事吧？”

原来是成群让丈夫来试探母亲的口气，母亲对自己的妹夫态度当然会好点，她说：“她打给我？不是说师傅来了，她要在家念经吗？”

“嗯。姐，她知道现在你事多。”

“也没，小诺吧。”

“她要跟你说爸的事，姐，你听着。”

成群的丈夫这一说，李小诺心里猛地一紧。电话里的说话人已经换成了成群。成群说：“爸那里，姐我跟你说，出了点状况，跌了一跤，我刚送他去人民医院。”

等于第一次割开了伤口，李小诺的心再次一紧，母亲的脸也瞬间变了颜色，真是屋漏偏逢连夜雨。

李小诺在猜测着大概，大半年前的一个中午，母亲焦急万分地给她挂电话，说她外公在医院里，她刚陪他做过一次 CT，检查结果令人担忧：心脏血管堵塞。

现在，母亲抱怨起妹妹成群："不早说，打电话也要托人传话？上回台风打碎了花盆，爸重新种起来，他就有点状况，爸那次还爬了山，台风也去。"

"不是爬山，是从葡萄架上掉下来的。"

李小诺靠近电话，清楚地听见成群说话，母亲"唉"了一声。

"这掉下来的倒没什么大碍，小腿上剐蹭，是皮外伤，关键是心脏血管堵塞的问题，也算是老问题了，医生说恐怕要安排做支架，先造影。""什么时候做？""就这几天，我托人预约好了。"母亲的脸色一直在变，这时才冷冷地说："知道了。"

电话一打完再也顾不上什么，她俩马上就去医院。去医院的路上，她俩竟然碰到了李小诺的外公。李小诺的外公身穿夹克，低着头，快速地从太平南路的街边往家里赶，回到住了几十年的老巷子的院子里去，李小诺认出外公来。

母亲问着自己的父亲："爸，你为什么出院？"

李小诺的外公说："成群回去了，说出家人还在。她回去也好，个人干个人的事，清静。"

母亲在父亲和李小诺的面前，不禁唠叨："这倒好，她养的狗不就这样，去庙里不是，忙忙忙，以前打麻将，牌灰都可以搓着吃了，现在拜菩萨，恐怕香灰也是的了。她去寺庙，到底在求什么？"

"爸，还是回医院去吧。"比起往常，她更为着急起来。

李小诺的外公没有同意。他说："住医院还不如家里，全是老问题了，等到动手术再说。再说手术我看也不要做了，人哪有不摔跤的？”

母亲说：“怎么可能，心脏是发动机，不要的话……”

李小诺的外公打断了她的话，豪爽地笑了两声：“呵呵，我这把老骨头，疏通有什么用？你说，也不过是等死啊？”

外公出了意外，李小诺的心头怎么会不沉呢？

星期六的晚餐，李小诺遛着成群的贵宾犬，和母亲在外公家吃饭，成群和她丈夫也都来了。不知怎的，这次看到阿姨成群，李小诺有些莫名的紧张，整个过程，她都没有出一声。成群是来商讨父亲做手术的安排，她说省城医院已经安排好挂号了，只需要送父亲过去，手术做完就可以回来，前后两个多星期。“问题是，谁陪着去呢？”成群为这开始发愁。

“就我吧。”母亲环视了一下来吃晚餐的人，其实她在等待有人发声。无声中，她只能自告奋勇，只是她不放心李小诺，于是，她担心地看了下李小诺。李小诺说：“我也要去。”

对李小诺的事一直不吭声的成群发话了：“你就不要去了，先留下来。”

送李小诺的外公去做手术，最后决定由成群和她丈夫负责接送。成群抚摸着她的狗，颇为无奈，她说：“师傅今天刚刚上山回去了。前些天我可真是忙，忙得没药医，整天都成了提线木偶，你说人如何才能心安，求啥。”她像尊佛似的，看了看李小诺。

五

李小诺外公做完手术回县城的那天晚上，邢羽打来了电话。邢羽说，小诺，你明天有时间来公园吗？上午九点一起来打乒乓球吧。李小诺说好，我可以等。

到了时间，李小诺比邢羽先到公园。邢羽慢一些，她是骑车来的，穿着一身专业运动服。进馆时，邢羽说她其实好久没看见阿姨了，她问李小诺，听说你外公病了？

李小诺回道，没事，其实都没事。邢羽说她办了一张卡，她对李小诺说，小诺，你可以参加点什么，不能在家老腻着，现在我除了种花都在打球，我下阶段准备去骑车，刚参加了一个山地自行车队，整天闷在面包店里也不行啊。

她们边说边打球。说起来，邢羽的技术不错，一开始就左推右攻，吊、杀、抢、攻，球风一点都不像女孩子，气势倒有点像她和老公分手时候的表现。

那天从游乐场出来，母亲第一次跟李小诺说邢羽离婚的细节，说邢羽作为一个县城里的女孩，表现出不一般的强硬。母亲还说起她自己，以她和李小诺父亲早年跋山涉水远赴海南养珍珠的经历为例，说一个女人的人生选择和生活，最后哪怕不得不反抗挣扎，也要体现得那么的要强、刻骨，在生活中留痕。

母亲说她相信李小诺也应该是这样的。她说邢羽知道老公练瑜伽的真正目的，明白他以出差为名隐瞒着去巴厘岛约会以后，邢羽开始像私人侦探一样。终于有一天，她老公和小三从宾馆出来，剧情开始了。当时挺像灾难电影的开头的，她隔着马路拍照存档呢。他们离开的时候，她马上坐上出租车追上去，飞车般地让司机把车横在他们的车前。明摆着，只能分手了，邢羽离开家里的前一天，把家里的玻璃杯、碗、电视机等，能砸的都给砸了。

李小诺记得邢羽以前是挺温顺的一个人，可是关键的时刻，她凌厉的一面就体现出来了。当然，这样接着打球，李小诺有点招架不住。不过，话得说回来，当年邢羽学乒乓球，还是李小诺教的呢。

等球打到中场休息，李小诺和邢羽坐在一起，像那年结婚前一样，邢羽靠过来，眼睛一亮，李小诺知道她是又要跟她讲讲聊聊。果真如此啊。聊了没多久，邢羽说："小诺，还记得给我们补课的女老师吗？"李小诺一脸迷糊："你说的是高中？"

邢羽倒让她弄糊涂了。

"对呀，你外公的同事，记得吗？"

"莫非秦老师？"李小诺问，"怎么了？"

邢羽说："你还不知道？她一个月前走了，自杀的。"

"她到底怎么了？"李小诺问。

她心底里问，这个世界是怎么了？

"她笑了好不好，那是她的目的，一个女人可怜的目的。"

又开始打球。

秦老师是李小诺一直没能忘记的老教师。秦老师年轻时算得上是大家闺秀。以前，李小诺知道她弹古琴，在宿舍里，她经常弹一些清淡、幽怨的曲子。那些曲子就像朵朵梅花一样印在她宿舍的墙上。秦老师在学校里住了一辈子的宿舍，哪怕跟秦老师再相熟的人，都似乎从来没有从她口中听到有家这个字，她只说住宿舍。

李小诺刚上高中就领教过秦老师的传奇。秦老师退休前，她也教过李小诺，教过她们班的学生写字。她并不负责李小诺她们班，事出偶然，有次期中考，老师们集体阅卷，秦老师阅到她们班时，就放下钢笔，说，字真不好，抓爪。她用"抓爪"来形容，说学生字写得不好的程度，她后来真的来给她们补写字课。在此之前，她就听说秦老师的事了，秦老师为了全班成绩提高，会让全班学生晚自习时大声朗诵课文，响彻天空……关于这些，李小诺都听说过，因为她是外公的同事。

“小诺你知道吗？她都死过一次了，前一次没成。我听说后面这次，她堵住全部门窗，天，用琴丝勒脖子，空中悬浮，因为台风，晚上刮风下雨的，风噗噗，她在宿舍里哀号，整个宿舍，此起彼伏……”乒乓球场内，一时觉得风有点凉飕飕，不知不觉中，球打了两个多小时，不打了。邢羽说：“小诺，明天还来吗？”那时，秦老师的故事还没讲完，李小诺恐惧之中又不知如何拒绝，便答应了。

第二天李小诺就过来了。这天，她本来是要听听邢羽讲点秦老师深层次的事情，是她想明白的事情。自杀的事，对于她来说，是不会害怕的。可是另一方面，它就发生在她们身边，是认识的秦老师，看起来柔弱个子不高的秦老师。对于邢羽说的，她还是震惊的。秦老师的事有一股魔力，看着桌上蹦蹦跳的乒乓球，她很是迷糊。

李小诺知道秦老师没结过婚。年轻时她是有婚约的，只是后来，那个男人不见了。可能是死了，那还是战争的年代，也可能是移情别恋了，反正只有一个结果，几十年前的县城，他不见了。她听县城里的人说，秦老师以前根本不是这个样子。

可是，邢羽没有再跟她谈其他。邢羽只为讲一个桥段，里面只是不完整的扑朔迷离的没有揭开谜底的女人，就像镜框里另一番速写，凌乱不堪。世上有过秦老师，这大概就是邢羽要说的全部。邢羽有她的风格，到这，她只为找一个陪练，杀球，越杀越猛。

等到休息的时候，她俩吃着甜筒。

邢羽说：“小诺，我们嘛，这样过也挺好。”

李小诺望着乒乓球场外，失神。

"我在想，店要不要开了，我好迷茫。"邢羽在犯愁。

"羽，说不好啊，人其实蛮小的。"

"那你说对了。女人像不像它，这球?"邢羽拿起乒乓球掂了两掂。

邢羽的举动，让李小诺措手不及。她知道会发生什么，她抓不住念头地想会发生什么。脑海里一直弹跳的乒乓球，让她视线模糊，脑子晕眩。她本来是要说一个很重要的问题，它已经无关秦老师了，可是，念头一转，李小诺卡壳了。

有什么好问的呢?她和邢羽是不一样的。只是邢羽和她，不管一样还是不一样，她们的软与硬之间都有一堵墙，逃避最重要的人——男人！秦老师、母亲、邢羽也是这样。母亲极力安排前来安慰她的成群不也是这样吗?她们态度一致，守口如瓶，如时间般穿梭的恐惧，传递着，噼里啪啦，对于伤害，她们都极力地逃离，可是又逃出了几个人。

"真不要了吗?一次离别。"李小诺想起来惆怅，好烦。

她从公园里逃出来了。她还在激烈地思考，便一个人又去了外公家，她来外公家里，只是想来看一下，李小诺一直有他家的钥匙。她打开小院子门的时候，外公不在，吃饭桌子上摆着一碗草莓，鲜红透亮，是本地的南山草莓。她掂起草莓，吃了两颗，然后走去后院。

她去看看外公刚支起的葡萄架。她很好奇，究竟是什么会让外公这个硬汉摔倒。

在后院，李小诺果然发现了一个新的葡萄架，是一个极普通的葡萄架，高度不足两米，样子还有点枯槁，夏天的葡萄摘果后，它们的藤刚给缠了上去。

看完葡萄架，她让一个不经意的残痕吸引住了。那株枝丫撑开像一把伞的梓树后面，有一束滑动而散开的光落在白墙上。有了它的引导，李小诺很快注意到白墙的角落。这时很像一部默片，光影靠近墙基的时候一动不动，那留有一个浅墨色的字：早。真的是个“早”字。稚嫩得最后一笔——那一竖差点有些提不起笔锋的中楷。那是她学毛笔字时留下的痕迹，是一个颜体字。

看着它，仿佛有昆虫叫，而同时，一样是它，让李小诺看见了时间本身。一直以来，她在回避，拒绝回忆，而在这里，时间正展开着它前所未有的迷幻，它已经杀了李小诺一般，于是，她清晰地看见了自己。她沉进了水井里，真是她自己，属于她而又不属于她的以前的自己，只是借此时候，水连同她的眼泪，伺机浮现而已。

对于李小诺来说，她从小喜欢小事物，喜欢小狗，喜欢小字。当年，她站在墙底下，一笔一画地写，并没有与其他同学一样用刀把它刻在桌上或树上、竹上。她写的时候，是父母远在海南的时候。后来，外公刷墙的时候也没有把它刷掉，这是她的过去唯一残留的地方，李小诺蹲在那儿，一点一滴，她想捡回来。等到外公回来了开门，在背后喊“李小诺”，她也没回过神。那阵，她几乎控制不住自己。

六

晚上，李小诺给成群的狗喂了粮，一个人下楼去。远远的大街上，断断续续传来 *Street Boy* 的旋律。她独自穿过县城的主干大道，为了去看一部狗血的电影。对，狗血电影。她想静一静。影院在时代广场，上次她和母亲玩电游的旁边。这次，她也没有叫上母亲。看电影的时候，她预测着男男女女的命运，心里噼里啪啦，猛烈地随剧情撞击，她完全沉浸在里面。直到这时，她才觉得完全静了，真的静了。借此，她想去猜透剧本所有难猜的剧情，这剧情又是如此的难猜。电影看完，她头晕得很，余下她一个人踩着自己的影子走出电影院。

不知怎么的，李小诺疯狂地想做做事情了，不去超市也不去和邢羽打球了。她去看望外公的时候，邢羽发来了微信，小诺，明天，去打球吗？

李小诺想了想，没有回。

这天，她从医院回来，她给所有的窗子都擦了一个遍，擦得明亮光滑。擦窗玻璃的时候，她又看到了阳台上那瓶虎皮，叶子上就像水洗过，有点光芒一直游离闪烁，很亮很亮。

那时，她眼角有闪动。母亲已经屡次三番说过它，后来，可能是她没太为一棵植物执拗，母亲才没有去扔。现在，李小诺倒是发起愣来，她在痛惜它吗？太阳太厉害了，如果再大，虎皮一定会晒蔫的。她心里被蚂蚁咬去一块，有点撕心裂肺，连忙痛惜地浇了些水，然后给它挪了个窝。这一切都忙完了，她拿来电脑，盘坐在地上，把从网上弄下来的东西下载到硬盘里。成群的贵宾犬过来，她看了下，让它自个玩着。

那几天，李小诺喜欢去看母亲的眼角。母亲又再次犯起叨唠病，说每天要坐牢待在医院里，因为自从李小诺的外公转到县城医院后，成群又忙着念她的经了。母亲的唠叨不会停息的，只是这回她唠叨的是她的妹妹成群。

感觉县城的空气越来越憋闷，从夜晚中都可以嗅到。它成了空气里的气氛，空调平稳的运转声中，似乎很寂静，很寂静，其中蕴藏着无声的雨，似乎，雨快得马上要成为瀑布了。这会儿，巷子里噙满玻璃丝一般的空白。天还是很白的时候，李小诺透过刚擦过的窗子玻璃往外看，天空里像铺起一层沙，那些大大小小的玻璃球都看不见了。

她准备睡个午觉，休息一下。晌午过后，哗啦啦，一束雨终于击了过来，敲打在窗玻璃上。

预兆过后，从屋头那边，雨不留声响地开始倾泻，快如飞碟。十几分钟后，天上六点钟的方向，留出来粉红的光，像一朵很大的鸡冠花。光越开越大，笼罩所有屋舍、邻居家的空中小花园。巷子里，有鲜亮而饱满的雨丝吞食，像婴儿吮吸一般，有种少有的满足中的快乐感，光和雨跳跃着，周围已经变幻莫测。李小诺迷迷糊糊地醒来，睡眼惺忪的时候，她看见了放在床头柜那本有傅抱石作品的画册，仿佛看见一只金黄的狮子。

有扇窗子没关，李小诺急忙套起衣架底下那双新买的亚麻布拖鞋，飞奔过去。等到回来，转到厨房里的时候，她跟母亲说："妈，我要走了。明天就要走。"

"随你，你看着行就好。"母亲迟疑了一下才说，她也知道李小诺是在跟她说之后的安排。

一家人都还没有吃饭，整天，母亲都没有说过话一样，拖着疲惫的身子自个在厨房里。她再也挪不动脚步了。她认认真真地听着女儿讲。李小诺还会说什么呢，莫非是怕去打球？唉，真是难以猜透。母亲刚把秋葵下锅，汆水，等到捞上来的时候，她又愣了一下。

秋葵焯水后出来滑亮发绿的水汁，从捞网的眼里流了下去，随着轻微的金属磕碰声，藕断丝连。作为同样是那么脆弱的女人来说，母亲想她又该说些什么，李小诺脚上穿的亚麻布拖鞋真是好看，素洁，走不走路，拚起来看都像蝴蝶。倘若，李小诺把它留了下来，她要不要穿呢？

羽弃生

咱们先来说一件事吧。就说羽毛，在很多年前的中国，羽毛我们知道最常用的是翎羽，翎羽是戴在将军头盔、官员官帽上的，供人顶礼膜拜。这是几千年的事了。很多年，很多年后，也就是羽毛不再代表官吏的今天，它却风靡全荣城。那么，我们就来说荣城吧，现在，在全国人民都引以为豪的荣城，羽毛几乎就是歌手的代名词。那么，羽毛也还是高高在上的。在古代，羽毛虽然有妄用，但更多的时候人们还是对它心存敬畏的。当然，现在呢，也还是有许多人认为羽毛是圣洁的、不容玷污的，这许多人中就包括陈永冰。

他们在心里默念，我要成为羽毛。陈永冰也是这样。

羽毛现在是陈永冰作为选手参加大赛用的名字，陈永冰——这三个字像出土的坛坛罐罐啊，多么土，土得掉渣土得掉色。如果要用，陈永冰也只愿印在每月下发的工资条上，工厂发的工资条还不如一块豆腐的面积大。

在他们宿舍，皴黑的墙皮上已经挂有陈永冰的一把吉他。大前年时，工厂春节联欢晚会的前些天，陈永冰在羽毛乐器店买的，特意选了一把黑栎木。店老板说，你选对了，外国货，要不是水货，你三百五十块只能买它几根琴弦。应该是吧，音色够准，够纯，飞鸿辽阔好像天籁之音，否则怎能迷住阿英呢？照陈永冰猜测，它应该是欧美那边来的水货。吉他是陈永冰最贵的物件，陈永冰买东西从来没超过一百块的：一块五的阳光牌牙膏、牙刷；三块一双的拖鞋；十元一件的大甩卖打折T恤；四十元一套的尼龙西装。

用廉价品来构架生活已经够满足了。坐在铁板凳上做工，就这三百五十元，陈永冰也算过，他们工厂用阿拉伯树胶生产假花，这些假花拆成枝、叶、柄。陈永冰压的是叶，工价九分，包括要报废的，大概要压三万三千四百件，三个大麻布袋才装得下。

这什么意思？天文数字？陈永冰是熟工，全做完至少要四天！

六年来，陈永冰每星期上工都是六天制。陈永冰觉得无所谓，就是因为心里有那片羽毛飞着。荣城人流滚滚，从天南地北坐长途客车、火车过来的，据说有五百万之众，熙熙攘攘，每个人像螺丝钉铆在一个固定地点不能松动。据说羽毛在荣城传说的开始源头，是因为荣城真有一个叫羽毛的歌星。羽毛在荣城有三十万歌迷，羽毛成名前，还不是像所有打工仔一样是五金厂里的小小磨工？

于是，当代中国，当代荣城，凡是有音乐梦想、有热爱、有煽情理由的，都看到了成功的希望。陈永冰在悄悄做出努力，月初领完工资，就要去夜总会闯荡。

夜总会，村里人认为放荡、堕落的地方，陈永冰却觉得光芒非凡，一看到霓虹灯，就有种好像能立即成为羽毛，去喝外国的鸡尾酒的感觉。站在夜总会舞台上弹吉他，陈永冰心里有股漾漾要飞起来的成就感。有时候陈永冰想，如果能成为羽毛，那么让他残疾、双腿长瘤坐轮椅，即使像工业区里那些讨钱的小乞丐一样乞讨也甘愿啊。

夜总会。9月8日，光怪陆离的一晚，他遇到了另外一个也叫羽毛的人。

自2008年起，多喜多忧啊。刚开始的雪灾、大地震、奥运，接下来爆发经济危机，房价下跌上涨……全世界像放炮一样轰隆隆。像普通打工人一样，陈永冰对这些事有所耳闻。去外边食堂吃饭时，路过大超市门口，那里摆台大电视机，只要路过，他就要听会儿新闻。

经济危机多严重的一个事啊，厂里早就说好，以后即使工龄到了，年终奖也没有了，工价压缩九成。又要计划节衣缩食，打消回家过年的打算吧，阿英说。嘿嘿，可人算不如天算。后来，厂里反而涨了工资，说经济危机导致阿拉伯树胶便宜了，工厂的利润反而上扬。也是因祸得福。

陈永冰比往常还多领了两百。这回在夜总会，陈永冰请了好几个工友，用吉他伴歌，罚酒、吸烟，太高兴了，他足足喝了五瓶啤酒、两听王老吉。喝了大半年的清汤寡水，总觉得嘴巴里的油水越来越少。月末，吃包子炒粉的时候少了，嚼甘蔗逛街的时候多了。陈永冰一灌完酒，东南西北中在漫天旋转，令他恶心，酒精在和他开玩笑。他只好去洗手间。

夜总会的洗手间里，陈永冰碰到了她。

准确一点说，陈永冰那时还不知道这个人也叫羽毛，她躺在洗手间的一个隔门里，和肮脏的地板瓷砖做伴。陈永冰仰头去拉裤环，脚就碰着了一双高跟鞋：陈永冰看到了一个洗手间里半躺的女人。

她披着粉蝶披肩，湛蓝光斑丽质的感觉在闪烁。女人的脸上像燃了两支蜡烛，她整个人看起来就像一只漂亮的孔雀。长得太好看了，梦里笑靥如花，比制模工李三毛带进宿舍来过夜的那个女的好看多了。陈永冰一愣，有点恍惚，总觉得小时在邻村水阆村的芦苇荡里见过……

于是他便多看了她几眼，浑身上下，她穿着的是裹腿连裤丝袜，“肯盾牌”，名牌。陈永冰这时想到了阿英，去了另外一扇隔门。

“滋滋”完了后，回来，陈永冰发现她仍躺在那里，和尿液熏黄的地板很不搭配。看来醉了。陈永冰心里非常不安，他伸出脚尖小心地在她蜷起的膝盖窝碰了下，想把她弄醒。

哼哼。她鼻息里哼了几下，比呼吸稍粗犷些，但没反应。

陈永冰在没任何阻挠的情况下背起这个陌生人，离开了夜总会。

一直走到街上。不知怎么的，陈永冰破天荒地选择了坐出租车。荣城，在这个满目沧桑且冰冷的城市里，陈永冰还是第一次坐他们经理经常坐的车。车上，喝醉了的女人头发时不时飘向他的肩膀，陈永冰心里的火心猿意马地燃了起，烧成了软胶，但脸皮却一直紧绷着。

咬着绿嘴筒烟的司机在追问他：“去哪里开房?”轻蔑、烦躁的口气。这个矮墩的司机有怕他不付钱的顾虑，如今，走道上的人确实太多了。但陈永冰不清楚他应该上哪儿，这天很像过年，街上到处打烊歇业。没办法把她往其他地方送了。想到去医院，弄点醒酒药。可医院老贵了，上次阿英得点风寒就是二百多，阿英说，以后死都不去了。

他把她送到了自己的宿舍。到时，司机说：“打表，二十二块。”陈永冰才有些后悔。在宿舍门口，就自然碰到了守卫的保安。一个胖保安拿手电筒来照他。自厂里决定举办春节联欢晚会起，保安都认识了陈永冰。这个胖保安也算他的半个粉丝，也知道陈永冰找了个女朋友叫阿英，于是这个胖保安说：“羽毛啊，哪里喝醉的？带阿英回来暖脚，这天气冷啊。”

陈永冰对天空哈了一口气，他说：“是啊，暖脚，这天气冷啊。”

总之，安顿好了。同宿舍的看他背一个女人回来，去看电视的看电视，打台球的打台球，上网的上网。这是他们宿舍的默契，宿舍里十个工友有六个带过女人回来过夜。因此这种默契也不知道是什么时候养成的。

陈永冰以前一次也没有，阿英也不愿意。阿英嫌他们的宿舍邋遢，像个狗窝……陈永冰他们每个男工友都把床铺当成了一间小房。长年累月挂蚊帐，床边垂一块小花布作为遮拦，床铺里俨然与外隔绝：工友们都在床铺里藏衣服、藏手电、放卫生纸、澡巾和洗面巾，有的还插上热得快，在床铺里泡面煮鸡蛋。床铺下则堆放拖鞋、未洗的裤袜、牙膏、牙刷和箱子。

陈永冰把这个女人放在每夜辗转的床上，脱掉她的高跟鞋时，陈永冰的心又狂跳了几番。但他转头去了夜总会。急奔。街上很冷，荣城的建筑因为冷尖锐起来。

……其实，我们知道，任何事物一泛滥，也就普通低俗起来了。羽毛也不例外。在荣城，现在叫羽毛的越来越多了。说好听一点，羽毛是这座城市的图腾，说不好听点，是过江之鲫，与多得像小虾小鱼的摩托车、单车一样，什么餐馆呀、洗脚店呀、发廊呀、KTV 呀、台球馆呀……谁都可以染指高尚、圣洁。

陈永冰养成了嘀咕的毛病，这个坏毛病，只要一想起荣城有这么多羽毛店，他就会犯，特别是坐在工位上无聊的时候。

最近，这个毛病又犯了。

她也叫羽毛?!

那天，陈永冰从夜总会回来已是翌日早晨七点，他没有直接去宿舍。中午下工没吃午饭，他就急忙去了宿舍。当他拉开床帘布，床上已经没有了昨夜他背回来的女人。可以确信她走了。在这个女人睡过的陈永冰的那张床上，陈永冰看到一部手机乖乖巧巧地躺在被窝中央。

幸好手机没被其他工友发现。城里人老说乡下人爱占小便宜，不守规矩，他们宿舍里的工友这一点倒蛮好。

陈永冰是从女人留下的手机里得知她叫“羽毛”的。

手机被轻而易举地解锁后，羽毛——两个楷体出现在触摸屏最中央，跟街头摆地摊写艺术字的人设计的一样，背景又是两枚飘浮的羽毛，有点像美国电影《阿甘正传》的片头。美国电影风靡全中国，在农民工中间也非常流行。陈永冰看过《阿甘正传》，那是阿英第一次带他去看电影，当时阿英还对他说，我喜欢你这个傻子，所以他对这部影片记忆才这么深刻。

陈永冰在手机的短信箱里发现了秘密。

她的企鹅（QQ号），名字也叫羽毛。

这个下午有点懒洋洋，陈永冰没有再去上工，这是陈永冰来荣城六年以来第一次旷工。这六年来，他一贯遵守工厂的规章制度，哪怕厂里要求连续通宵达旦高强度地加班，加班期间受伤自负（树胶压塑机出伤率很高的），进厂时押金必不可少，他都忍了。六年来，陈永冰就只进过两家工厂，第一家是日本厂，要求每天早晨五点起床，他也忍了。

不是午睡睡过头了，工友们上工前，陈永冰对他们说了声肚子不舒服。下午，他整理了一番头绪，他觉得这个手机是女人遗忘在他床上的。陈永冰在床上整整躺了三小时，但还是没想清昨天在夜总会是怎么遇到女羽毛的，她又究竟是什么时候离开的。冥冥之中，陈永冰相信昨天的际遇。手机上出现的这个企鹅能给他带来什么，而不是那些羽毛洗脚店、羽毛烫发店呀等乱七八糟的东西。

陈永冰决定去网吧。忍痛办了张会员卡，他选择了一个相对僻静的角落，坐在舒适的转椅上。要是平日他绝不会这般浪费，除了唱歌，陈永冰没有特别的偏好，上网一般买零时卡，一次从不超过半小时。其他人可能在网吧里听听歌或玩玩 3D 游戏什么的，陈永冰却只查音乐新闻。

这个意外的企鹅真令人内心澎湃，陈永冰抑制不住激动，他慢腾腾地把这串数字输入。他敲字速度慢，敲字姿势也很丑，像一只鸡在啄豆子，从余光里他甚至看到旁边有一个吸烟的“爆炸头”在对他嗤之以鼻。

陈永冰在企鹅的资料里再次看到了“羽毛”“音乐人”类的字眼。很快，又得到了她的签名：“荣华路 5 号，羽毛工作室。”顿时心蜷缩了下，陈永冰颤抖着“啪”的一声点击“确定”，把对方加为好友。这时，在网吧里他要了包大中华。

一分钟还没结束，对方已加他为好友了。陈永冰的脸色像烫红的猪皮，内心翻滚，紧握鼠标。但他并没有马上和对方说话，盯着屏幕，五分钟，一直看着鲜红的一片羽毛在视野里翻滚、闪烁。他始终没有主动说话，他心里一直想的还是音乐，直到这片鲜红的羽毛从视野里变暗、隐藏，然后跳出人群。

陈永冰第一时间把关于女羽毛（现在他固执地幻想她是音乐人）这个大好消息告诉了女朋友阿英。陈永冰是在电话超市里打的电话，他没有用女羽毛的手机。

阿英现在是一个港资电子厂里的质检员，电子厂就在陈永冰他们树胶厂的隔壁。按流行的说法，女朋友阿英算是他的粉丝，骨灰级的。还得从大前年在陈永冰生命里特别重要的第一次春节联欢晚会说起，那时，阿英还在树胶厂上班。在那次春节联欢晚会上，陈永冰唱了一曲柔意绵绵的《天长地久》，本来陈永冰再平凡不过了，树胶厂有两千多人，但这次厂里的春节联欢晚会后，陈永冰出名了！很多女工都来和他搭讪，阿英就是其中之一。

陈永冰给阿英打了电话，把她给叫到了夜总会门口，他让她一起来等那个神秘的人。在电话中，他说女羽毛是前年参加工业区举办的农民工歌手大赛认识的。工业区在前年确实有这样一场歌唱赛，陈永冰就是用“羽毛”报的名，当时还幸运地闯入了复赛。

阿英却有点不相信：“怎么你一直没说过啊？”

“你不知道吗？她是荣城电视台音乐频道的主持人！我参加歌手大赛是2007年年底吧？2008年不是冰冻得很厉害吗？高压电线塔都塌了，温总理来慰问，她也上了节目。现在，说不定她会马上叫我上节目。”

上节目这点让阿英有点相信，虽说陈永冰只是树胶厂里每月挣八九百块的压塑工，但上节目上电视，是有可能的。树胶厂一连办过两次春节联欢晚会，最后不也做成了录像，在厂里播了好一阵？初夏时，陈永冰还和她商量，不久的将来他会报名参加荣城举办的农民工歌唱大赛，去参加中央四台的“星光大道”，像红火的王宝强，这可是天大的事啊。

显然，阿英在他身上播种了希望，尽管阿英觉得自己是站在厚厚的一层玻璃后面，可还是能望见这层薄薄的阳光。阿英是陕西潼关人，出生在一个当地叫“山扒皮”的山岗子村里，家里穷，现在她把所有能飞翔的梦想都寄托在了陈永冰身上。

她一定会来的。丢失的手机还在他这儿啊。陈永冰想，他固执地认为女羽毛和这个名叫“星光之曲”的夜总会关系密切。

陈永冰和阿英在夜总会门口等了两个多小时，这时，十字路口的红灯在黄昏的迷雾中变得酥懒而有气无力，陈永冰失落地说，算了，我们走吧。

此时，月光遍铺荣城，城乡接合部的工业区里已满街如霜。从低矮的楼层空隙间偶尔透出一两点红煤般暖和的余晖，那是有人在烧煤做饭，现在很多农民工还在烧煤。工人们从四面八方急奔出来了，他们行走飞快，就像坐在雪橇车里滑行，顷刻就不见了人影。从他们的步伐中，陈永冰甚至还闻出了诡秘的味道，这也是远处那些筑到一半尚未完工的筒子楼像极了灌木丛给人杂乱无章的乱象。

他俩一直走，走到了开发区的最边缘。那有一条很深的河，二十来米宽，河里鱼群很多，只是这条河污染太严重了，很可能是汞超标，因此并没见人捕过。

陈永冰带阿英来这个偏僻的地方，是想和她一起商量下，最近他极有可能去拜访那个陌生的女羽毛。

“好吧。”阿英想都没想就说。

出乎陈永冰的意料，太出乎人的意料了。陈永冰异常高兴，他高兴得一口气将阿英从河边又背到了工业区的街口。

吃过饭后他把阿英带进了自己的宿舍。垂下床帘布，扎好。

阿英躺在了床上。陈永冰也不知道自己为什么这么大胆，阿英依了，可能是她已经被吓傻了。

因为工友们现在下班了，他们相继返回宿舍。

陈永冰他们宿舍十个人，年龄最大的五十一，最小的十七岁。十个人都形成了配合的默契，但必须保证不发声，只能强忍。其他好解决，声音就难了，唯一的办法只有强忍。也不知在床上睡了多久，反正后来两人都醒了，然后陈永冰就当了棉被，在半夜的时候，阿英终于发出了声。

结果，没多久，灯亮了。不知道是谁拉亮的，还是它自己亮的。他们宿舍里的这盏二十五瓦的电灯一直有接触不良的问题，有时会在半夜里半暗半明，像山里的狼一样虎视眈眈地盯着他们。

阿英一下子就开始紧张了，紧紧地抱住陈永冰，陈永冰去封她的嘴。陈永冰本以为是电灯接触不良，但很快，他明显听到所有人都在翻身，有些人的鼻孔里还故意弄出“哼哼”“嗞嗞”的声响。是警告。

正迷迷糊糊的时候，光线一下子刺进眼里，陈永冰心里窝起了火，他伸出手去抓起了阿英的腿，湿漉漉的液体正在光滑的平地上流动，像春雨过后的无数条细流。

那时陈永冰想起了他父亲的故事。当年他父亲在湖北当泥水工，在晚上十人睡一茅屋的情况下他母亲怀上了他。二十八年了，一切都还没有太多的改变。

“鬼地方还是鬼地方，阿英你说是吧?”陈永冰和阿英脸贴着脸说。

阿英沉默不作声。

“我咋闻到了你被子里有香水味!”突然她说。

陈永冰一下又遥远地想到了女羽毛，也感受到了阿英的委屈。

可以肯定，残留在床铺上的是香水味。很浓很烈的茉莉花香里间杂有一种油脂挥发的体香。香水味是另外一个女人的。女，羽，毛。阿英是从来不洒香水的。那天晚上，他们俩还是把该做的做完了，只是后来阿英变得毫无反应。第二天一大早工友们还没起床她就走了，走时也没招呼陈永冰一声。那时陈永冰刚醒，一时他也懒得去理她。他相信这尴尬的一幕很快就会过去的。

因此有时候，陈永冰不得不承认羽毛是一种渴望。是痴心妄想。他坐在压塑机的铁板凳上深夜做工时，他多次绝望过，这种绝望让他安于现状，他对改变的未来有恐惧感……这样，大抵过去了一个月，女羽毛和她手机的事果真被陈永冰遗忘了，就像来过一场洪水，继而又走，太阳蒸发，一切痕迹都没有了。陈永冰还是每天按时六点半起床，洗漱完毕，嚼一两个大葱馅包子，喝点寡淡无油的烂菜汤，然后像弹簧一样蹦回工位去，开机，注塑，合机，冷却，分离，再开机。

阿英一直没理他，陈永冰越发心里感觉到愧疚。而且因为那天晚上的事，有愧于宿舍里的另外九个工友。于是陈永冰自愿地搅入了一次集体讨薪事件。

宿舍里二十三岁的安徽工友王根强要回家娶媳妇了。王根强走得急，在工厂的书面文书里这叫“急辞工”。按厂方规矩，厂里不会支付当月工资和进厂交付的押金。可王根强急缺钱，这次他就跟厂里犟上了，结果被守办公楼的保安打伤了腿。王根强在宿舍里躺了三天两夜，床铺里不通风，伤口裹着痂血都散出了异味，弥漫到整个宿舍，让全宿舍都有腐尸般的臭味。这时，宿舍里开始有人嚷，要死人了死人了。工友们明白了真相，第五天，宿舍年龄最大、五十一岁的刘老齐终于忍不住了，对王根强说，我去替你讨句公道话看看。

刘老齐回来时也像铁拐李似的，左腿一瘸一拐。刘老齐气愤地说，我不说王根强还好，刚说王根强腿就踢到身上了，牛皮靴子踢的，我怀疑我也被打残了。

这下大家就火了，他们宿舍里的十个人集体造反——用两条一高一矮绑起来的凳子抬着王根强到厂方办公楼的大厅门口，另一个受伤的刘老齐则坐在旁边的石阶上。因为以前连续两次参加了厂里举行的春节联欢晚会，陈永冰好歹有些影响力。这次，陈永冰被推举成了谈判代表，也坐在十人当中，罢工。来办公楼办事的人看见了都会问，不是唱《天长地久》的羽毛吗？

没多久，办公室门口已人声鼎沸，凑热闹的凑热闹，申冤的申冤……这天晚上事态演变成了全厂罢工。

抓人，抓人。厂方叫嚷。很快在工业区巡逻的治安队来了，几辆招摇得像小鬼子进村的摩托车一开进厂就不停地叫嚷抓人，陈永冰也被摁上了车。

去治安所的路上，陈永冰挨了一个酒糟鼻的一拳。车快离开工业区的时候，他又被放了。在之前，陈永冰他们闹事前给劳动保障局打过电话，填了单，替王根强投了诉。这次是因为有人给“摩托车”打电话了。

失败而归的摩托车绝尘而去。

待车开远了，陈永冰站在荣城的马路上做出一个大胆的姿势，操！

宿舍里的工友也在大大咧咧地骂，他娘养的都坐土飞机。但王根强这事发生后，现在一个严峻的问题困扰着他们：宿舍里的十个人面临着年底集体被辞退。这是宿舍里最资深的陈师傅，于王根强问题解决后的当晚提出来的。

这时又该说到羽毛了。

本来王根强一事闹了一个多月，该忘的都已忘记，不该忘的也已忘记。早在一个多月前，陈永冰就把那个神秘的女羽毛的手机锁到了床铺底下最里层的一个小盒子里。要不是王根强自甘认输，找陈永冰借一双球鞋回乡，陈永冰钻到床铺底下找，恐怕到年底他都不会再想起女羽毛曾经把一个手机遗忘在了他床上。

太多的事让时间显得短促，短促如飞蛾的生命，2009 年就剩下几天了。因为陈师傅的善意提醒，陈永冰每天上工都诚惶诚恐。

陈永冰再次发现这个手机时，手机壳上已蒙满污垢，他试探性地开机摁亮了屏幕。

突然，手机上蹦出来一条短信：

“手机主人急需，若有拾到，请送到荣华路 10 号 1205，当面重酬。”

看到短信，陈永冰简直被像电击了一样。陈永冰仿佛又寻觅到了救星，记忆的火花“倏”地一下燃烧起来，蹿到从前。

阳历十二月中旬，一个阳光明媚的日子，陈永冰决定去拜访女羽毛。他想去兑现两个月前跟阿英在河边说的话。他以忐忑不安的心情，穿上了一套廉价西装，打扮了一下，最终坐公共汽车去了市区。陈永冰对市区的路不熟，以前往返三次都是归乡，去老家重庆的火车站就在市区。从另一个角度说，其实他一直生活在乡下，只不过生活在跟荣城搭一点边的乡下。

从上午找到下午，终于找到了。荣华路 10 号是家宾馆大楼。

陈永冰这才心里有些满足，甚至幻想，大楼和中央电视台的

“裤筒”一样气派。到了12层高楼，因为不知道女羽毛的真实姓名，陈永冰试探性地询问了柜台服务员，我找羽毛小姐。柜台服务员端详了他一阵，“哦”一声就去打电话，打完了电话后说：“送客。”

陈永冰被带到一个偏僻的黑乎乎的房间里，灯“唰”一下打亮了。“按摩，就你?”陈永冰还没明白是什么意思，一个女声传来。

陈永冰又见到了同样一个人，像孔雀一样丽质的女羽毛，她穿紧身上衣，修长喇叭绿丝裤，手里拿着一根横笛。只是与那天不同的是，露脐，眼睑描金，像《西游记》里的女妖怪一般妖娆。这增加了陈永冰的不安，他觉得或许自己找错了人。

对方嘴角深深一窝，在等他答话。

“我是来还手机的。”陈永冰努力克制发抖，终于撬出了该说的话来。

女人一听木了，石膏雕像一样，顷刻间又露出惊讶。陈永冰在她惊讶的目光注视中，缓缓掏出那个已经遗忘了两个月之久的手机，放在了桌上。

女人一惊，将横笛也放在了桌上。

可以走了，这时陈永冰心灰意冷地想到。但又想起了“羽毛”及“羽毛工作室”，并没有马上动身。

在陈永冰的犹豫中，女羽毛的声调好像变了一个人似的，她说：“真好，真撞佛了。这样吧，走！我请你喝酒，鸡尾酒。”

陈永冰本不想起身，但他发现自己已经跟着这个女人顺从地站了起来。

这时，女人又说：“等等，我换一换衣服，鸡尾酒。”

“鸡尾酒”反复地在陈永冰脑里旋涡、微荡，就像梦想中的羽毛一样吸引人。十一月的荣城已经生冷发硬，陈永冰跟着女羽毛游弋在一条如幻似梦的街上，前面女羽毛疾走的身影牵引着他的眼神。最后他们俩又坐了十二层的电梯，到了另一栋大楼，女羽毛掏钥匙进了一个房间。

一进房间，女羽毛就打电话给侍者，没多久侍者端上来了酒水和小吃。有写外文字的（法文），红色的应该是葡萄酒，白色的应该是白酒；还有“青岛”“雪花”，这两个牌子陈永冰知道，他很少喝青岛、雪花这样高级的啤酒，喝得最多的是“金威”和“珠江”。女羽毛还点了两盘吃的，一个盘里的牛肉片上涂了一层红红的酱，其他盘子里摆了些沙琪玛和糖果。

喝吧喝吧，你先来啤酒，入胃。女人豪爽地说。

他俩就这么开着门在房间里说话喝酒。陈永冰坐在皮沙发上，女羽毛坐在另一张玻璃桌子旁。她打开那一红一白的两瓶酒，往两只高高的杯子里倒。这一定是高脚杯，在电视里陈永冰见过。那么，倒的就是鸡尾酒了。

酒兑好了。一个高脚杯里红颜色在上，另一个高脚杯里白颜色在上。同一个酒杯，红白分明并不互相渗入。那时候陈永冰就在想，她为什么请他喝鸡尾酒？酒中的世道咋分得这么清呢，在上的与在下的真的可以达到井水不犯河水。

“其实还缺绿色，算了。”这时她说。

陈永冰憨厚地笑了下，继续不吭声地干喝“青岛”。他不去吃盘子、碟子里的那些点心和糖果。此时他脑子里想的根本就不是喝酒，还是羽毛那事，总想设法说出，又没有说出来的办法。

他俩在不相干的一张茶几与一张现代造型的玻璃桌上喝各自不同的酒。

“下雪了。”突然她轻声说。

下雪了，那糟了，没带伞。陈永冰猛地偏过头去看窗子。他真的是在查看荣城是否在下雪。但陈永冰很快就反应过来，她是在与他开玩笑。荣城怎么会下雪呢？陈永冰回过头来时，女羽毛已经在哈哈大笑了：“很久都没人上这个当了，太好笑了。”

陈永冰已经把茶几上的一瓶青岛和一瓶雪花喝完了。她叫他喝那杯给他兑好的鸡尾酒，他也喝了，这时陈永冰的胆子壮起来了，就想询问羽毛一事。

捧起空空如也的高脚杯亮底时，女羽毛却嘤嘤地哭起来了。

陈永冰极为错愕，不该怎么是好，愣愣地看着她。好在她哭了一下后又不哭了，她擦了一下眼睛对陈永冰说：“说吧，哪里捡的？”

这个漂亮女人的眼睛有些可怕，陈永冰不敢说谎，他是个老实的农民。

女羽毛听完，长长地“哦”了一声，她说：“哦，你也喜欢音乐呀……这是歌星羽毛的，羽毛你听说过吗？”

“羽……毛。”陈永冰放下高脚杯，他睁大眼睛惊叫了一声，果然他先前的预感正确。

“他是我男人。”女人自豪地说。

很快又说：“其实也不是。”

陈永冰就不解了。更严重的是她接下来的话把陈永冰给弄糊涂了，就像在接受一次不良教育：“我和他已经分了，其实他是我男人中的一个……我是二奶？三奶？卖身……懂吗？”

她盯着他，先前语气悲戚，后来讪讪地大笑起来。这时她转身去关房间的门。

陈永冰一边喝酒一边听她哭诉。

“这几年来，七年吧，我勇往直前。刚开始是学生，现在，我，二十八岁，虽然和你一样，打工，可骨子里我认为我是纯洁有理想的学生。我喜欢音乐，先在歌舞团里当领唱。我追求，可连我也不知道自己经过了几个男人，羽毛是第三个吧……现在，我能记得的好像也只有他，我爱他吗？我相信连你也不相信我会。是我自己也太想成为羽毛了，我有很好的天赋，再说，羽毛出名前也不是打工仔吗？他刚出名的那一年，我拼命地追。可万万没想到有一年，大前年吧，我被他抛弃了。我就像一次性短裤，他什么也没给我留下，除了这个手机……可我还是勇往直前，去认识电视台制片人、广告商，什么夜总会呀、卡拉 OK 呀、KTV 呀，不瞒你说，直到现在，刚才你去的地方……你还不懂吗？可那是我自愿的，真的。”

她语速很快，一两分钟内说的话像枪子把陈永冰的嘴堵得沉默无语。她说完了，陈永冰也只是长长地“哦”了一声，最后保持着沉默。还能说什么，什么也说不了。她却来抓紧他的手又开始大哭大笑：“你看我付出的代价太大了吧？你说我像不像猪，蠢猪笨猪，不要命的箭猪！”陈永冰无语，他没有抽手，他只是猛然地想把自己灌醉，只想烂醉如泥。在这个绝望的时刻，偏偏他又想到了阿英。于是他问：“那你前年的时候还在不在歌舞团？”

“编制还在呀，那年不是大雪灾吗？当时我还慰问了不少电力工人。我的妈呀雪真大，到处的枝丫上压得像鸵鸟羽毛，哈哈。”

“哦，这么说那我倒还真没骗人。”

“骗人？谁啊？”

“没有谁，你现在和羽毛应该还有联系吧？”

“谁还联系我呢？我认识的人太多了。”

“你看那个光点。”

"什么光点?"

"雪花。"

本来陈永冰可以把这晚忘记了，他也已然忘记。翌日太阳升起，他悄然离开了这栋大楼。对于昨晚发生的一切，以及女子的真伪，陈永冰都没有再深究。他本想大声对她说："喂，你叫什么?"但他带着羞耻心离开了，只是当时，沿着女羽毛的手臂去看那个光点，他真的看到了雪花。陈永冰自信真的看到了飘浮如羽的雪花，真是奇迹，现在却让他有罪恶感。但不得不承认这个晚上，2009 年 12 月中旬的这个晚上，一个二十八岁曾经对音乐狂热的女人给了他无限关怀的温暖，他宛若回到了大地母亲的怀抱。这个时刻，陈永冰也怀疑自己是一头猪，勇往直前的猪，笨猪蠢猪，不要命的箭猪。但他心甘情愿，哪怕身上浑身插满箭，浑身是箭伤也好。"我是 2009，歌唱新生活；我是 2009，歌唱新未来……"这晚，他不再是树胶厂的压塑工，也不再是那个上不了台面的默默无名的音乐爱好者。这样的片刻，时光倒流，光阴飞逝，羽毛飞翔，蹦蹦跳跳，在脑里模糊，模糊，又一再强烈地冲挫。

他是明白了她的职业，这让他不得不将其忘记，以至于陈永冰半个月来都不敢见阿英。

2010 年 1 月 1 日，农历 2009 年 11 月 17 日这个清醒的日子再次提醒他，他曾经走进过荣华路 10 号的十二层楼。

她死了。

那天晚上冬雨降临荣城，不是雪。凌晨三点的时候，这片陌生的羽毛从她上班的荣华大厦，从十二楼的栏杆上飞坠下来，这晚正好是元旦的前夕。明日即将是翌年。即将到来的一年定将是美好的，一定比 2008 年或 2009 年更加光明璀璨。可是在荣城，一个艺名叫羽毛的女人却自愿选择了死亡，她奔向了回归。有时死亡就是一种回归。

荣城的人都记得清楚，这天恰好是真正的羽毛——歌手羽毛的生日。当天，歌手羽毛预备在荣城体育馆为新年歌唱会开幕举行空前盛大的活动。

陈永冰是第二天中午在超市门口的电视机里看到新闻的。像其他自杀场面一样，当时画面杂乱、惨不忍睹。陈永冰不敢靠近电视机，只是心里在触摸她那张业已僵的硬清纯的脸。

只是，他突然发现，这张脸其实很陌生，她完全可以出现在张三李四任何一个女人身上。

当时正值午饭时期，超市门口人山人海。陈永冰在那儿站得有些迟钝了，一个用板车推香蕉的贩子要路过这里，陈永冰挡了他的道，贩子来推他，陈永冰才回过神来。

这天下午，陈永冰又没有去上工，他在工业区内的街上悠悠荡荡晃了一整天。下午，他碰到了那个在工业区里乞讨的小乞丐，这次陈永冰破天荒地给了他五块钱。

女羽毛自杀的噩耗迅速传开，一时震动了总个荣城。陈永冰关注了歌手羽毛的活动安排，羽毛本来在市区秋涛北路准备的第二场造势活动也悄然取消了。一连数天，巨大的恐惧笼罩了荣城，在荣城的工业区内，警车声、救护车声……这些声音集体反证着曾经有一个女子活过。这几天，阿英来找陈永冰了，几天晚上都留在陈永冰宿舍里，她害怕。

陈永冰每天晚上几乎都失眠，其他人都已悄然入睡，他们宿舍里的那盏电灯这几天竟然又奇迹般地亮了，有时半暗半明，就像癫痫发作一般。更要命的是在半夜的时候，他和阿英没做爱，可还是听到了声响。一种像猫叫的声音，如诵经声般断断续续地传来。就像地里钻出来的霉气，令人压抑窒息。

直到几天后，陈永冰才弄明白真相。

一天早晨，在食堂里吃饭，宿舍里四十六岁的制版工李师傅拿着一只搪瓷杯坐在陈永冰对面。吃完饭后李师傅在喃喃自语，陈永冰以为他说什么呢，低声细语的，一听，吓了一跳。李师傅说，怎么老是觉得在哪个地方见过呢，多可怜啊，阿弥陀佛。

陈永冰最终认定声响来自李师傅。

和李师傅同事了四年，陈永冰是知道李师傅的身世的。李师傅没结过婚，南下之前，是一家已经倒闭的寺庙里的师傅。李师傅在寺庙时认过字，相当于有高中文化，到了厂里后来才做了制版师。现在因为一个曾来过他们宿舍的人死亡触发了他的情感，每天晚上李师傅都开始复习功课了。

显然，过了很久之后，宿舍里的其他人也听到半夜里有人出声了，但陈永冰没有“揭发”是李师傅。陈永冰记得，曾经他也有过住在寺庙里的经历。他三岁得了乙肝，当时病的已经奄奄一息。母亲把他送到了寺庙里，一位名叫羽弃的和尚医好了他，陈永冰奇迹般地活了。羽弃和尚医术很高，前两年才圆寂，圆寂时恰好九十九岁，所以说功德无量。

这是陈永冰第一次听到的和羽毛有关的一个名字。

女羽毛死后的第三天，陈永冰在报纸上看到她已经被推至了太平间……但荣城的广播、电视却还在轮流轰炸，纷纷剖析一个年轻女人坠楼而死的始末及原因。电视里一位叫“马后炮”的著名主持人甚至剖析她是为情而死，当然，也可能是像荣城五百万人一样经受不住经济危机。“马后炮”点出了女羽毛现在的职业：性工作者。那么，在经济危机中受到伤害也是难免的，各行各业都是，失业的多了，自然，自杀的也多了，这合乎逻辑。

这时陈永冰在他们树胶厂迎接了一位神秘的来访者。是厂方通知他来接待来访者的。

陈永冰见到来访者时，一看到摄像机、染发就知道对方是记者，还是位娱乐新闻记者。陈永冰转头就走，但记者叫住了他，给名片，一口气说出了来找他的缘故。听说女羽毛半个月前和你见过面，警方打开她的企鹅，从聊天记录查证得知她跟最后一个人说话的是你。对了，羽毛是你们的暗号？你们都叫 QQ 为企鹅是吧？

陈永冰愣了下，这怎么成了暗号？怎么羽毛成了暗号？太滑稽了，他们之间哪有什么暗号？陈永冰心里怦然一动，显然，那个女羽毛记住了他，在她生命的最后时刻，她在网络上找他说过话。

这时，男记者的话又打断了他的思路："她为什么要走上绝路呢？"

这个问题无比深奥，陈永冰也不知道，所以他没法回答。

陈永冰摇着头，默默地走出去时，那边男记者已经自个儿开始分析，她自杀的缘由太奇怪了，就因为歌手羽毛？对女羽毛的死因，电视台还要做个专访。男记者说。

这天男记者走时给陈永冰留下了他私人的手机号码，说知道女羽毛自杀的原因后马上拨电话给他，到时他可以付薪五百吧，也许一千！

陈永冰这天去了网吧，这是他将近三个月以来第一次上网。

在一个安静的角落里他静静地坐着，在 QQ 里，他果真看到了女羽毛给他传过来的一段视频，是歌星羽毛给她唱歌庆祝成功的视频。QQ 对话框里，他还看到了女羽毛不同时间给他的留言：

“陌生的男羽毛，救救我啊！”

……

“真诚的朋友，我们去天堂喝鸡尾酒，再见了。”

……

最后一句的时间正好是2009年12月29日。

陈永冰关掉了QQ，那一刻，他已经泪眼迷离。他从网吧回来后就把那个男记者的电话给删掉了，最终没有动打电话给男记者的念头……

当然，这所有的一切都还只不过是陈永冰生活里的插曲。他最主要的生活还是兢兢业业地做压塑工，每天上超过十小时的班。开机，注塑，合机，冷却，分离，再开机。现在因为王根强那事，他得对工作加倍努力。陈永冰很清楚，明年他极有可能失去现在这份已经很难找的工作。

今年树胶厂举办的春节联欢晚会节目预告单已经排出来了，本来王根强出事前，他们压塑组的赵组长就对陈永冰说好，今年依旧有他陈永冰唱歌的节目，三朝元老，倒时红翻天了。而且每次晚会，陈永冰都会得到一些实惠性的奖励，如漱口杯、洗发水、香皂、卫生纸……每次，他都分给阿英一些。阿英也很乐意陈永冰花费时间在排演上，而没有抱怨不陪她。

但这天，陈永冰去宣传栏看最终公布结果的路上，他听到了不详的信息。

有人在背后议论。“怎么陈永冰上次带回来的女人那么像电视里的死了的妓女……”

陈永冰从余光里扫到议论的就是那个看守宿舍给他开过门的保安。当时要赶过去看节目，所以陈永冰才没和他计较。

但这次，节目预告单却把他忽略了。陈永冰再没有看到那熟悉的两个字“羽毛”和一段已经冠于他名字前两年的话“厂内最著名艺人”，甚至连最不愿意看到的“陈永冰”也没有看到。

工厂春节联欢晚会正式开始的那个黄昏，女朋友阿英找到了陈永冰。

女朋友阿英本来在电话里说是来和他商量一些事的，陈永冰能想到的是他们俩一起去工业区内的代购点买火车票归乡，再有就是他们俩分手。现在好像分不分手已经不重要了，三年未回，陈永冰只是有种归家似箭的心情，黄昏的倦鸟总是要归巢的。

他们俩离开了工业区，来到了工业区边缘的那条河边。五六点，陈永冰和阿英站在河边的一棵野生杨梅树下。他俩遥望着河对岸，河对岸已不是工业区了，而是许多酒楼。这时许多酒楼都在唱卡拉 OK，酒楼的檐下亮起的吊灯在懒洋洋地亮着，像困倦的野兽的红眼，通红，却又直通天庭。

后来，他俩又干脆坐下来看着河里。

陈永冰不说话，阿英终于开始说：“阿冰，昨天，我接到你们厂潘经理的电话，潘经理对我说你明年不要来了，他保证你进厂的押金、今年的工资厂里照付。明天就可以领。潘经理说他知道你人很好，你们赵组长也反映过说你能力强，可他压力太大，也没办法……”

陈永冰怃然一笑，他说：“好啊。”

“还有，我想对你说……”阿英说到这儿停顿了。

陈永冰看着他，不知道她下一句想说什么，他也在猜测。

“还有，还有我想对你说，你也不要当什么羽毛了，真的，阿冰。”

阿英终于说出话来，这才是陈永冰觉得最不可思议的，比分手还要残酷。陈永冰摇着头拒绝着。那边，阿英却在继续说："你相信梦是真的吗？难道飘飘的羽毛就是真的吗？"

陈永冰仍在摇头。

"另外，我也听说你去跟一个女的……其实，我早就知道……后来听你们厂的保安说有记者还采访了你。"阿英一口气说出来，说完低下了头。陈永冰心彻底凉了。他没有摇头，转而发愣。而阿英开始说："可是，可以让孩子，咱们好好努力，将来做羽毛不成吗？我知道，我心里很清楚。可是我也知道你没有机会，我们好好过日子，回去还不好吗？阿冰。"

这时，陈永冰想走了，他丝毫没有想停留下来和阿英解释的念头。他在想，他和阿英之间彻底完了。

同时，对岸的酒楼这时在为盛大的喜庆放烟花，从这边看却是多么遥远。

到处弥漫着鱼腥味的腐臭的河里，这时，划过来一条竹筏。

陈永冰一看，是那个常年在河里捞浮萍清理垃圾的老人。陈永冰内心突然烦躁，刚要抽身想走，可还没走出一步，阿英已奋力紧紧地攥住了他的衣领，抱住他的头，阿英顿时低声抽泣起来。

"可是，你知道吗？我怀孕了。"阿英点点眼泪滴在他的面颊上，代表一粒阳光，可能是相当温暖的。那，这算不算是羽弃生呢？

叛徒

范松我让人给害了，几十年下来都转危为安，他遇到叛徒出了事还是头一回。星期一，范松我懒洋洋地起床，戴上高度近视眼镜，他往铝盒里盛了十来只基围虾。虾是莫小珍从菜市场刚买回来的，莫小珍昨晚去看外孙女笑笑才回家。范松我把铝盒往兜里一揣，去医院上班，医院打卡。早晨医院没人来看病，厂医院改制，来看病的人越来越少，别说社会人员，平常连职工夹了手指、蹭掉皮、感冒了的都没有。范松我把铝盒往酒精灯上一搁，开始煮水烫虾。

铝盒和酒精灯都是医院的，搪瓷杯不在，他有时用铝盒来煮虾，他唯一的爱好就是吃虾。范松我吃虾有绝招，挑黑线光用筷子就能一根根地挑出来。筷子像章鱼腕足，绵里藏针，无形中捏住虾尾虾身，银色的钢筷像指挥棒，任凭他摆布，随着节奏，挑线极快。从头部切开的虾一碟子，不到三两分钟，黑线没了，放入铝盒的沸水里一烫，虾壳剥洋葱一般褪掉，虾身透明、松嫩。范松我思量着往小碟来上两滴陈醋，夹起一颗美人虾嘬巴嘬巴嚼起来。

你来一下，马上。李院长打来电话。

什么事？范松我接电话。

吃虾！来我办公室。院长李松华训起来。

范松我放下电话，回味电话里凌厉而别扭的口音，眼角开始松动，大快朵颐的快感消逝全无。按理说，那种快感只有年轻时和莫小珍做那事才有。

有人向院长举报了他。范松我接完电话，到院长办公室接受训话。

他妈妈的，要职称不？蹑手蹑脚，几十年的工龄废了！

院领导李松华粗暴、愤怒，甚至邪恶地模仿起范松我吃虾的姿态，青涩的雨天，能想象到坐在酒精灯旁边的他怎样一番糟模样：佝偻着身，头发屡次下滑，双眼紧盯虾头，眼镜几乎要掉进铝盒里。

平常，范松我吃虾极快，狼吞虎咽风卷残云。前两天，外孙女的病有了平息的架势，大半年来第一次，他自然放慢了节奏。

华院，你是知道我的。早饭，跟工龄有关系吗？

范松我不服气地噎了口水，揩下鼻子。

他妈妈的，都去集团举报了！医院和厂子集团化，有人举报必有回复。你说了算？上下要研究！李松华没好气地说。

范松我回到家坐在沙发上，一声不吭。莫小珍知道范松我让人给害了，范松我不清楚她怎么知道的。范松我下班前，集团行政秘书把电话打到家里，告诉莫小珍。晚饭后，莫小珍穿着橘红色的睡衣，给花卉剪枝。莫小珍退休前是护士，前两年，莫小珍五十岁的时候，往上报告腰椎不好，向医院请求内退回家。莫小珍平常在家养养花，喂喂画眉，范松我说她犯的是“虾病”。莫小珍退休后成了家里的万事通。

这下看来他也要退休了。

你是没事找事。莫小珍说。

吃了几十年有问题吗？现在我老了。范松我眨眨眼。

你老？你就知道，你老！莫小珍反问。

她是想起外孙女病情平息的晚上。

那天他俩回到家的晚上，他要了，而且他很硬。

他不说话，像罪犯低下头，驯服了。

你看你，多大了，六十六了？一辈子！别人跟你过不去？

莫小珍唠叨不休，兼带着情绪。

范松我抹了把脸，从上到下，从当年建设三线到这里，大半辈子待在医院内科。前些年，他返聘才能继续待在医院。可是现在，他老了，有很深的眼袋，从上到下，脸皮好像丘陵，起伏不平。他竭力把脸皮扯平，现在让莫小珍一说，脸皮里的褶皱灰尘还是太多。他又瞥了眼自己的裤裆，莫小珍比他小十岁，他是吃到了一只松嫩的虾。因为愤怒和不解，他反倒有了欲望，身体的某一部分像一条警醒的鳄鱼。他结婚晚，直到很晚，才碰到莫小珍这只虾。

坚决不能退休！他想起李松华的话。

我睡觉了，笑笑又不好了点，明天还要去医院！莫小珍瞪了他一下走了，睡眼惺忪的样子。

壁钟滴答滴答，莫小珍在卧室发出“唉”的一声。

她的声音何其沉重。莫小珍准是在想外孙女笑笑，笑笑和女儿晚上住医院。莫小珍的感慨像粗大的砾石砸到魔幻的墙上，午夜的谜团幽幽地升起。

范松我坐在沙发上沉思。挨了院长的训，严重后果袭来，他得仔仔细细回想早上的全部经过。其实，他在医务室里吃虾早有防备，医务室里装有反光镜，对准医务室门的孔眼，兼带反射和衍射的双重物理学功用。如果那里有人窥视，他在医务室看得见，不说像磁扫描，但是分析来者脸型、穿着、举动，轻而易举。上次消防练习还不是如此？

看来只有一种可能：有人提前装设了针孔！

看你云雾环绕的，玩什么呢，还多次不到岗，他妈妈的！

他回味李松华的话。外孙女笑笑住院后，他经常旷工，多次不到岗是事实，他还拿过单位的药。李松华确实说得有理，只是，“云雾环绕”大有疑义。他在想去集团折腾这么大动静举报他的人是谁。一上午都下雨，病人是没有的，那么只有一个可能，隔壁科的同事？化验室的小金！

想到小金，他脑瓜像被什么昆虫的触角挑拨了下。

范松我和小金家颇有渊源。小金大名金雅致，可以说是他的学生。小金毕业考了医生资格证，碰上就业难，进厂医院时拜了他做徒弟。

小金像一只跳跃的粉红色小虾，填充着诱惑和躁动。怎么能这样呢？说起小时候，她的古典诗词都是范松我教的，当年，范松我来厂里，因为他有奇特的名字，老金认为他大有来头，一定是有学问的人，老金带金雅致来过他家里，让金雅致叩头，拜他为师。范松我懂《水浒》，他吟：“谁无暴风劲雨时，守得云开见月明。”教金雅致答：“花开复见却飘零，残憾莫使今生留。”

对，小金！

就是她。

坏女人！

院长李松华让范松我暂停上班。现在，他惹出大事来了，谁也没想到。翌日，范松我去了单位一趟，他没有看到小金，金雅致没有上班。她那头金色的波浪形头发一直在范松我脑海里打转，像海潮并没有消退。

范松我得了忧心忡忡的病。其实，他应该早就不去惹什么叛徒了，若不是为了女儿。女儿离婚，他和莫小珍的外孙女笑笑又突遭不测，得了白血病，慢性粒细胞白血病，笑笑像随时要离开的那只小小鸟，否则，他何必呢？对他来说，上班是类似于泛发性骨关节炎类的疾病，让他内心和身体痛苦万分，可是他还得上，为了笑笑，他得坚决去上！

回家时，莫小珍在喂画眉，画眉发出“啾！啾！”的叫声。

让人心烦。

他又得走了。

去哪儿？莫小珍问。

找老金。范松我说。

回来吃中饭！

“啭！啭！”画眉婉转的叫声附和着莫小珍的话。

呵呵，我的好学生！范松我讥讽地说，若有所思。

范松我充满斗志，直接去老金家找金雅致。到达老金的单元房门口，敲门。老金！老金！你出来！范松我捶门，果真有人探出头来了。那头花白的头发不是老金，更不是金雅致，而是老金的老伴。老金的老伴以一种鄙夷又陌生的眼光扫视他一番，最后视线落在他那条沾了不少油脂的暗蓝色条纹裤上。

条纹裤其实不是暗蓝色的，而是崭新的军绿色。腊月的时候，莫小珍在超市买的，外孙女住院以后，莫小珍还没洗过。这样显年轻，有劲！那天晚上的莫小珍充满暗示。莫小珍有年轻的魅力，皮肤没有松垮，带有奶色的柔和光泽，嘿嘿，像虾。她确实更年期还没到，这年头颇遭不顺，让委屈的范松我开始在这事上也蹊跷起来。

老金的老伴很不情愿地让他进屋子来了。

你家老金呢？范松我抻着头，往各个房间张望。

老金家和他家摆设并无二致，都是旧家具。现在唯独缺少一只鸟。老金一生大部分业余时间都和范松我在玩鸟，特别是老婆并不拿他当回事的早年。有段时间遛鸟的时候，老金把黄段子说得像放水一样轻松。但老金只说不做。起初，范松我以为老金会从只说不做发展到连说带做，没想到老金一辈子都只说不做。老金退休后，玩鸟的心头好改为下象棋，嘿，盲棋。

看病去了。

就他一个人？范松我问。

还有雅致。

还有吗，她旁边？

老金的老伴本来就爱理不理，说到这儿，完全不愿意搭话了。

范松我却是要久坐的意思，他想等金雅致。桌上有三两颗瓜子，范松我兀自捡拾一颗，嗑了起来。老金的老伴在看电视，瞥了他一眼。

这让范松我想起往事。老金的老伴年轻时势利眼，看不起老金，捎带不少风流韵事。那时，范松我刚来厂里，大家都还年轻的早年，厂里需要义务劳动。星期日，人人被发配到青纱帐去干活。有一次，范松我背着喷雾器，去玉米田里喷洒农药，青油油的田里走着，迎面撞见一个女人。嘿，老金的老婆！老金的老婆刚好从青纱帐里出来，迎面撞见时，正提拉着她那条青色的裤子。碰见范松我，匆匆和他对过眼，她弯腰去从田坎里捡起一把没有动过泥土的锄头，急急忙忙走掉了。走时一个趔趄，差点摔一跤。范松我早就瞥见青纱帐里的影子，绿油油的玉米秆后面，一个穿青衫的男人影子晃动，越晃越远。

事情本来挺严重的，范松我觉得作为老金的朋友不能不说，然而，他出奇地忍了。他怕天翻地覆，不敢告诉老金。后来，老金的老婆又有新情况，都在单位传开了，范松我想再不对老金说就不够朋友了。于是有一次，他私底下找老金来喝酒，还是吃虾。范松我给老金剥虾，展示他的绝招，一只只剥好，两人吃虾喝酒。老金中途不说话，肯定是在想老婆的事情。

那次，范松我仗义了一回。途中，他说，老金，你考虑没考虑过单过？老金眨巴眨巴眼，你说什么？范松我说，你知道的啊。老金呵呵两声，离婚啊？范松我说，孔子曰行已有耻。老金沉默，不再跟他说这事，也不跟他计较。

老金的老伴对范松我一直不冷不热，大概对于当年的撞见怀恨在心。今天，老金的老伴又冷淡了很多，她很快就做饭去了。

将近中午的时候，范松我没碰到老金，倒是金雅致回来了。

金雅致朝沙发上甩包，说跟人搓麻将去了刚回来，三两天都打，没劲！范松我大吃一惊。见范松我低着眼不吭声地坐在沙发上，金雅致眼睛一亮，叫了声，范叔叔！范松我呵呵笑两声，皮笑肉不笑的。金雅致给范松我倒了一杯水。

金雅致中等个儿，波浪形头发，穿着酒红色针织超短裙，长方形臀部瓷实、圆润，打扮得就像她的名字。论年龄，金雅致也有三十了，身材越看越像她妈年轻时候。

是啊，越来越像。范松我又握住了证据，胜券在握。

金雅致作为医院的实验员，进来五六年了，和刚进厂时候的金雅致不一样了。她和集团领导、院长那个打诨插科，比起她妈来还厉害。小金走入社会，令人刮目相看啊，范松我不明白年轻人的世界。这不得不让范松我联想起老金老婆年轻的时候。对于范松我来说，如鲠在喉，这事本来去年想跟老金说说，思前想后，还是闭住了嘴，年轻人的事最好别插手，何况面临的是金雅致！

现在呢，棘手的事都摊身上来了，范松我不得不抽出利剑，图穷匕首见。星期一早晨的吃虾不止关系到职位，更多的是牵扯到整个家庭，外孙女笑笑去治病，女儿的生活费还得靠他救济呢。一想到这，范松我心里恨恨的。

好在她还懂礼貌。范松我没有多说话，问，你爸看病去了？金雅致看了下她妈。老金的老伴干笑道，呵呵，看病？范松我盯了老金的老伴五秒，不知如何回答。他转而盯起金家那空了的鸟笼，说，看病？看什么病。

范松我就这样干坐了几分钟。女儿回来了，老金的老伴底气足了起来，她在厨房剥大蒜，恶狠狠地说，让我赶出去了，老叫花子，吃白食，看病看病！

她简直在怒吼，范松我脑瓜嗡嗡地震动，一度让他误以为自己是老金，他求救般地瞅了下金雅致。金雅致站在饮水机旁边，她的眼睛激灵而狡猾地滚动，脸面有些尴尬，嘴半开又很快阖上。

范松我起身从金家离开了，他感觉金家很冷。

从厂区宿舍楼走出来的路上，他还在回味老金老伴的话。天气有点冷，有点干燥，不知该怎么想了。接下来是吃中饭的时间，可是他觉得应该去寻找老金。关于金雅致是否告他的事再说吧。

河边的街上，空气里漂浮了些从钢铁厂飘过来的硫酸味。范松我经过中央公园，看下天，又要下雨了。老金退休后，大部分时间在中央公园跟人家下象棋。今天，公园里游人稀少，只有一位像老金的老人在江边踱步、张望，可那不是老金。范松我的心像要让雨给融化了，外孙女笑笑印在天空里。

翌日早晨，范松我从笑笑所在的儿童医院回家，接到集团行政秘书的电话。行政秘书用集团座机打来的。行政秘书说，集团和医院领导就他工作时间吃虾进行了研究，范松我多次违纪，工作期间长期不到岗，现在时机特殊，评定聘期的关键时期，有群众举报，那么范松我可以考虑退休，还是接受集团惩罚，削减工资，二者选其一。行政秘书友情提示：范松我年龄过线，早就有人忍无可忍。她要范松我三天内给予答复。

知道了。范松我青着脸冷冰冰地挂断电话。

他妈妈的！他坐在沙发上发呆，心里想着老金。

你说你，真的犯得着吗？你到底得罪了谁？那边，莫小珍在一旁听闻了情况，惊吼起来。她还加了一句，老疙瘩，三十年不消停的！

其实，莫小珍很少这样的。范松我抬头看她，他自己没有流泪，可还是感觉眼泪汪汪的样子。金雅致和老金的模样又蹦了出来。范松我没有办法了，决定再去找找老金。

老金既然不在中央公园，那么还是得去他家。老金被赶出家的事情很可疑。范松我怕他出事，不过，想起第一次去老金家里看到老金的老伴，他实在不想去，但还是得去。

这次，范松我到老金家倒是顺利。他走到楼梯口，刚敲门，门就开了，走出来一个人。金雅致。金雅致欠了下腰，说，范叔叔，你又来了。

范松我说，你爸呢？

金雅致努了下嘴说，爸。

老金坐在老式木凳上，亮出蜡黄清瘦的右腿杆子。看来是摔着了，摔伤了。老金的老伴在为他涂活络油，往上抻着花青的长衣袖子，涂抹疾速，涂抹动作夸张，和莫小珍做这些事时的半徐不急大为不同。面对老金腿杆那块长有糙皮的青肿，老金的老伴在手心里巴了小堆活络油，“啪”的一声，全涂上去，恨不得把他的腿重新揉青揉肿。可以看见老金在受虐待，眼皮上的疙瘩时而难堪，又要忿躁的样子。

老金看起来心事重重。

老金的老伴依旧忽略着范松我。

其实，她是看见了，她只管给老金揉药，倒是像一直没注意到他。

范松我先开口说，老金，你怎么了？

范松我说话的时候，老金的眉头抬起来，看着他。

没什么，我去我妹妹家里，从公共汽车下来，跌了一跤。

哦。范松我重重地舒了一口气。

医院里我的事你听说了吧，他说。

知道。老金吐出两个字。

老金好像很不好意思，躲闪的老金让范松我疑心更重。他不知道他和老金之间到底哪里出现了重大分歧。范松我陷入沉思，倒是金雅致说话了。金雅致说，爸，摔得这么重，要不去医院吧。

这时，老金尴尬地看了下范松我。范松我觉得痛苦的同时，不知道该如何说，他又去寻找老金家里那只空掉的鸟笼子，仍然没有找到。

按道理，他应该安慰和鼓励下老金，他没有。

就在范松我进退两难的时候，兜里的手机铃声响了。莫小珍打来的电话。莫小珍说她到了医院，和女儿在一起，外孙女笑笑刚才背过去了，套上了管子，插上了呼吸机。莫小珍责备地问，又上哪里去了？难怪上班会被人发现，原来是这样。

范松我说马上来的时候，莫小珍说，快！

他低着头撑着腰站起身，又看了看老金的一家，原来他们都在听着。

我外孙女，范松我说。

金家在沉默，只有金雅致回了声，哦。

范松我走在门口前，朝老金看了下说，还是去趟医院吧，伤得并不轻！

金雅致送他出门，她又欠着笑说，要去的，范叔叔，你先忙啊。

金雅致叫范叔叔的时候，范松我愣了下，他几乎能确定谁在害他了。叛徒出在金家。至于谁，他渐渐怀疑不是金雅致。他的聚焦点落在老金那里。他脑子里反复回放刚才焦躁中看到的老金表情，老金离家出走兴许是躲避几天呢？范松我越发坚定和老金脱不了关系，他认为也不应该是老金的老伴，金雅致的母亲一贯是自视清高的女人。

范松我心情沉重地回医院。路上，他一度认为投降算了，既然医院人事纷繁让人盯上了，还是从医院退掉吧，把职位让给人家。他不想坚定一心在这事情上追查到底了，那么，还是骑驴下坡，办退休手续吧，按行政秘书说的办。

在公共汽车站台上等不到车，范松我忍着痛改坐出租车，一口气就到医院来到外孙女笑笑的抢救室外。

女儿在门外掩着鼻子哭泣，倒在莫小珍的怀里。在女儿看来，本来以为笑笑快要好了的，没想到突然冒出这么一桩险情来。看见女儿哭泣的样子，有一阵，范松我几乎难以忍受下去。

一家三口在抢救室外等抢救室内的信息。范松我欲哭无泪，这段时间内，他心中原有的梦一再塌陷，他和莫小珍的梦彻底被血染红，让血无可救药地包围，他们迟早要溺死在疾病的深渊。这一天迟早要来，虽然，笑笑的病是白血病里稍微轻缓的一种，但笑笑还是要走的。只是依范松我看来，他还是抱着最大的希望，这正是他在医院不愿退岗的原因。

下午，外孙女缓过来了。等外孙女从急救室推出来，范松我和女儿奔了过去，旁边的莫小珍也是喜从悲来。

外孙女重新回到原来的病房。那时，范松我本来打算回自己上班的医院，他觉得笑笑住院的医院药物太贵，他拿些药好报销点。另外，他还藏了点尼罗替尼的，这药一时半会儿还用得着。但是一想到自己刚发生的事，范松我叫苦不迭。

范松我在走廊上想办法，门里传来莫小珍的呼喊：

老范。老范。

范松我从走廊上奔了进去。

笑笑叫你。她说。

来了。范松我应声道。

他到病床的时候，外孙女笑笑仍然戴着呼吸机，睁开眼眯了眯，叫了声，姥爷。范松我热热地答，嗳。他去抚摸笑笑那只胖乎乎的小手。小手正在吊水，他去中央公园散步时多次牵着它，比牵莫小珍的次数还多。笑笑又叫了声，姥爷。笑笑叫这声的时候，范松我的眼泪啪地掉了下来。笑笑太懂事令人怜爱了，以至于让他又想起老金一家。

姥爷，我饿。笑笑低语。

好，饿，姥爷给你去做，笑笑会好起来的。范松我假装笑了起来，安慰着七岁的外孙女。

姥爷，我要虾，要鸟。笑笑又说。

好，好，笑笑最喜欢姥爷的虾和鸟了。等笑笑好点，姥爷把鸟也带来。

范松我说的时候，心底也在说。外孙女把他的心都要化掉，完全化了。他回头看着莫小珍和女儿，似乎还在想如果再年轻十岁，或许他和莫小珍还能……因为他知道莫小珍，他害怕失去，她也一样。

姥爷。外孙女一直呢喃地呼唤。

这像雏鸟的呼唤，让范松我受不了，他一再想到底该怎么办。

眼下家里只剩下女儿一个劳动力。女儿当初离婚，外孙女是她拼死命争取过来的，笑笑的父亲平常只送抚养费来。现在，笑笑的父亲出国去了，就像宇宙的加速回缩。自从笑笑得了这病，这龟孙子仿佛和地球都失去了联系。

范松我打算回家去给莫小珍和女儿做点吃的。离开前，他把女儿叫到走廊上，把身上的工资卡交给女儿，同时对女儿说，我的事不要和你妈说了，我知道是谁。这钱你先用着，不够我再想办法。眼下只能这样。

女儿问，爸，那你以后怎么办？那人怎么这么缺德，关键时候使阴脚！

他妈妈的，叛徒！范松我心里骂道，脑子里开始回响起外孙女的呼唤，他又要动情掉泪了。范松我拍拍女儿的肩膀说，不说也罢。我会回来的，眼下熬一天算一天，这是持久战，拉锯战。笑笑只能这样了，你还是得去上班，反正我不上班了，就由我来值班，事情总会好起来的。

就在范松我焦头烂额的时候，他听说老金因为腿伤住进医院。老金这次没有给他打电话，是莫小珍告诉他的消息。要是以前，老金可是隔三岔五一个电话给他打过来，说让他去中央公园，顺便聊聊天下下象棋。老金退休的那阵，老金才不养鸟的，养鸟脏。他俩有过约定：范松我退休后一定要陪他下盲棋。

范松我越发觉得蹊跷与坚定。呵呵，他妈妈的，叛徒到底是住进医院来了。巧的是，老金和外孙女住同一个医院。外孙女是九楼，老金是三楼。每天走出走进的，范松我认为作为大半辈子的老朋友，顺便还是去看看他。

他陷入困惑后的目的变得非常明显。

范松我给老金买了些梨和苹果，还有火龙果。火龙果是老金最爱的水果。老金在骨科病房，范松我到的时候，整个病房只有老金一个人，床边也没有他老婆和金雅致。老金两眼茫然地盯着墙壁上的电视机，直到看到提着水果的范松我，他才把头扭了过来，脸色有点错愕。

范松我笑了笑说，我外孙女得了病，你不知道吧？她在楼上。

老金有点慌张地让位给他坐，范松我直接坐在邻床上。

两人很久没有说话。

还是范松我打破寂静，他唠叨地说：他妈妈的，吃个虾让我受处分，不上班了，哪个龟孙子？嘿，龟孙子，抓住了我一定要让他天天晒太阳。说到这儿，范松我的眼光利剑一般刺来，他问老金：

老金，我几次找你，你去哪里了？

老金没有说话。老金的眼光像翻弄的湖水，一阵翻涌后回归羞赧和平静。这样的老金确实生分了，像块朽木的老金让范松我很生气。待老金翻身往垃圾篓吐痰，范松我一改往日的范儿，按捺不住情绪，翻山倒海：

我知道就是你，老金，混蛋！

范松我凶的时候，老金只是看着他，没有回话。他默认了。

范松我想起外孙女在急救室可怜的样子，他情绪激动，焦急起来。

老金，你恩将仇报，忘恩负义，你真不是东西！

老金一怔，脸色发红。

你装设针孔，我要杀了你！

范松我果断地用双手擒住老金，他单腿跪到床上，将老金双手翻弄，像军事演习的套路，从后背死死掐住老金脖子。老金像要呕吐似的从嗓子里退出来呼吸，挣扎。范松我却不一样了，他这一路就像挑虾，好不容易才把这根黑线挑出来，花费九牛二虎之力，他要掐死老金。

老金剧烈呕吐。

你是……知识分子。

老金没喊救命，无力地退出一声。他双眼圆睁着，布满血丝的眼球弥漫着恐怖、寒冷和慌张。老金没有反抗。他本来可以反抗，用放任的方式提供范松我发泄的机会。

他妈妈的知识分子！你说你去哪了？

你是……老师。

我是医生！

你是，小致的老师！

老金是竭尽全力说出来的。

这倒是让范松我迟疑了。他确实曾经是老师，二十五岁的时候，他决定改行了，他远走高飞，重新启程，考上医学校，拿了医生资格证。他来医院前当老师的经历，范松我对老金大略说过，也对金雅致提起过，老金才让他当金雅致的老师。

范松我开始喘息，青筋暴出。

老师就不能……杀人？

呃。

老金像块砖头，退出没有反驳的回音。

这让范松我回忆起老金原有的嗓音，让他双手开始有了松动。

你说……你到底说了什么？

老金面部潮赤，又“呃”地退出更大的一声，好像被粗痰给卡住了。他身躯颤抖起来，就像一辆红色的老式机器，因为身躯的庞大和气管的憋屈，脸部更红，气管更加缠绕和堵塞。

你说，你到底说什么了？

我没……说什么。

说，快说，几十年白认识你！白眼狼！

……

叛徒！

你就没当过？在学校你就没告过？

老金反击，狠狠地诘问他。

空气终于冷了淡了，学校？事实就在这儿，他远走高飞的原因在这儿。他也是叛徒，他来到这里，来到他们医院，他有过背叛史的。他分配到那所技校第二年的时候，与一位刚结婚的女老师眉来眼去，当女老师的丈夫找上门来的时候，他背叛她了。总之二十五岁之前，他做出过出格的事情，与老金的老伴一样的，也许因为他们都还年轻。从这点来说，他和老金的老伴是一样的人，他们都犯过不可饶恕的错误。这些压抑的愤怒的字眼，一起朝范松我低空扫射而来。范松我镇住了，他的手松开了。

老金的质问让范松我哑然，他心虚，他慌了，那心虚像一瓶花，漂浮着，像散漫的光点，平铺着，他确实当过白眼狼的，现在，他的所有都让铁水融化了。他知道他的暴力使劲地砸下去，再用力点，放肆点，会断送了自己的理智，会要了老金的命，他感觉天花板开始坠落，杀了自己……他不想深究了，往脸上摸了把似泪又似汗的水。它模糊了他的视线，他看见老金吊水的药水袋快没了，本能地想要拔掉药袋，伸手过去，却摁了门铃。随即，护士叮叮当当地走来换药，而他走到狭小的卫生间，捂着皲裂的嘴，哭起来。

老金用床单掩着半边脸，护士没有注意到老金的变化，换完药就走了。范松我从卫生间出来，他眼泪很快就干了。在老金圆鼓鼓的注目礼下，范松我用小青年才有的蔑视瞪着他，走向门去，“砰”的一声，他粗鲁地关上大门，去三楼外孙女所在的病房。

叛徒老金中风了！范松我不知道是不是跟他有关。其实就是那天的晚上，范松我睡在医院里，睡在外孙女笑笑的旁边，晕乎乎的，只听见医院的上空先是有氤氲波动了下，乱糟糟的，像虾跳，沉重的墨块云集碾压而来化入云烟，墨块凝结。做梦的范松我还在想每一块墨都要碾压到老金身上才好。他心里，叛徒与老金画了等号，他已经黑了，跟他做朋友，不再屑于了，哪怕他是一只鸟，也黑得像乌鸦，范松我浑浑噩噩地睡着了。

直到差不多第三天，他才从莫小珍那得知老金病情陡变的消息。那几天，范松我每天忙着去医院看外孙女，忙着办退休手续。外孙女笑笑抢救过来后，病情平稳了点，他才重新去想老金的事情。

那天在老金病房里和老金的对质，范松我自然想到对老金的亏欠。现在，追查变得丝毫不重要，范松我也没了心情。对于他来说，这叫剥洋葱，剥洋葱拌虾的功夫只能到这儿。范松我对金雅致顺便也有了点理解，虽然他知道老金是为了金雅致，他和金雅致不再是师生，看来她还是没有辜负他当年教她诗词。

那天，莫小珍来医院，突然对他大呼小叫，说，老范，老范，告诉你一件稀罕事！范松我狐疑地看着她。莫小珍脱口而出，中风的老金起草协议，要离婚！

老金起草协议要和老婆离婚？这倒是匪夷所思。中风后的老金采取的措施让范松我没有料到。范松我只能想，他吃虾的事情是老金的老伴唆使老金举报的。至于老金中风的原因，范松我就不知道了，因为他？也许受他老婆的刺激，也许还有金雅致的缘故。

那时，范松我本来想去外孙女笑笑住的医院楼下看望老金，可是已经不可能了，他们不再是朋友了，老金中风后不认识人了。

后来，莫小珍又跟他说起一回老金的事，说中风后的老金好像放弃了医治的努力。老金在医院的传闻很大，在护士指导下进行康复训练，金雅致教他锻炼，他是锻炼了，但是摸不准东南西北，神情是涣散的，好像提前死掉的样了。

倒是三个月后的有天中午，范松我去医院给女儿和外孙女送饭，走到三楼，他瞥眼过去看见了老金。准确地说看见了老金的背影。那已经不像老金了。老金在拐杖的支撑下，由金雅致搀扶，穿着那套条纹白色病服。当感觉背后好像有什么东西望着他的时候，他是回过头来了，可是眼睛像是空的，因为眼神涣散的浑浊变得不像有眼睛。

范松我后来唯一一次见到老金，是那天过后差不多一个星期的星期日，老金死了。老金的葬礼，范松我没有参加。

范松我被人害的事情一波三折。一个下午，范松我拿起以前的铝盒，他走到橱窗前，又开始往盒里装虾。

你又要干什么！

莫小珍本来在发呆，回头看见阳光里的他往饭盒里装虾，紧张起来。

范松我没有说话。

惹的事还不多吗？莫小珍问。

莫小珍的意思是要他别吃虾了，生怕他又惹出什么祸来。范松我没有理睬，装了差不多有半盒那么多。莫小珍眼睁睁地看着他走开，没来抢他的饭盒。范松我已经从单位退休了，再也闹不出事来。莫小珍还想到一种情况：现在到了外孙女情况越来越不好的期间，外孙女笑笑要吃虾，他应该是给笑笑送虾去吧。

范松我吃虾，结果吃掉了工作，这一年多来，女儿一上班，服侍工作便交给了他这个身体看起来还算硬朗的外公。

范松我用饭盒装虾，是要去看外孙女笑笑。只是，笑笑再也不能跟他一起吃虾了，外孙女的病恶化得前所未有，范松我感觉外孙女像一只将要冻僵的虾，快要结蛹的蚕，快要把自己躲藏起来。不止这样，她要化为游走的虾，而他心中的那只鸟早已振翅不见。他佝偻着，内心绝望，痛心疾首，铝盒装的虾原封不动，只能在病室摆摆样子。

范松我在病室里挣扎地思考着外孙女，顺带思考着自己，现在远不止吃虾那么简单的事了。女儿叫了一声爸，来顶替他值班了，女儿终于解救了他。

范松我回家去了。回家的路上，他又想起老金，老金葬在本市叫南山公墓的平民公墓，他出奇地想去看看，他绕道到了公墓公交站点，他下车去，步履蹒跚地走向公墓。

公墓区，范松我找了半天，总算找到了老金。

老金葬在不起眼的坡上，青色的墓碑，墓碑上有照片。范松我拨开墓碑前的草，盘腿坐起来，将袋子里的塑料饭盒打开。他拎起煮好的虾，一只只地展示，金灿灿的，黄嫩嫩的，虾在阳光底下，像要把天空染成温暖的橙色。空气中有野山楂的气味，他把一只虾举在老金墓碑前，老金的遗像看着他。

当范松我把虾倒在青草丛里的祭台上，他吟了一句连他自己都听不见的古诗，佝偻着扑过去，怀抱墓碑，沉重地哭起来。哭声爆发的时候，他“呃”了一声，顿了下，因为听到啾啾的声音。他回头，青青的丛林里有像画眉的鸟跳上跳下，鸟像一支画笔，在梦幻中画着他们曾经五彩缤纷的笑容。

范松我大叫了一声，老金！

鸟儿不打招呼地飞走了。

唐松的艾叶

唐松喜欢沿着河边走一圈，顺藤摸瓜，图个痛痛快快，他第一次见到小冯就是在巡逻的河边。回想起来，那段时间最轻松了，坐在电瓶车上，只需看看一侧的店面和河里的船，吹吹风，还有回味一下刚吃进嘴里残余的菜味。一组四人，他和老柯吃过晚饭就要动工。他们是一起在所里吃的饭。所里的饭一直不太对人胃口，埋着头吃饭的时候，总能听见有人咕哝，让人觉得有东西刺激耳膜，当有意去查看，却又消失了，也许并没有。到了下午，所里基本就是这样的气氛了。

这天，他还在细嚼慢咽，想分出搪瓷碗里的冬瓜和碎鸡蛋，所里昏暗的光线，连这一件简单的事也成了困难。从吃晚饭算起，开始动身去巡逻街区，晚上要巡查三趟，那边，老柯已经敲筷子了。

“你慢慢吃，哈，小唐。”老柯在用水龙头冲洗着碗筷，哗啦哗啦的水压与老柯的性子挺配合。

他们便分了工，老柯骑的是电瓶车，一股风样，远远地把他抛在了后面，连那股风也有点酸臭，只能看到他的后背。老柯的后背看起来发硬，制服上藏了块很大的白色盐渍，从夏天到冬天，永远是这样；唐松骑的也是电瓶车。

“这个老柯，要赶尸。”老柯走，他还是想要赶上，心里未免高兴不起来，他也只好戴起帽子。从警局出来，要先钻过一段黑得发油的巷子。等唐松赶上老柯，老柯在一家糕面店前等他。唐松骑着电瓶车慢慢悠悠地来了。

“我都等你老半晌了，你也不看看。”老柯在那儿抽烟，那只握着电瓶车车把的手拿了根牙签，面颊上鼓起来一块发硬的肌肉，表情让他看起来有点不屑。

“哦，这样啊，再沿河边去吧？”唐松在说分工，如果老柯认同或不表态，他就一路顺风钻进下面的小巷子到河边去了，表面是咨询意见，也是把老柯当领导，老柯有年龄优势嘛，可以拣点优越感。

往常，他就要往河边拐，半个多小时后才会合，那时巡逻完成得差不多。他不知道老柯怎么等得起他。唐松还不忘把头上的帽子正了正，刚才为了赶上老柯都拼了老力，出了微汗。他扫视一番这个稍显杂乱的街区，目光有点松懈，眼里只有甜美可人的小冯在晃。

这条街区，唐松也曾记过小功。他们这里太喜欢玩牌了，玩的是麻将，自动式的。这阵兴起一种新玩法，叫“转转麻将”，赢者一旦和牌就下，旁观的都能参与，一桌麻将能圈起十几个人，抽烟喝酒的、吃槟榔的，闹哄哄。这几年来，有些父母整天泡在牌桌子上，成了职业赌棍。只是赌桌一般设在隐蔽的阁楼，那是专门赌室，只留逼仄的光线投过来。在街上的唐松望过去，看准那光线，凭着预感，能听到老鼠一样的响动。远至看不见的河里的船在洗沙，近至那种特有的塑料碰撞的质感，窸窸窣窣，若有若无。所领导也强调过要监视地下赌场，计入年绩效里。

唐松这一年就抓过几回，每次都是他当探子，然后四人一起行动，他们四个人分管不同片区，行动却在一起。想想他从警校刚毕业那阵，是和同是新来的小邱装赌棍，踩着吱呀吱呀的楼梯上去，看见那场面，他俩一溜烟地跑下楼了。对于这样的小青年，楼上的赌友不当一回事，对于长一张娃娃脸的人，实在不像警察，更别说巡防了。

可是后面几回抓赌实在无味。每次，在他们老中青配齐的四个干警的注目下，玩牌的人都乖乖就范，本来他们自认为也不是什么大鱼，不必付出诸如反抗所造成的代价。再说所里的麻将桌堆积成山，到了人满为患的地步，所领导包括主任也都没有就捉赌再有过什么重大指示，唐松失去了兴趣，只是老柯兴趣不减。

“你也不先看看这个岔路口再过去。”这时老柯说，他的黑黄色的眼一直盯着前方的两边店铺，看起来那些店铺倾斜，要倒在路中间的样子，掉下些七零八落的灯光，半新不旧地融进眼瞳子里。“哦？莫非有……情况？”唐松问，还是有点漫不经心。

“啥子情况哟，鬼才知道呢。玩牌的多起来了。其他的不清楚。”老柯还沉浸在自己的情绪里面。这么一说，唐松也紧张起来了，这个年头，毕竟各种情况多了起来，老柯一提醒，他那两只聆听两边声音的耳朵空灵了。他的耳朵变得薄了，扩张了起来，贴在那些窗子里偷听一样。入行一久，唐松觉得自己唯一长进的就是这个功用，拷手铐，擒拿术，论真功夫的时候，还没耳朵管用。

他们已经很久没一起走过这条街了，街比较窄，但也不偏，除了没收麻将桌，以前也出过小案。他和老柯格外小心，骑在电瓶车上，把速度降到最慢，抬起头来接受头上光线的扫射，什么理发店、米店、小农贸市场、移动营业厅，还有家耐火材料厂和一家农村信用社，窗口是自动ATM机。目光轻轻扫过，像怕踩碎玻璃一样。只可惜时间还不晚，每家都开着灯，某种程度上，耳朵比眼灵便。他们没有察觉到异常，过去半个多小时了。

唐松只听到一种声音，就是老柯胸腔里的鼓动，像岳父老冯养的那只懒鹦鹉，睡觉也咕咕。老柯的气激烈，扎实了起来，像有人拎着他的气管，能听见老柯内心的不平。这声音是上缓坡开始的，唐松一直跟在后面。

下了坡就是他和老柯平常会合的地方。那是块平缓的凹地，旁边是人们烧烤的地方，叫作“烧烤林”。外来老板搞起来的，视野开阔，白天也是老冯遛鸟的必达之地。老板人比较好，请他们派出所全体吃过烧烤。自从建起都没出现过什么事，只有次吵架，一个高个子带着女友来，鸡翅、鸭胗什么的吃多了，最后付不起钱，基本算是吃了霸王餐。老板报了警，唐松和老柯正好在巡逻。

“好的，马上……我们上。”接到老板电话，老柯活了起来。

唐松他们来时，吃霸王餐的高个子比较激动，老柯却不管对方牛高马大，当即就给铐上了。铐上手铐，高个子安静了，眼泪汪汪的，认为老板才是黑社会，他自个掉进事先布好的陷阱里去了。高个子急切地寻找求救对象，自然他女友无能为力，他看着唐松，唐松也不太愿意看到这种眼神，别过头去。回去后唐松也没怎么管，这事就这么过去了。直到第三天吃晚饭，碰到内勤的小文，问起那个高个子，说是罚了两百块钱才让女的给领走的，离开时都零点多了。高个子刚开始只愿意给一百，老柯说你这样的，可大可小，大叫扰乱正常经营秩序，判刑两年，知道吗？高个子就低下了头。

走过“烧烤林”后是大桥，又是重点地段，他们巡逻完第二遍，就要到大桥那边和老王、小邱会合。巡逻第二遍的时候，他们上了坡，速度更缓慢，老柯依依不舍地往回头看了后面一眼。唐松也就看见了他那失落的眼神。

“坏了。”偏偏这时，唐松说。唐松刹住了车。

“什么坏了？么子个情况？”老柯更警惕，看着唐松下了车，在摸裤兜，唐松的裤兜里的东西在震动。看唐松紧张兮兮的样，他也下了车，搀着头，身体朝他倾来，那只手里早没了牙签，眼里迸出黑色的大火花，说不定另外两个人小邱、老王有新情况。

“小冯电话。”唐松说。这时，在坡的最高点，他还特地看了老柯一眼。按往常，小冯应该正窝在家里。她打来电话，也许是有什么事？他在执勤，所以这个念头一闪而过，他摁掉了震动，把手机放进兜里。

“她找你什么……都老大不小了，还女友。”老柯正泄气，愤愤不平，便多说了几句。

“叫我回去的。”唐松没有理老柯的茬，老柯这样子已经很久了。

“哼，叫你回去，就少了好枣子好果子吃了……才几点，还是第几趟。”老柯唠叨起来。

他们一起骑到了那个凹地。他们默默地超越了高地，唐松一路听着老柯的唠叨。到了凹地，正要下车巡视一番，他兜里又响起来了，唐松停下来，理亏地看了看老柯。老柯的眼睛在严厉地盯着他牛仔裤的口袋。他拿着手机，接也不好，不接也不好。

“你回去吧，响个不停，烦死了。”老柯不堪忍受，他打算独自到大桥那边去会合了。

唐松接电话时，看着老柯骑走了。老柯骑电瓶车，就跟骑自行车一样，慢，即使要过“烧烤林”，他也那么仔细。接完小冯电话后，仍能看到老柯背影，斑驳靛蓝的杨树林里隐藏的老柯如穿迷彩服的背影，唐松心里惆怅，又有些感慨。

到了家，女友小冯正像只虾一样躺在沙发上，看起来病恹恹的。看到唐松的时候，正看电视的她嘟起嘴，好像回来的唐松只不过是影子，她的目光又移到屋里那瓶篙叶上。只有当唐松坐了过来，她才把目光移过来，把屁股挪了点位置，让唐松能坐下，再一伸手，到唐松的头上去，把他帽子摘了下来，扔到地上。“是那个老离婚的不让你回来？响了三通电话都……”小冯嘟囔着，已经把唐松的手放在了她小腹的中心。

“哦，这我不知道了。响了三个电话吗？执勤啊，我没有注意。”唐松装模作样地开始掏手机，到家后他才轻松起来，沙发上躺卧的小冯生怕他跑掉，又把他的手重新摁在肚皮上。

“你也不关心下人家，肚子发酸肚子痛。”小冯觉得委屈。像其他恋爱的女孩，小冯也容易娇嗔起来。这是他们恋爱的第四个年头了，但男女朋友都这样，她握着他的手揉搓。

小冯一开口，在他的面前就很容易说个没完，正是在这样娇嗔言语中，唐松恍惚起来。新闻联播正在播着，往常这个时候，他都和老柯在执勤。他生出浓浓的困意来，只有抽一根烟来对付。这么说，他怀念起忙碌的巡逻，片警就是干这样的工作嘛。

唐松抽烟的时候玩起了手机，看电视的小冯扔了个抱枕到他身上，骑跨过来，甜言蜜语地聊了阵重庆人开的麻辣烫，老板是江津人，搞的小黄鱼火锅挺不错，肚子痛是不是给他中午送饭送的……聊着越发困倦，关电视，准备睡下。等到去一趟厕所，他的手机又响了。才九点多，紧急？有新情况？唐松站在卫生间门口看小冯，小冯有点不耐烦了：“是不是那个臭离婚的，烦不烦！”她一手抓过手机去，唐松还在犹豫。“睡觉睡觉……”小冯催促道。

等到天亮，唐松又要去所里了，还是想赶过去看看。小冯说让他陪她上医院的，晚上就商量好了。一般情况，小冯也不可能让执夜班的他回来。可是早上穿衣服的时候，他说等他中午回来。本来这天是礼拜六，也不是他值班，可是一想，他觉得有必要赶去一趟。昨晚又确实是老柯电话，当即他就料到有情况，比照昨天老柯的特殊表现。当然平常，老柯有事没事就爱给他打个电话。如果他接了，老柯都是哦，哦……嗯唔的含浊回答，没事一样，嗯唔后最多加一句，哦，摁错键了，喝酒了……可他又老打来电话来骚扰，满不在乎的口气，那么干吗老打电话？有病吗？下班后，老柯给唐松打电话也许只为消遣下时光。

唐松到所里的时候，是在长凳上看到坐着的老柯。老柯握着一只水杯，水杯里是杯普洱茶，左手夹好一支烟。他抬着头，眉开眼笑地跟主任说话，唐松到时他也没注意。他和主任说的既不是寒暄，也说不上与昨晚上有关，只是含糊地说操办喜事、庆功。他们说得很热乎，主任也没注意到唐松。大腹便便的主任和老柯说着，进了办公室。只有主任已经在办公室里接电话时一声“喂”传来，老柯才把目光对准唐松。

“哦呵，来了，昨天晚上的好戏错过了，我说你要错过的。”

唐松是跟在老柯背后跟着他进警务室的。老柯驼着背，像丰收把他的脖子压弯了，脖颈上挂满了奖章。从后面都能看到老柯迷人的笑，脸上平常只是一些干涸生硬的皱纹。

老柯没有问他昨晚怎么半途回去了，他心里清楚是小冯惹的祸，但他不喜欢说小冯，唐松也没见老柯开过玩笑，中老年人喜欢跟年轻人开些荤玩笑，但他并没有。

“你没看吧，去那间黑屋子里看看。”坐在凳上，老柯说，他脸上还是带着迷人的微笑。

一说黑屋子，唐松就知道是怎么回事了，准是又来新人了。还别说，昨晚，老柯真给碰到新情况了。事情是这样的，当时，老柯独自一人经过烧烤林，到了大桥，他本来打算折回去不和老王小邱他们会合了，正要扭转车龙头，他接到小邱的电话，小邱那边气喘吁吁。老柯，赶紧来。说话轻声，这是警察遇到了事态紧急但仍保持清醒冷静的处理态度。

老柯耳朵尖了起来，在哪儿？老地方，娱乐歌手。老柯往后看缓坡，多少号人？人有点多的。要不要带家伙？小邱那边嘀嘀地响，要的，又说唐松呢。别管他，守屋去了。

老柯快马加鞭地赶回所里，他是去拿真家伙。走的是江边的路，那里近，就是在江边给唐松拨的电话。他从来不走这里，过去如风，他一直想不清这个鸟地方有什么好耍，值得唐松每天去巡逻。

镇上唯一的那架电梯又打架了，在老街，老地标那里。他们镇，这架电梯是个生事机器，娱乐歌手开业两年多，在它的电梯里打架已经不是第一次了。第一次很简单，就是为一个女孩庆生，双方灌多了酒，然后上了电梯。电梯里，下驰的速度让一方的人觉得好笑，异样，他把这种异样发泄出去。这人叫另一方狗毛，另一方也感到异样，反击，狗卵。双方就这样口角起来，发展到挑衅的揪衣襟、推攘到打架。轿厢里剧烈摇晃，电梯出了故障，上不去，是娱乐歌手自己报的警。等唐松他们操着警棍赶到，庆生的女孩正抱着头蹲在电梯口哭泣，女孩害怕得很，姣好的脸让人抓破了，衣衫凌乱。

最近一次，给老林他们碰到了，因为抽了刀子，这次血腥，重伤一个，轻伤无数。重伤的送到医院，也是死里逃生，距离心脏只差两厘米。唐松去电梯里取证，满是血痕累累，像红漆涂了一层，牛血一样。这事让电梯封了一阵，连带这栋七层楼上面的娱乐歌手一起封停，他们派出所贴出封条。不知何故，后来娱乐歌手又开了，还是那架老电梯。

唐松一直想不清电梯里怎么会打架，莫非是来夜总会谈判来了？后来，又有所明白。是小冯帮他想明白的。那时，他俩初坠爱河，有时男女之事真让人想不明白，也易让各方起冲突，爱恨是两个极限嘛，用看淡的角度想想，也就明白了。

有了前例，他们都要对电梯特殊关照下，每次经过娱乐歌手，都要抬起头，朝灯红酒绿的它格外地瞟上几眼，然后才快速骑过去。只是这年没有起案子，没人提起，当它正常了。其实，一直不正常，你看，这次叮当的，又冒出来了。

这次万幸的是双方没有动刀。双方是带了刀的，刀子这天唐松也见着了，专业砍刀，和影视片里的一样，钨钢刀。只是它没发挥作用，是因为双方还没想到要对方的命的地步，拿刀子来提防和“出现万一再说”的情况居多。然而不到一分钟里，双方打红了眼，刀子眼看要抽出来，正要拔刀见红的时候，英勇的老王到了。

老王稳如泰山，练过散打，拿下几人都不在话下，带着伸缩棍、手铐正停在电梯门口，他好像特意奔这架电梯去的，来个守株待兔。他上班时一直全副武装，不像年轻巡警。电梯下到一楼，电梯里在激烈打斗，宛若爆米花在高压锅里炸响，肉体无意地碰到轿厢的钢皮挤出沉闷声。

“出来！”老王摁了电梯按键，动作敏捷，已经做好准备的他拿着伸缩棍指着电梯里，扎马步，大战来临前似的咆哮着，同时用目光示意后边的小邱联系老柯，摆成职业警察敬业的神态。

“站成一排，蹲下，老实点。”老王训斥道，对方六七个青年，看他是拿警棍、戴头盔的老巡警，全都乖乖就范，蹲下，不敢造次。老王等来的是火速赶来的老柯，老柯在没有联系上唐松后，经电话请示所长，从保险箱掏出了真家伙。

唐松在所里的黑屋子见到了打架的人。昨天都登了记。这次打架的年纪都不小（这同样带来一个新困惑，为什么打架？然而有些事，直到结案，连警察也搞不懂），个个像霜打的茄子。老柯比老王更要细心，他仔细查看手铐，看名字有没有录错，审问有没有前科，做好备案。还能看到老柯的腰上那个黑色的真家伙在晃，老柯故意让它露出来的，让那些打架的人看到威慑。老柯亲自当审讯员，审完已将近中午。既然来了所里，那么也要帮忙，唐松充当陪审，搞得筋疲力尽。

“好了。”等到老柯说，唐松才回了民警备勤休息室，先休息下，也没打算在所里吃午饭。所里的饭，他实在不想吃，没胃口，虽然这次所里肯定会搞得好一点，因为刚处理了一桩接近刑事案边缘的群殴。处理滋事肇事或别人的不幸，在某种程度上，是他们工作的重要组成部分。

工作中这类事处理多了，有时小邱和他两个年轻警员聚在一起，来杯闷酒，抿一下，互相看着对方的眼窝子、酒窝子、嘴窝子。也不说话。每次喝酒回来，他都伏在水池边吐，闷酒实在不好喝。这时，小冯会心痛地说：“你怎么老是喝酒啊？叫你别喝了，你怎么又喝了呀？”小冯的唠叨是他治病的良药，女人的细声碎语就有这样的好处，能间接帮男人把情绪发泄出去，特别是当碰到一个爱你的女人。

又到了唐松想喝闷酒的时候，不是因为没沾到老王和老柯的光，而是想到上面那些绕不过去的矛盾的缘故。

老柯从黑屋子出来就到主任办公室里去了，他们一直在聊，大概是在分析昨天的事。按主任办公室里讨论的气氛，看来这次事情性质挺严重。

“小唐，一起吃中饭呀，大家聚聚嘛。”主任敲了一下本来打开着的那扇警室门，来叫唐松。

“我要赶去家里，小冯有事，她身体不太舒服。”唐松说，主任在扫视他们的办公室。老柯在他旁边，要是其他年纪大的同事，如老王、老林听唐松说小冯有事，都会关切地来问下是什么情况，严不严重，要不要上医院，老柯却没有。老柯扭转过头来，正和比他高半个脑袋的肥胖的主任说话，还是说刚才在办公室聊的话题，看来兴致未阑。老柯对唐松的女人从来就当不存在，所以他打电话，早晨、中午……只要老柯想得起。

和主任说完，老柯高兴地对唐松说，那啥事，走什么急，下午要去现场。老柯还真当自己是主角了，沉浸在胜利里。唐松认为老柯未免太夸张，他锁起了抽屉。

回到家，他心里仍很不高兴，闷闷不乐的样子，小冯看出了端倪。

“怎么了，你也不舒服了？怪事!”看到姗姗来迟的唐松，小冯说。小冯因为肚子痛上午一直在家里，没上班。唐松还是没有发话，点起一根烟，那么燃着，忧伤地燃着。或许他在琢磨带小冯去医院的步骤。“那臭离婚的又折磨你了，我告诉你，你们所里都是……当然我是说年老的。”是被病痛折磨的，也许等急了，温柔的小冯也一改常态，对于他近似发呆的抽烟，小冯看着唐松，眼里晶莹的水悬而不滴，跟警察也有错吗？

唐松和老柯搭档的警察生涯，如果重头说起，要从唐松和小冯好上时开始算。小冯是铁厂子弟，老爸老冯退休前搞铁厂治安的，每次厂里有些治安问题，周边村民堵大门口啊，滋事生非啊，都要报告派出所出警。老冯身高一米七，人称冯大盖子，早年就有吹牛的毛病，把厂的治安管理对妻子王芝芳吹得天花乱坠，来衬托他老冯的高大全。退休后更是如此，恰好妻子王芝芳从袜子厂内退在家。当然，老冯对老婆吹，那是老两口的生活情趣。而对于好孩子小冯来说，她确实对警察抱有莫大的好感。铁厂是唐松他们城南派出所的片区，当闺蜜王兰介绍，在河边碰到唐松，说唐松是城南派出所的片警时，她心里萌生出来更多的是好感。父亲老冯退休后开始养鹦鹉，那阵她特别反感鸟笼里的屎臭味，他们很快就好上了。

那时，唐松和老柯工作上成了的搭档。刚恋爱的时候，唐松就带小冯去看过老柯，为了表示对老柯的尊重，工作上赢得老柯的配合，去老柯家里，小冯带了两瓶上好的雕花酒。对于柯伯伯，他和小冯是热心的。

可是老柯没把小冯来看他当一回事。早在前几天，唐松就对老柯说了，老柯当时就没怎么吭声，并未表示欢迎什么的。唐松也没想到老柯心里有想法，只是心想老柯离婚了，下班后没人陪，去看看他而已，就和小冯去了。那天，老柯人也是在家的，休息日，没地方去。

等他们到了，门一打开，老柯像个陌生人，隔着防盗门的纱窗，对他和小冯瞅了半晌。特别是对小冯，那火辣辣的眼神能把人呛了，刻薄地在打量：瓜子脸，中等个，面孔还算有点白、奶子和屁股凑合起来还算葫芦形……这个专门针对奶子和屁股的词汇，是老柯的专业术语。对于老柯来说，这个描述可比什么白亮圆滑精准多了，快过电脑扫描。老柯的眼神仿佛散发出大蒜味一般，让唐松很不舒服，总觉得在某些场合见过。回过头来一想，哦，是对犯人的。

他们俩总算进了老柯的屋。老柯一身短衣短裤，衣裤皱巴巴的，穿拖鞋。这也没什么。小冯礼貌地叫了声柯伯伯。老柯说坐，他们在沙发上坐了下来。他们来时，老柯本来在看足球，可是，这下风向又变了，老柯毫不近人情地将小冯带来的花雕酒当场打开喝了，一边喝，一边问。基本是一问一答。出生哪呀，城市还是农村，具体哪条街，靠河边，哦打鱼的？卖菜的？哦，自由职业，你啥工作？商场人员，哦，鞋柜卖品牌鞋……还是审讯犯人的模式，杀气腾腾，连一旁充当润滑剂的唐松都没法岔开话题。

"老柯，不能这样的。"唐松笑呵呵地提示老柯，可是老柯还在询问，他当办案了。

好在后来一问一答问完了，他和小冯开始聊天了，把老柯落一边了。小冯说柯伯伯你还是看电视吧，老柯开始看起电视，不看足球了，翻看菜单，从湖南台跳广东台，到东南卫视，再从中央七套到贵州台、青海台，又重新翻到了湖南卫视。他爱看警匪片、枪战片，狗血剧他都不爱看，周末，也实在没什么好电视剧。他回过头来瞅瞅唐松和小冯，有要送客的意思。

"老柯，下馆子，我们先吃顿饭吧……你看，小冯也是第一次来，好不容易啊。"按来前的设想，唐松把请老柯吃饭说了出来，当然他知道老柯有送客的意思。

"不用了吧，再说，我也没什么好送的。"

后来，老柯虽然下楼把他们送到了台阶的出口，客套而生硬地对他和小冯笑，说好走好走。但是可以说，这次让小冯与老柯见面是相当失败的。与在所里上班时，唐松和老柯见面时的气氛完全不一样。

也就是说，这样的见面不如不见。他们的情绪在走路回去时发酵了，小冯不是警察，她可按捺不住性子。

“凭什么对我使眼色呀？凭什么让我受气呀？凭什么呀？”小冯说着，气没法从她狭小的咽道里排出来，她越生气越说，见唐松在那儿觉得好笑，回过头来对准唐松，“原来你们警察是这样的呀。”

她的话让唐松“扑哧”一笑。他只好解释说，你看见过的老王就很正常吧，小邱也很正常吧。老柯嘛，到底是离过婚的人嘛，也可怜。小冯就反驳，我看老王也是有点这个倾向。小邱嘛，还好，至于以后会不会难说。你说可怜，那么谁来可怜我？

从老柯家回来，小冯就将心里的气，连同老柯的怪事，告诉了爸妈老冯和王芝芳。那天下午，当时老冯在听收音机，听《说唐》，女儿回来这样一说，他将信将疑，狐疑地回过头来盯着女儿那张干净白皙的脸。而王芝芳在打毛线衣，她可一直在认真地听着，分析女儿的话。本来就不信老冯的吹嘘个性，这时她附和道，这样啊，哦，好，走着瞧呗，反正日子久着呢，不是儿戏……说完老冯遛鸟去，遛的是那只看起来很呆的紫金刚。而对于屋里的唐松和小冯来说，真落了个以待观察。

当然，他们俩的感情发展还是继续升级的，床也上了，趁老冯去学太极，岳母王芝芳去玩娱乐牌的时候，当着那只紫金刚的面。紫金刚给他们做了老长的一段伴音。男女朋友谈到第二年，随便搪塞一个理由，说小冯要自考，要好好学习，小冯就搬过来住了。按正常的男女朋友发展流程，他们早就应该结婚了，可惜卡在一桩程序上。

而出于对这一桩程序的好奇，也出于对老柯的恨，唐松自然打听过老柯离婚的内幕，宛如抓到了老柯的小辫子般，内心里不知抖落了多少遍。老柯三十多离的婚，孩子成家去了厦门，离了的那女的是广西跑水路的，女的走水路后有去无回，也没有再回到老柯身边。老柯就这么单身一人过着，离婚前太忙，现在单身也是忙。现在老柯喜欢自己给自己找事。所里的人都提起过老柯那事，猜想他也许阳痿嘛，只有这么想。这是诋毁。唐松和老柯一起在澡堂子洗过好几次澡，他见过老柯身体。老柯常年不碰女人，那家伙碰到一点水压都会很自然地有反应。老柯也绝没有同性恋倾向的。所以诋毁都是无事生非，可也让唐松好好地想了一想，只可能是忙碌让老柯形成的怪癖，忙碌把他锻炼成了像猫一样多疑的性子，像鹰一样犀利的铁性——谁会喜欢一个非正常人呢，不管是不是警察。这有点道理。

老柯这次见过小冯之后，就再也没有问起叫他柯伯伯的小冯。唐松和小冯谈恋爱后，他第一次见岳母王芝芳过生日那次，唐松要去买个蛋糕，他说要请半天假，老柯说的话差点让他背过气去："天啊，你还没把葫芦给甩掉啊？那葫芦你也碰得……"

看，他把小冯给叫葫芦了，按她的体型、她的身体曲线，女人长成葫芦不是很好嘛，很多女人巴不得长成这样。也就是说，老柯这是捉不到小冯的缺点，没有办法才硬塞进来的鄙视。后来小冯来所里给唐松送饭，好几次，看老柯忙，她也给老柯捎过。老柯回来后看到饭却不吭一声，从没说句谢谢啥的。小冯后来也就不带了，唐松当然知道老柯想把关系紧张公开化，从此唐松也不好再叫小冯送饭，以免小冯和老柯尴尬。

就是这么一回事。

小冯和老柯的矛盾来了，老柯没有再关注小冯，他对小冯的结论早就得出来了，却不代表小冯不关注老柯。小冯本来是与唐松打算马上结婚的，却因为老柯，悬而未决，她有点恨唐松的搭档。现在，小冯尤其关注老柯对待那码子事的态度，她倒要看看他是真碰不得，还是假碰不得。这是她找的突破口，这得到了唐松的默默支持。他和小冯想一处去了。老柯有性反应，他急于了解老柯对女人的真正态度。老柯虽然从来不开那种玩笑，但不代表他不关心那事，他和普通人不一样吗？

那么就要说男女那事了。说河边船里的事吧，别看那些船往上游开去，几乎要沉到水里的那是货船。这些年多了些娱乐船，那些船上干啥的都有，就跟岳父这几年喂养的鹦鹉一样，花花绿绿。娱乐船是他们所里的重点盘查对象，只是唐松走了这么多回河边，除了碰到小冯，那码子事还从来没有，只听所里的大侃那个“中王”王建说过。

要说也说“家宜”里发生过的，“家宜”是一家家庭旅馆，坐落在老柯单独巡逻的那条街上。他们所里的人倒是抓过娼妓，那是极稀少的，唐松就职以来，也就前年发生过一次。

本来是不会有这个特殊情况的，不知道是谁，和几个搞内勤的女同事一起，在所里吃中饭的时候，老男人们为了显示他们巡警、外勤的威风，见老柯在闷不吭声地扒饭，也是为逗老柯一笑，才开了玩笑。后来没想这事立项了，谁也不知道申报人就是这个老柯。哈哈，同事的玩笑给他升智了。

原以为老柯会犯迷糊，不愿意上，临到出发了，发现老柯在列。老柯申报的这事到局里一拍即合，分发下来由他们所里主导。他们就只有执行了。头个月没痕迹，后面就露尾巴了。那几天刚下了点春雨，河里的杓鹬、白鹳在那跳着呢，成双成对，润物细无声嘛，刚好也利于男人和女人做那事。他们数个便衣走在街面上，耳朵全部放开，专门聆听那种声音。

他们就查了“家宜”。宛如从天而降，没留任何准备余地。虽然是便衣，“家宜”坐台的老板还是认识的，当场就控制住了她。他们上楼去，拿了钥匙，挨房挨门检查。到了门口，他们用了一种监听器，是专门从局里申请来的，有放大功能，房间里面的声响听得一清二楚。按他们的经验，如果是夫妻俩、男女朋友多半不会跑到这种地方做那种事。不过要经监听器验证，如果搞错了也很麻烦。果真核实无误。“快点，你给钱呀。”“这么快，还没好，嗯，啊……老子……”“不许动!”

这几乎是与悄无声息的旋开门同时发生的，逮个正着。然后按快门、拍照，接下来是询问、记录和收押。这都上了报纸，以表扬他们派出所明察暗访工作的高效及明察秋毫，不放过任何一丝违法犯罪行为。

小冯却不这么看。

“原来，那个死离婚的有这种爱好，哦嗬……”

唐松回来说给小冯听，当说到拿监听器的有老柯，小冯哈哈大笑，是那种很鄙夷的笑。当然，唐松知道得更多，其实冲进门进去的正是老柯。

发生这事后，他也像小冯一样想过，老柯凭啥给他脸色看呀，凭啥作弄他们小青年呀……也就是这次查“家宜”之后，小冯警告过他，说不能再和这个怪人在一起做事了。唐松细细一琢磨，竟然也觉得老柯有点怪，他立即就找领导说想换个片区，换下搭档，和老王、老林、小邱组合都行，实在不行就调岗。主任答应了，说看着办吧，反正你们片区你也待久了，换下再调回来也行嘛。可这让所长一知道，还是所长高瞻远瞩，他大手一挥，不行，你们片区情况非常特殊，事杂，一般的人奈何不了。又感慨道，这个老柯呀，老柯。看所长痛心疾首的模样，那是相当了解老柯。

经过这样一闹，没有调岗也没有换片成功，只是，他和老柯分工成功了。这仍是小冯的主意，每次值班巡逻到那个岔路口，他自动分配自己到河边看风景去。

有些时候，小冯要求唐松戏弄老柯一下。比如说，再遇到查房和查嫖娼的情况，让老柯上，他可以到一边歇菜去。刚开始是这样，唐松也觉得没问题，可是有时候唐松也烦，说，你怎么也老是跟老柯过不去呀？

“我就是看看他那个方面有没有问题……死离婚的，来阻碍我。”小冯已经有了点骄傲，闪着狡黠的双眼。

到现在唐松调动也没成功，如今他又想到调动了。

他送小冯到医院里后，拿到了小冯的检查报告。情况有点糟，彩超显示宫外孕，幸亏发现得早，不是十分严重，还只是肚子痛，没想到会出这一码子事。

这成为一件严重的突发事件，小冯家立即召开家庭会议，准岳父老冯看到女儿的彩超图片，眉头紧锁。“那怎么办呀……呜呜……”小冯捂着肚子，可怜巴巴地盯着老冯，而坐在一边的岳母王芝芳没有吱声，只是戴起了老花镜在打毛线衣，戴老花镜的她面孔清瘦而又严肃。

“做手术呗，那就，有什么办法？只有这样办。”作为一家之主的老冯先开了口，还是男人冷静。老冯心想沉默不是办法，但他也没有什么好主意。

“那我以后还能不能要小孩了，呜呜……”小冯痛苦起来，捂起了肚子，一副可怜样，埋怨地看着沙发上像木头人的唐松。

生育问题老冯就难以回答了。老冯瞥了一眼妻子。王芝芳作为生过孩子的女人，至少有点经验，她应该清楚，至少她怀小冯的时候，该考虑过也有宫外孕的可能。每个女人都要做这道选择题，这是老冯作为男人都能想得到的。可是，作为母亲的王芝芳却是眉头紧锁，当年，她没考虑过女儿出现的这种情况。

最终一家四口都没有办法，他们的眉头越来越凝重。

唐松心想这是他的过错，问题是他造成的，而且平时忙得也没有时间照顾小冯。一说起忙，这时意外的，蓦然的，老柯那个苍老的、工作起来拼命的身影蹿了出来。客观上来说，很多时候，他是老柯给带动忙起来的，所以才忽略了小冯。

“小唐，不应该这样的，冯敏都这样了，你怎么也该表个态。”见唐松闷在那儿，准岳母王芝芳终于目光犀利起来，锋利地对他闪了下，“上医院也行，是吧我们？”这话，她却是看着丈夫老冯那张肥厚的嘴说的，话语里充满对老冯这些年吹牛误导的怨恨。

“哦，这……”唐松心里清楚，其实小冯一家心里已经默契地达成统一意见了，一致认为是他唐松的疏忽，女儿才这样。至于别的什么原因，老柯、领导什么的，去他妈的，他们都管不着，现在要解决的是他们的宝贝女儿冯敏同志的身体健康问题，性质很严重。

“小唐，你也不要老是忙工作，你还是抽个时间来多多看看小敏呀，人都成这样了，你看这事办的，做父母的能不担心吗？唉，也不知咋说好，唉……”准岳母王芝芳又开了口，颤抖地叹息，眼眶红润，那份对女儿身体的担心，那份焦虑溢于言表。

“我试着先请假……看看吧。”唐松终于开了口。

这么一来，小冯就不能在唐松那儿待了，要搬回父母家去了。他匆匆忙忙地整理东西，叫出租车送小冯上车时，唐松几乎看到了老柯的笑，那张黄褐的老脸得意扬扬起来，笑得很放肆。

他回到所里上班，老柯已经又在忙了，在桌上整理案宗。电梯里打架的那些人，到头来没有查到更严重的犯罪问题，连有前科记录的都没有，所里最终只做出拘留七天、罚款五百元的处罚决定。这样的结果不太可能，却是事实，老柯的破大案、要案的梦又一次破灭了。

好几天来，老柯都很泄气，所以又主动承担起整理案宗来，他只是想尽快忘了这倒霉事儿。等到老柯整理完案宗，在喝开水，开始要做这天的巡防记录准备时，他对老柯说，这些天晚上不能巡逻了。老柯因为忙，当时没有完全听懂，等听懂了，他站起身来："什么?"

看老柯的错愕程序，肯定是天花板上掉下来一大块，打了他只有稀疏几根头发的头。

"老柯，我家里出事了，晚上要请假。你和小邱他们联合查访吧，我和你说一声。"有岳父岳母的敦促，唐松这次拿定了主意，其实他也不必在意老柯的意见，他们平级。

老柯没听见般，埋头继续做他的巡防记录准备。其实，他是听到了，只是他不愿意听到这样的结果而已。唐松也知道老柯听到了，老柯是不愿意而已，并且也能想到是因为小冯的事。唐松出门，向主任去请夜假时，老柯再没跟他说话，与往常不一样。

唐松的夜巡暂时停止了。平时他四点就下班，每天给小冯带一副药回去，都是当归、紫草、莪术之类的。每天早上来上班的路上把药抓好，上班的时候放到桌子上，下班再带回去。够一天的量。而他下班的时候，上夜班的老柯匆匆来，每次都能看到他桌上有一包用黄皮纸包起来的中药。老柯用眼白扫过来，又扫过去。上夜班的老柯没跟唐松说话，即使说话，也是流于客套了。感觉和当初他送唐松和小冯下楼梯时的表情一样，有点虚假。这时，唐松想向老柯解释下，可是话到嘴边不知该从何说起。

这样过了一段时间，离开夜间巡逻一久，所里考虑到唐松的实际情况，他也就彻底调到了白班，这时间段是与上夜班巡逻的老柯完全错开了。而那段时间，所里的事多起来，都是些抓赌的事，就发生在老柯经常独自一人巡逻的街上。赌博像牛皮癣，却让他们个个眉头紧锁，感觉到后期更会发生些什么，可能会爆发个大问题，突然出现在眼前似的。眼前的忙只是预兆，是发条日益拧紧，不能松懈，会有个更有爆发力的事件出现在后头。

与以前不一样的是，赌博只发生在白天了，与夜班巡逻的民警开起了玩笑。于是，唐松白天工作的时候，整天都在外面，他把药也带在身上。外面的事一办完，他就骑着电瓶车带着药回小冯那边，每天都是匆匆忙忙、时间紧凑地度过。

“那个离婚的，是不是不开心呀，我想想就觉得他不正常。”每天，小冯见唐松带着药回来，知道他这一整天都没见到老柯，她便有点小开心。对于小冯的琢磨，唐松没说什么，他也一直觉得亏欠小冯。

也不能说老柯什么，老柯忙碌起来的那副神态，唐松也看不惯，好像全天下都欠他的。但老柯是钢铁卫士，老柯是久经沙场的战友，再说，私下说他的人够多了。有一天，去吃中饭，白班的老林、老李在所里嘀咕，以为他们在讨论饭菜，原来在议论老柯。看唐松来，他们说支持小冯的。原来，他们早就知道老柯和小冯的疙瘩。当时他和小冯拜访老柯的同时，也拜访过白班的老林和老李。他们自然知道老柯，说到老柯，年纪更大的老林便不由自主地说开了。柯求东是不是出大问题了……唉，他的问题已经出了很久了。说到这儿，油滑的老李莫名其妙地大笑起来。至于这后面久到什么地步，当时大家闭口不说。

最后一次他们议论的时候，所里罕见地响起了警报，教导员吹起哨子，这是紧急集合的信号。教导员吹口哨，集训的时候有过，工作中唐松还是第一次碰到。所有干警、连同内勤的女同事都紧张万分，立刻放下饭碗，朝所里的小广场集合而去，倾巢出动，所里的领导都在小广场等他们。所里刚接到上级指示，在他们的辖区，竟冒出一个全国通缉犯。这个通缉犯犯下好几桩大案，奸杀骗抢赌全干，五毒俱全了，在全国造成了非常恶劣的影响。令人棘手的是，他具有反侦察能力，身上带匕首，还有丰富的驾驶经验，历经几次抓捕都逃脱了，可谓狡猾至极。没想到这次在唐松他们的地段冒了头。上午的时候，他在从市里来的路上，抢劫了一辆朝镇上驶过来的桑塔纳，是车主报的案。据跟踪人员说，他劫走车子后下车还吃了碗桂林米粉。现在他们所里的工作是调集所有上班警员，马上展开拦截，排访、外地人登记，和局里统一展开工作。这一行动在局里统称为“抓头”，接下来要布置路障。唐松每天都在现场，穿着“工”字形黄绿色的执勤服，守着路障，直到晚班接班。

“抓头”的事忙了大半个月，最后以嫌犯再次冒头，试图强行闯路障，困在警群里被捕才得以告终。“抓头”的事影响重大，局里举行了表彰会，所里也举行了庆功会。而这主要是白班的功劳。

办庆功会在酒楼里，唐松和小文一桌坐在一起。酒喝多了，小文迷糊起来，话头就多了，嘴掌不了风了。“老柯，看起来，不是那病啊，可是他的病看起来又越来越重……”不过，这只是同事们说笑而已，小文与老柯又不存在冲突，老柯想与人有冲突的只有小冯，而且仍在发酵，起作用。

经过一段时间的调理，小冯的身体日益见好，水盈盈的，丰腴了起来，脸色也西红柿般的红润，一度让唐松蠢蠢欲动。刚忙完了那桩案，所里准许他休息调整下，唐松便有时间经常来小冯家吃个中饭。最近一顿是吃羊肉火锅，涮着刀切肉片就着啤酒，小冯不停地给他们倒酒，他和老冯吃得酣畅淋漓。老冯听广播了，唐松当着岳父母的面很自信地求小冯："敏敏，咱们回去吧，回去吧。现在没事了。"

小冯却没有答应，她眨巴着眼，老冯他们纹丝不动。这次老冯听了唐松的央求，根本就没反应。听广播的他抬起头来，很优雅地举起双手，像拉小提琴，在用牙线反复雕琢般地剃着牙齿上那些发臭的肉的残末。岳母王芝芳吃完火锅后在低头看报，她没有受酒精的影响。钟表嘀嗒嘀嗒，那一刻唐松心急如火，可是急也没用，总不能按着老冯和岳母王芝芳的头强迫他们同意吧。

"只有真正的结婚才搬过去的。不会像以前一样了，那么犯傻，这样的犯傻我们再也不会了……"这是准岳母王芝芳说的话，她终于晾出了如三八线一样固若金汤的底线。

见母亲强势起来了，小冯也只好说："唐松，你先回家吧。"唐松觉得自己是惊悚地走的，老冯那只紫金刚在那儿尖着嗓子，很俏皮地叫："傻啊傻，傻啊傻，你傻啊，你傻。"

走出小冯家门时，他内心酒气翻滚，双颊赤红，汗流浃背，恨不得在水里走几遭，突然又觉得自己不如老冯养的这只鹦鹉。

从小冯家回来，他躺在沙发上看着天花板想了好几天。他当然知道，岳母的话是专门说给他听的，话中有话，也就是到他该办事的时候了，先动动脑子，到了好好地取悦岳父母，来弥补上次小冯出意外的时候了。

这是端午之前的几天，唐松的心里急得跟上了发条一样，刚结束的抓捕搞得他心里仍紧张兮兮的，还没松懈下来。好几个月，唐松已经很久没有见到老柯了。奇怪的是，老柯没参与庆功会，可能主要是白班的功劳，这次不知何缘故，老柯没有来蹭这份功。可是他现在的事已经和老柯毫无关系了，老柯管不着唐松。

现在他只想竭力抓住现存的幸福来驱赶不幸，而如今的老柯，对于他来说只是很好地印证了大家对老柯的定论：老柯的生活是不幸的。如此而已，除此他和老柯还有什么好谈的呢？

端午的前天，小冯来找唐松了，当然又不免卿卿我我，像最后的疯狂，有种难解难分鹊桥相会的感觉。这天他俩一起吃了饭，不过她是来提醒他的，对于这个二愣子，她心急。她说："你想想呀，端午怎么个表现法？想清楚了吗。"

想清楚了，当晚，唐松和小冯去了超市，买了墨鱼、鳗鱼、带鱼，还有老冯爱吃的羊肉、杂碎，以及岳母王芝芳爱吃的奶馒头，满满一车的礼物拉了回来，塞在小冯他们家的冰箱里。节前中午，趁午休时间，他又挑空去了市场，买了两个西瓜。西瓜是无籽的，用白色的纤皮线捆好。他还看好了艾叶，城里一直有送艾叶的风俗，绿油油的，捆了一把，扛在肩上。他准备先去单位，这已是最后的准备。

到了所里，他碰到小文，她正在办理大厅的窗口午休，见有人顶着绿油油的艾叶往所里走，便探出头来，看清是唐松，她从窗口露出了笑脸。

"老柯在，呀，去哪里？给老柯头的吧。"小文在打趣，哈哈哈地乐起来。

想到老柯，唐松笑不出来。

老柯真在办公室，他正戴着老花镜在看资料，看见唐松肩上满是艾叶，又提了十几斤西瓜。他摸了下头发，他觉得自己老了，脸上的皮肤跟树皮一样，黄褐，土黄土黄，还沾满老年斑的颗粒，虽有一定油性，却不再属于他。他再往下摸，摸到胡子，那是束生硬的草茬。他下了决心，看了下对面的唐松。老柯见唐松在看自己摸脸，他放下了老花镜。

“唐松，回来了？来，我们说一件事，如何？”

对边的唐松没有吭声，就等着老柯谈话，看他到底怎么谈。而老柯是事先在脑子里准备好了的，他用普通话讲，像一头饿狼，开头就说小冯，想吃掉她一样，他说那小冯的事……小冯，我也观察了这么久，分手吧，她父母那么说，看能不能断。尽早断了吧，现在还成了药罐子不是？不是我说你，孩子肯定不能生了，你应该能想到后果。

他唯独没有去看唐松的脸色，唐松的脸色就和犯人被审时的脸色一样难看。

“变态！”这两个字像砖头像巨雷，急速地从他脑子里涌将出来，只是让他优良的控制力给钳紧。然而他虽然憋住了这两个字，其他的词又滚滚砸来。看来，这次无论如何，他也不想掩饰自己了，哪怕再也不干警察这份工作了。

“我唐家的事，你老柯家管得着吗？还别说他老冯家的事！”

吼声振聋发聩，随怒气停留在下午被太阳照得滚烫的白色墙壁上面，那上面有些乱糟糟的脏污和手印。对着老柯，唐松都不知道是怎么说出口的，也许还是受了那桩大案的影响。外面只见绿脖鸟做了背景音，是只绿头画眉，在那儿很烦的叽叫。

唐松已经扔下了绿油油的艾叶，很粗鲁地放下，门“砰”一摔朝外走去。也不清楚在他之前，小冯已经跟老柯谈过话，见到他的艾叶，老柯才出此下策。当然，他也不清楚小冯正春风得意地等在外面，尘埃落定，缰索切断，只剩浓厚的胆汁味在那间民警备勤休息室里蔓延扩散。

老柯重新戴起眼镜，与往常一样在那儿唠叨个没完，生气个没完，唐松是怎么生气的？果真因为铁厂的冯敏吗？女人有这么厉害吗？老柯呜呜呜地哭了起来，像小孩一样，咂巴着开裂的嘴，哆嗦颤抖着，他真想下河来个冷水浴好好醒一醒，到了知天命的年龄，他要想想，这么多年，该总结下不明就里的事儿。而唐松走出派出所，骑上了电瓶车，一阵风地朝那个黑巷子里驶去，自从骑上风驰电掣的电瓶车后，他啥事也没想。

白婚

还是记得那个人的。

十九岁，本家伯伯牵着一男子到桂花面前，供她认识。是柳叶冲黄家坡的三公子，伯说。年龄与桂花差不离，剃一小板头，手臂像女人那么颀长白皙，走到每个人的面前都笑得像鸽子花。

当初，桂花在河里洗衣，他站在河对岸喊，背后是连绵的翠山和苍白硕大的巨石，他喊的就是她：

喂——扛犁来！这边，你伯——

你是哪个？

黄家坡的——桐子——！

到了吃中饭的时候，他见桂花坐在马扎上搓麻线，蹲下来问她多大了。他并不拘束，还自报家门，说他叫桐子。桂花初觉得他有点冒犯，不答语。话都被伯母答去了。伯母说桐子，你年纪轻轻的，田犁得好。他又一阵憨笑。桐子是来给伯家刈稻来的。桂花也一样。家里收完了稻，当晚桂花妈就对她说，你也去帮衬点，别像个守屋鸡一样，眼看晴了几伏，天下来雨了。于是，桂花和这个叫桐子的男人一起去帮衬着伯家。桂花坐马扎上搓麻线的这一天，天灰蒙蒙的，太阳却比火炉还戾，外边光秃秃的石头到处都要冒星火。

这年六月，伯家一共忙了四天，桂花就和这个看起来蛮干爽的人躬腰驼背地一起拿镰刀收割了四天稻子。虽说更多的时间，他在打谷机上踩轮子，手忙脚乱的，只见湿透的白衬衫贴着他干瘦的脊背，汗像下雨一样。

第四天的晌午，果真来雨了。天气预报也播了，可他们在田里依旧淋了雨。正热火朝天地，突然暴风窜了过来，昏天黑地的，打谷机也哑然了，一田的人各自拿扎好的稻草垛子当斗笠躲雨，伯母还卸下一块打谷机挡板给桂花躲雨。可无济于事，眼看雨顷刻间越下越大。这个桐子却跑开了，没说任何话，踩着田堤一泥洼的烂泥，一脚深一脚浅地往村里拐。

伯高兴地说，哦，对，桐子去拿伞最好。

过一会儿，桂花不情愿地去看，只见这个人已折入了荷花塘后的村里。过了不到两分钟，又重新出现在荷花塘的堤上，手里却多了几把伞和斗笠。

那边淡淡的新绿的黄，雨携着风，风带着雨，眼帘里像蒙了块打豆腐用的纱布。这个人往这边田里跑，半路手中的伞却突然擎了起来。原来，伞角被刮了个八角朝天。这时田里的人都哄然大笑，说桐子比杂技团耍杂技还好看。伯也说，好嘞，桐子呀，一个好窑工。

不料，桂花“扑哧”一声笑得身子往前一震。桂花心底是鄙视窑工的，但听说桐子是窑工，她感觉到特别好笑。田里的人看着桂花都笑起来了，更是笑得打雷一样。

咸桂花发觉自己好像过了十六岁就没怎么笑过了。那年，她初中毕业，不是她不读了，而是桂花还有一个哥在读高三。父亲让哥必须读大学，但家里也不富裕，除去卖牛崽、山羊和稻谷子有些收入，其他就再没别的收入，家里放弃桂花才能供养得起哥。桂花初中毕业后就一直在村办煤矿的煤坪里捡矸石，给哥赚些生活费。

但自从前年九月，哥去了省城上大学，日子更不好过了。哥上的那个专业老贵，一年至少要一万，还要生活费，一个月至少四百。桂花也想不明白哥为什么要选这么贵的专业，只是听他说这个专业包分配工作，爹妈当然同意，但桂花还是不能理解。桂花想，男人都是没心没肺的。

也就是在这个时候，爹妈开始避着桂花，密密麻麻地说些小细话，生怕她听见。可桂花也明白爹妈在说啥。去年整整一年，家里一年多没停过，来了好几户人家：三月提腊肉的、五月拎粽子的、八月送月饼的、年终送年肉的。可都是没有桂花的回信儿，桂花既不点头，也不吭声。因此，爹又赖着脸皮把这些东西送回人家屋里去。今年，家里少了来踏门的人家了。左邻右舍都说，桂花家里今年养了条狗啊，清静。爹因此好不生气。爹来教导，桂花，你也应该懂事了，对人不应该这样。

但桂花只是勾着脑瓜在一旁听，既不作声也不应付，在剁猪草时就只剁猪草，在搓麻线时就只搓麻线。其实，桂花也明白，爹无外乎就是让她快点找对个人家，到时男方可以给家里捎来一笔聘礼，哥的学杂费就容易解决多了。

桂花也考虑过去远方，像村里的妹子三五一群地爬上火车去打工。可这有点可怕，这些妹子回来的不是病恹恹的无精打采，就是好吃懒做，嘴里还扯皮，说流行哦。就像那个四年前去了广东、安徽，结果又折回来了的邻居老东家的女儿。其实，桂花这几年学会了织麻布、搓麻线。老屋里那台搁置了至少数十年的老式织布机在她的手里得心应手。她时常织一些土布，要么让妈或伯母捎带去卖，要么批发给去县城卖菜的菜农，菜农再转卖出去。如今的人开始了怀旧风潮，特别是上了年纪的干部还愿意穿土布，这土布倒能卖个好价钱。

六月一过，稻草叶儿一黄，很快又到了秋割季节。

山村的日子就像骡子推磨，一茬儿接一茬儿，不允许时间上来差错。到收割晚稻的那一天，妈却突然说，桐子要来了。

还依旧记得那个桐子。夏天里，这个男人给伯家收完稻子后，就匆匆忙忙走了，连晚饭也没来得及吃。他说晚上还要上窑。桂花当初还想不清，干瘦的桐子咋这么有力气。当初一桌子的人也还夸了一阵桐子，说桐子树虽然命里干榨，但有耐性，做锄头把最好。但过了一阵，好像他又不曾来过帮忙似的把他给忘了。桂花也明白，桐子只不过是人有力气又热情而已，可当今世上，谁还靠这个？

当桐子笑得咯咯地踏进门来的时候，桂花还是坐在马扎上心安理得地搓麻线。桐子一看她搓麻线又来趣儿了，就蹲下来说，你怎么对搓麻线感兴趣？

咸桂花不说话，他接上去又说，我是柳叶冲、黄家坡的三公子。

见咸桂花还是不说话，他干脆问她，你多大了？

桂花还是不曾答，瞟他一眼，连肩膀也扭了过去。

到年终的时候，又有人来提亲了。年终一般是提亲的频繁时期，但这一次没有料到来提亲的却是那个桐子他爹。

其实，对桂花来说，这个桐子说不上喜欢，也说不上讨厌。当桐子他爹坐在桂花、桂花她爹妈的对面时，桂花虽说还是像以往一样不问不答，但还是热情地下地洗碗，择菜，耐心地听桐子他爹和爹说他们上辈过去了几十年的事。因此，爹还以为桂花心里答应了，还当面应允了他父子俩。待桐子他爹走后，爹又叹气地说，只可惜是个窑工，不过，这也是没有办法。如今的年轻人不是学坏就是去打工。我看见打工的没有几个好果子回来。这方面桐子实在，虽说是个窑工，年纪轻轻的，但证明他人踏实。自古踏实的人就是福，叫傻福。再说，这方圆几十里又有多少户人家年纪轻轻的就下井？并不是很出丑的事，反而，窑工有一笔稳定的收入，虽说苦了点。

妈也答应了。晚上，妈来问桂花，并且跟桂花讲了一通女大当嫁的道理，说很多人家打工的崽女还不如嫁给窑工的好。桂花还是在搓麻线，没有吭声。但当第二天爹说，那就这么定下来了。桂花停住了机杼，抬头看了一眼他，爹被看蒙了，就反问桂花，你一直没吭声，不是答应了吗？桂花又开始忙手中的活了。

这时爹轻叹一声，磕了磕烟筒，重新问桂花，那就这么定下来了？

看着桂花不吭声，爹重复地又问一遍，就这么定下来了？

看着桂花还是不吭声，爹有些急，使劲地说狠话，直到妈横了他一眼。

妈说，那就再等等吧，吊着，先别答应。

桂花这才停住了机杼，抬头看了看妈，却没看爹地便走出了门。爹还在屋里叨唠：咱女心有点高，可这就山里人，是命，命改不得。再说城里人就好过吗？

桐子见桂花没有当面拒绝，他也相信桂花是默许了。按他的常识，女人如果不回答，就是默许，也就是不吭声。于是，很快，桐子又来了，还是和他爹一起。

这次算是正式提亲，桐子他爹当众说了许亲的承诺，说聘金当然省不了的，这是人之常情。另外，农耕双抢肯定是要来帮忙的，过年过节送礼也是少不了的，按常人家的规矩办。待桐子爹说完，妈正式地提出了“三金”的条件，包括耳环、项链、戒指。桐子他爹听到这，小胡子一颤一颤的，桐子却爽快地答应了，说没问题，毫不犹豫。

“三金”其实也是最近村里兴起来的。现在，村里很多女人出嫁，女方家里都提出了“三金”的条件，村里很多女人都有“三金”，因此这个条件也并不过火。前几日，桐子他爹一走，桂花去县城卖粗布时，妈就带她去百货大厦的橱柜前看了看。售货员说，如今只有金值钱，一月一个价，一克好几百嘞。那时，桂花站在金灿灿的橱柜前，她心里盘算了一下，“三金”至少也要四五千块钱。

穿金戴银可是山里人的梦想。那是从前的皇帝大臣才有的财力。回来时，妈一路上都在说。

但桐子很轻松地答应，承诺了。相亲成功后，他开始从柳叶冲黄家坡大大方方地来，每次来的时候提上一块大猪肉，吹着哨子，脚底像踩弹簧那么轻松，连单车也不骑。他永远那么快活啊。到了桂花家门口，看着桂花搓麻线，他还是蹲下来默默地看她搓，现在他既不问也不多说话，而桂花忙的时候不去搭理他，不忙的时候才肯和他说上一句话。而爹妈却常留桐子在家过夜了。恰好有一天，年底，省城的哥打电话来了，说要生活费五百元，一分也不能少，一天也不能迟。桐子毫不犹豫地从兜里掏出来五百元，说，我有，我有。

一直没有料想到这个人会死。

本来到五月要下定亲酒了的，可是到四月白茅横飞的时候，半夜里，桂花却听闻这个人死了。一点预感也没有。

果真，煤窑瓦斯大爆炸，一班的人全吞了。咸桂花她一下子掉进了冰窟。报丧的是到第二天清晨才打电话来告诉咸桂花家的。接电话的人是桂花她爹，爹接到这个电话时，脸上像生了秋霜，手一直抖。

很快，桐子他爹，这个丧子的老男人一步三跌地来了咸家村。一坐下来，一看见桂花，眼泪就嘀嗒嘀嗒地流，嘴里喃喃地说着，没了。没了。

当初，妈还装得爱婿心切，急匆匆地对这个老男人说，快去请矿救队救呀。好似这才提醒了他（矿救队接到矿难报告后就已经在两小时之内赶去了营救）。桐子他爹立马赶回了桐子下井的小煤窑。见到一个个矿救队的成员鱼贯而入，可又救援无果地返回。这个老男人又悲又急地、歇斯底里地大骂。当时，同去的还有桂花她爹。桂花她爹当天中午就回咸家村了，心情沉重，只是面孔像蒙了一层煤灰，黑得像个雷公。

爹还在替这个本分的未来女婿叹息。一个好年轻人啊。一个好年轻人。

又对妈说，我们得重新准备了，也是没办法的事。

妈在桑树下发呆，不重新准备，那还能怎样？

桂花她爹和妈下午又去桐子遇难的煤窑看了下。那时，矿救队已经停止了营救。瓦斯浓度太高，戴着氧气面罩也没法进去。下午在现场见到了和其他家属一同守煤矿的桐子家的所有亲戚。那时，桐子他妈哭坏了眼睛，桐子两个哥（也是窑工）粗暴地拄着锄头在狠狠地砸煤窑的小办公室。

就是在这时候，桐子他妈看见了未来亲家。她问，桂花她来了吗？

妈不好意思地摇了摇头。

本来按原计划，桂花这一天是要和伯母去县城卖粗布的。然而，桐子的死讯却扰乱了她的生活。这天，桂花无论是躺在床上，还是坐在堂屋都感觉到无端的恐怖，又加之爹妈都去现场了，更让她害怕。也只有这时，桂花才掉了几滴眼泪。咸桂花一直没有想到他会死。或者她一时不能接受这个在世上才过了二十二年，和她一样年轻的人会死。这本来就是一个问题。前两天，他还从咸家村桂花她家回去，像往常那么快活，说到五一，他来插秧。说到插秧，他自豪地说他是一把好手。当即，还提出带咸桂花一起去县城，等他和桂花有两个人片刻相处的时间，他甚至还向她说，一起远走高飞，去广东浙江打工。

开个小餐馆也好。这样搞下去，我不知哪一天被吞了，当时的桐子突然就不那么快活了。

说实在的，只有这时，桂花才理解他一点。只有听到这些话的时候，桂花才一愣一愣地抬起头来看看这个觉得很可怜的桐子。她一向认为桐子是蛮干的主，但这有点让她刮目相看。也只有这一天，桂花才默默地第一次主动给桐子倒了一杯茶，又招呼桐子去砍了柴。当初，桂花她爹看到这一幕，眼睛一亮。而桐子自己高兴得跳起来了，砍柴前塞给桂花五十元钱，说我有，有的是钱。到明年我们一起去打工，不，开餐馆！话从桐子嘴里说出来，桂花他妈对桂花她去打工才没有微词。但她明白女儿的问题并不是去远方打不打工的问题。

万事要有所转机的时候，噩耗却偏又发生了。

桐子家开始办丧事了，请了几个和尚准备做道场。按这一带的习俗，灵堂设在河边开阔的土坪地上，但桐子人还在井下没出来。这已经是他遇难的第二天了。本来，桐子一死，桂花和桐子的婚约也就解除了，但按不成文的习俗，桂花还应该到灵前烧一把香。

桂花坐在桌子旁冷冷地扒着白饭，她爹从煤窑里回来时，也征求过她的意思。但桂花还是像往常一样既没有答应，也没有吭声。

到了这一天的正中午，桐子他爹，这个老男人又来了，拄着一根可以做锄头把的榨树当拐棍。看着咸桂花像木头人一样地坐在桌旁，这个老男人顿时双眼一眨一红，推心置腹地说，桂花，我的崽是真喜欢你。可我也知道，其实你心里是不太愿意的。不过，现在事情也过去了。我和你爹、你伯都是年轻时候的伙计（朋友）。桐子呢这个崽没有坏心眼，就是命太苦了点，所以我想你还是去送送他，让他也满个心意，也算他老爹我来求你了。

看着这个老男人一边抹眼泪，一边干枯着眼，旁边的爹妈都在使劲地朝桂花直瞪眼。桂花这才眼泪簌簌地点了头。桐子他爹低沉的脸色这才舒缓一点。待他走后，爹对桂花说，崽，我也知道，就去这一回吧。算我也对不起你。

打算第二天和爹一同去给桐子奔丧。这天晚上，桂花睡得很早。自从桐子死的那一天起，妈就怕她受惊吓，还破天荒地去肉铺里赊了好几斤肉，焖了一只鸡。妈说平时都节省，现在，改善伙食补养补养。夜晚妈还要和她一起睡，妈这两天晚上都是抱着桂花一起睡的，生怕她跑掉或出什么意外。这一晚，桂花碰着妈软塌塌的胸脯，其实她一夜都没有睡。

到了第二天吃了早饭，桂花就和她爹一同上路去黄家坡了。黄家坡与咸家村相距五六里，然而这对于她也却是一个陌生的地方。黄家坡她一次也没去过。桐子和他爹来说亲后，她也没去过，哪怕桐子和他爹多次请她去一趟。

到了桐子家，桂花见到了桐子他妈。一个看起来年龄至少是七十岁的老女人，眼皮哭得比葡萄藤还要褶。在摆设好的灵堂里，见到了桐子那张被放大到一尺的遗像。自从上一次，桐子说带她去县城，离开咸家村后，桂花已经有十来天没有见到他了。如今，还是没有见到。但是看到他的遗像后，又感觉到他仍然活着似的。桂花还是流了一些眼泪，很自然的。她明白，要不是这次桐子出现意外，到年底她恐怕就是这个窑工的新娘了。

当黄家坡的村民听说桐子的未婚妻来奔丧时，都来河边的灵堂来看桂花。灵堂里里外外挤满了人，看着桂花像木头人似的坐在她爹的旁边，端详着桂花清秀的相貌，都唉声叹气地说桐子没福气。一个上了五十岁的妇人看到咸桂花，还指着她尖叫了起来，这不就是那个在县城卖粗布的妹子么？我天天见到她！

桂花循声望去，原来是一个在县城菜市场卖菜、她也很熟悉的菜农。

哦，那这妹子比起现在那些出去打工的不知好多少倍了。又有人在咕哝。

总之，黄家坡的人都认为桐子活着的时候，桂花就对桐子好，所以她才来奔丧的。

吃过了中饭，本来桂花就可以回咸家村了。甚至送行的鞭炮已经挂起，一旦鞭炮声响起，就表示桂花离村了，代表她和桐子的婚约从此正式解除。当桂花重新回到了灵堂，灵堂里又挤满了人。低沉的哀乐声，黄家坡的男女老少都在揩眼泪。桂花只是在灵堂里站了一会儿，当司礼工正要点燃鞭炮时，桐子他妈却来了。没有意料的是，这个老女人对着桂花硬生生地跪下了。这惊诧了所有人。

崽，你再留一晚，到明天早上吃了早饭才回去，好吗？我家桐子真喜欢你。桐子他妈用发枯的手握着桂花她的手腕。

这让桂花始料不及，但除了答应又没有其他办法。

很快事情又出现了新的变故。

桐子终于被刨出来了。桐子重见天日，这已是他遇难的第三天。当时瓦斯爆炸后，煤窑老板已经逃离，矿难处理交由政府接手。桐子家在桂花和她爹去奔丧的那天，就已经和政府完成了第二轮谈判。待政府打算把桐子刨出来时，这又是第三轮了。但遇难者的家属们都对补恤金、安葬费持有异议。因此，桐子即使被矿救队找到，也一直没刨出来，眼看第四轮谈判又要准备开始了。

第三轮的谈判是在桂花在黄家坡已经待了一宿的这一天上午开始的。桂花她爹去听了一会儿，就想带桂花回咸家村。正要离去时，却没料到从桐子家里爆出大响，原来桐子他家和政府就补恤金达成了协议。

好，二十一万元。黄家坡的家家户户开始纷纷议论。

也就是这个乱糟糟的时候，桂花她哥从省城打来电话。接电话的爹手上拿着，桂花她家唯一的一部二手手机。这个崽一通电话就问是不是家里死人了？爹说是的，是桂花的对象。说到这，这个崽就开始教训，说村里人没文化，年纪轻轻的就找对象。爹一听，对着电话骂了一句，你个学生娃懂个球啊？这时，哥的口气才平缓下来，但他接下来的话却令爹感觉烫手，手机都快要掉了。这个崽打电话过来，原因是他和同班的另一个大学生打了架，他要赔医药费。为什么打架呢？又因为他考试挂了科，心里不爽，肚里有气，去网吧通宵了三昼夜，他同班的另一个大学生去找他。而他又在生他同学的气，考试时不肯和他联合作弊，结果他同学过了，他却挂了。早晨的时候，两人在网吧打起来了。幸好他事后认罪态度诚恳，只需赔点医药费。哥挂的科补交点钱就没事了。

两三千块吧，就两三千块。

到后来，说话的已不是桂花她哥，而是学校政教处的老师。

听到这里，爹的眼睛都要变成猫一样的黄疸色了。他当即在电话里大骂起这个龟儿子，就在桐子灵堂前的土坪里。连闻讯赶来的桐子他爹听到了也唉声叹气，连说，老庚啊，看来你这个崽啊不争气，不争气哦。

爹忙着去为这个龟儿子筹钱去了。他和桂花回到了咸家村，但回来还没到一小时，桐子她爹却又来了。桐子她爹一进屋就叹气，说我那个可怜的儿子死了，到现在还不落气（断气）。

爹连问，为什么？

原来这话是做法事的和尚说的。和尚们说，桐子记挂一个人，所以卦一直打不过去，法事就停下来了。问记挂谁，和尚也不清楚。和尚们就问桐子她爹，桐子是不是已经订了亲？桐子他爹点头说是。和尚们说，那肯定是记挂他的未婚妻。桐子她爹问怎么办。和尚们说，这如果不做趟仪式，这法事根本没法做下去了，他到鬼门关会回头。桐子他爹问，什么法事？和尚们说，先让他们结个婚吧，让他满个意，他也好闭眼，气消了也就自然愿意过鬼门关了。

桐子他爹就是来求这件事的。

当即爹气得手捶桌子。说，桐子活着时还好商量，现在，死了也让他和我的桂花结婚？

桐子他爹哆嗦着，老幺弟，这也是没办法。也要让桐子满了这桩心愿才行啊。再说，我们像桐子活的时候下的聘金，可以作为补偿。

爹听得连声叹气，我说啊老庚，你丧子心痛，我也晓得，为了情面，我才叫我女去奔丧。如今这，这，唉，我也是有难处。我那个在读大学的孽子，一时之急要几千块钱，我去哪里拿？

桐子她爹一听连说，我知道，我知道，只要让桐子好闭眼，我给，我给。

很早就听过“冥婚”了。可那都是死人与死人结合。听说死去的桐子要和活着的未婚妻结婚，这还是闻所未闻。和尚们忙着解释，以前他们也少见过这种情况，算是百年一遇。这个新闻可是热闹了方圆几十里地，咸家村、黄家坡家家户户都听晓这件事了。传说中冥婚要背尸，这可吓坏了所有人，都关窗子关门地纷纷议论。桐子在窑里焐了三天三夜才刨出来，恐怕皮肤都已腐烂，就算不腐烂，恐怕有毒气体已经把桐子镂得到处是洞了。不说又脏又臭，就是身体也已经膨胀得像个蛤蟆，这怎么背？

和尚们看着眼泪涟涟、已然成木头人的桂花，向村人们解释：不是这样的了，行个白婚算了。白婚粗俗点讲即冥婚，又曰简陋的婚礼，守一夜灵，既对得起亡者，也对得起生者。

听着和尚们半文半白的解释，众人这才释然。

那么，事情也就这样有人推、有人走地顺势走下来了。

妈也宽慰着桂花，还不是为了你哥考虑。桂花，你不也是一直向着你哥吗？你就最后向着他这一次。这回完了，你爹妈我们也不难为你。以后的事，我们也不拦着你，你的心也就可以远走高飞了。就忍这一回。

其实，也很简单。不就是让你打扮一回，守一夜吗？妈说。

那边，河边的灵堂里，和尚已经又开始在做法事了。这时也已经商量好了白婚的大致步骤，前些时刻，桐子他家和政府谈判达成了协议，敲定好补恤金后，从窑里刨出的桐子也经过清理，被警车运来黄家坡，已经装进了灵堂的空棺木里。

到了中午，和尚们对桂花她爹交代了白婚的所有程序，交代桂花如何如何做。先要打扮，像个新娘子，接着守一夜灵，就算白婚完毕，没事了。就这么简单。和尚们笑嘻嘻地拍手说：这样的白婚，其实说实话，我们一年也要做那么一回，狗子，去年，你们丘家冲，你说是吧？

那个准备拿道具、叫狗子的和尚笑嘻嘻地回过头来答，是的，是的。

到了黄昏，桂花她妈也来陪桂花了。

这简直炸响了全村。全村的人都相继聚在河边的灵堂前来看热闹。

而在桐子他家假装给桂花和桐子布置好的新房里，几个年老的村妇开始装模作样地给桂花打扮，涂口红、扑脸粉，戴纸马师事前做好的金闪闪的纸冠，再像电视剧里一样穿一套传统新娘花衣裳。打扮好了，再由一个打扮好的小女孩牵引蒙了头巾的桂花围着装着桐子的棺木转。灵堂里，哭声如雨，所有人都惊讶已经死去了四天的桐子没有任何气味。事先，桐子装棺前，村人担心冒出恶臭，给桐子打了防腐剂；又怕天气炎热起来，又在棺木里置了干冰。

桂花已是一个蜡人，而桐子依旧还是那个看起来很干爽的桐子。

半夜吃完饭后就只需守灵。时间已经到了凌晨二点，村边的这方天地里随着附近河流咚咚的流水声散发着阴森鬼气。这时灵堂里已经很少人了，连做法事的和尚也哈欠连天。钹而也敲不响，鼓也擂得没有力气。最后，几个和尚在灵里开起了玩笑，想玩扑克，又恐怕被乡里人看见，于是，共约去他们睡觉的房间里玩扑克去了，只留下一个年龄稍大的和尚熬经。到后来这个和尚也进屋去了，说要解手，却始终没见回来。

而这边妈伴着木头人似的桂花在守灵。桂花穿着一身冥婚的新娘衣，只是在机械地搓麻线。

桂花害怕得不敢去看桐子，说到底这其实是个与她无关的人。

妈也只是机械地陪着桂花打盹。她也不去殷勤地烧纸，说到底，这其实也是个与她无关的人。

到了凌晨三点左右，妈对桂花说，我也困了，我出去解手，很快就来。说完，妈往妖娆的荷花塘那边村里一户人家的厕所走去。

灵堂里就只剩下桂花一个人了。准确说只剩下两个人：一个活着的桂花，一个死去的桐子。

这时，桂花已经僵硬的脑子才活络了一点。她感觉眼泪忍不住地从眼眶里泻了出来，扑扑地滴在桌上的桐油灯上。桐油灯的小火苗一哧一哧地响，仿佛要把桐油灯滴熄了。直到这时，她才去看了一眼那个桐子。这是她至前天上午来奔丧后第一次看桐子，那个桐子还是在笑着，笑得很快活。看着那副黑洞洞的棺木，桂花突然感觉不害怕了。

突然，她苦笑了一声，恨起了桐子。

可是折腾了几宿她累了，无比的累，搓着麻线的手也最终停了下来。手摊在膝盖上连动也不想动，她移着身子改坐在灵堂里的一个马扎上，发呆。同时，头抵着膝盖。而从远处看，她的身姿简直是向着那棺木下摆放的八盏桐油灯里的一盏。

而外边，风已起来了。四月底的春风夹带着湿香的菜豆花香，还有已经苏醒了的荷叶香。

要是去年或寻常日子，我已经在这样的夜晚织完粗布去睡觉了。桂花迟钝地想。

妈去的时间有点久，这让她做了个梦。重新回到去年她在河边洗衣，桐子在河对岸喊她，告诉她“我是柳叶冲黄家坡的三公子”的回忆。想了想，去年夏天确实有这么一回事。

而灵堂外，附近这条黄家坡的河里闪烁着从灵屋里铺来的光泽。这时，天莫名其妙地来了雨。毛毛雨。滴滴地打在简陋的灵堂的篷布上。巨大的山体朦胧了，这河的那边另一个不知名的山村也模糊了。又很快，天有了打雷的预兆。

这时在梦里，桂花的手却突然动了一下，能确认她拿了一根短树枝点拨了一下棺木下的那盏桐油灯。桐油灯倾倒了。倾倒的桐油灯瞬间燃起的灯火闪印着她狡黠的笑。

她确实笑了，只是一刻，轻蔑的。

那边的妈正走过来，她解完了手，又去桐子家端了一碗热烘烘的肉面过来。但当她只顾走路地埋头走近这边，抬头看时，她惊呆了：

桂花已瘫坐在灵堂外。

而她旁边的灵屋已亮晶晶的闪耀地亮着，像被放大了的桐油灯的灯芯花。帐篷被风吹了一下，扑扑的，桐子的灵堂这盏灯花的油光越跳越大，迅速点亮了河边这边天地，那时恰好天际又滚来一声春雷。一阵风过后灵堂剧烈地燃起，像一盏孔明灯。

那一刻，桂花她妈想叫最终没有叫出声来，而所有人也都恍惚地抬起头，他们仿佛也都看到了。

土拨鼠的生活

陈寒还没有死的时候，我给他发过两条短信。那个下午，我们离开了大马岛，在大马岛的时候，我们习惯朝风略疏的西北方眺望，那个方向灰暗、金黄，像一条鱼线，却牵引我们往岸上走去。遥远的是我们更年轻的时候，穿梭在浙赣线、湘黔线的火车上，像无业青年。我们这一船人的爱情，多是从那时候开始。

“9 月 27 日，就这么定。”洪易算准日期，那时退赤潮还能望见海岸线，我们很累，陈寒说，要离开他妈的海壳船了。离开船上的“福拉莫斯”，陈寒早早开始准备，直奔烧烤店。无边无际的海上，鱼虾现成，眼下多的是青蟹，陈寒又最爱吃烤蟹，他喜欢橙黄的焦肉和膏黄，一股嗓子熏燎后几近冒烟的快感。

不想刚靠岸，陈寒就不辞而别地走了。听王梵说，陈寒一下船，背着麻布袋，装束像个老矿工（为了遮人耳目，说在昌吉老山挖石头），走的时候头也不回，他只跟王梵说半个月后汇合，也没说离岛，王梵转达给我和洪易。

“估计去洗脚店会相好的了。”王梵一离开福拉莫斯，又变回了原来爱爆料的王梵。不过，出乎我和洪易意料的是陈寒，他有什么事从来只和我和洪易说，陈寒不和王梵说事。

晚上9点，我和王梵、洪易，找了一家烧烤店。我们仨撸着串，一瓶瓶喝啤酒，洪易负责提酒。虽然我们彼此不想再见到对方，可是啤酒喝光四箱，直到洪易再去提酒，我和王梵到阳台上抽烟。

烟这种东西，到这个年龄，我和王梵都少不了。相比我的四元一包，王梵抽的是顶贵的盒子。先前他负责一个鞋坊，把一张张牛皮钉成一双双鞋子，他一辈子没抽过廉价烟。

我们就这样没完没了地抽，熟悉的海上将近鱼肚白的前夕，闪出一线红霞的光芒的时候，王梵烟也抽完了。他拍了拍我肩膀，很无趣自问自答地说："诗人，你说陈真上哪儿？"船上，陈寒的诨号是陈真，霍元甲的徒弟陈真的那个陈真。

这时洪易上来了，他平静异常："他不是跟你说了吗，收了一袋牡蛎交他女人了？"也只有洪易自己回答，"没经常看到他，真告诉你了，王梵？"

我没有说话。看着远方那线扩大的红霞，内心陷入死静。我正有点生气，来店里喝酒也是为了驱散霉晦生活带来的不快，不是为了陈寒，而是为我的情人李华。船在阿加尼亚，电话与往常一样，由女儿丽子打过来，丽子拼命催。我内心琢磨，心里发怵地想，丽子看到了什么？也许李华真出事了呢。

李华是我女儿的母亲，我还没结婚的情人。李华出事，是一件天大的事，我心里焦灼无比。可是，眼下我才刚上岸。

就着洪易的话，我说，短信我发过，上次自从和他女人口角，陈寒就喜欢关机。我上岸后，也不知道他刮哪里去了。洪易接着拨陈寒电话，也没拨通。他抬起头来说，接下来咋办？

聊罢，我和洪易都要下阳台回家了。王梵笑了，讥讽说，有可能和女人留在大马岛呢。我说，怎么会呢？还听你说他要离婚呢。王梵说，那就更有人去岛上看他了，你要知道他老婆的脚腌得不行。这时，洪易不再想说陈寒了，他打开了我们聚会的最后一个啤酒盖，他可能是要赶回去和女人孩子看早上的打折电影吧。他走之前说，我们走，要给陈寒带几串烧烤，带不走，也要用泥巴捏几个。

我说当然可以，然后想想我们的福拉莫斯，我笑了。最小的洪易也三十八九岁了，相聚在这座城里。那年的午夜，我在火车站寒气逼人的站台碰到陈寒，然后依次碰到洪易、王梵。洪易、王梵都是招募来的，那时，疲倦、折腾写满我们四张脸。等我们再次碰到陈寒的时候，陈寒说挣脱吧，远走高飞，我和洪易、王梵一拍即合。只是，我们的挣扎不能向上。而对于熟悉海上的我，离开铁路后干过一阵偷渡生意，帮助大连、温州人去日本，更远是连名字都报不出的太平洋上的小岛，而这一切都要从那张开呈鳝鱼口的海岸出发。那阵子我正游离于诗歌，一些几近于宗教的神秘句子，认为得到魔力（陈寒说好比在 KTV 发了羊角风）。不过，对于它背后的磁场我厌倦了，当所有场都沦落为争斗话语权——像我这样胆小鼠类一般的人，我怯场。

“早应该看清了。”那年的车站，陈寒递给我一根烟后说。

于是，我又吸了一根烟。在买菜人穿梭的街道上，我回到我和情人李华的家。

早晨 7 点 06 分，不需要摁门铃，直接把钥匙插进锁孔。锁去年才换，托陈寒买的专业防盗弹簧锁。锁口有露水，李华和女儿丽子还没起床。我不想打扰她们。虽然我知道，一旦李华醒来，将有一场暴风骤雨，史无前例的争吵会打破李华的日常生活。然而，我仍担忧，虽然还没有结婚，毕竟她是我爱人。

我又笑了一笑。打开了门，很轻微，再换鞋。可是，抬起头来走进客厅，我吓了一跳。

李华坐在家里的布艺沙发上，偏着头注视着门口，睡眼惺忪，神形凝重，看似愠怒。我不应该发声，琢磨着这次回来该怎么过。

出海前，李华是一把左轮手枪，我是土拨鼠。左轮手枪精准、有声势，每次射向可爱鼠类的弱点，它瞄准男人所有虚无、缥缈的毛病。不过，她李华不是一个铁石心肠的女人，她手里拿捏的那一颗颗铜锰子弹只是证明，她李华需要的是一个真正的男人，即使他光明、性情飘浮。十年前，她跟我生下女儿丽子，却不愿意跟我领结婚证。

我很认真地看了看李华，也许，刚才开锁的那一小声“咔嚓”把她弄醒。我又笑了一笑：“醒了？”

“没睡。”

“怎么没睡呢？”我坐到她身边，揉揉眼眶，心里在预备台词，就拿女儿丽子给我打的电话试探她。

“你说呢？”李华却看向我的脚。

我问：“丽子呢？”

我朝内室里喊：“你应该起床，该上学了，高一也很紧。丽子——”

这时李华用手抹了一把脸，说：“别喊了。”

我说怎么了。

“我打了她。”

“然后呢？”

“跑到同学家里去了，说再也不会回来了。”

“你怎么能打她呢？你坐在这儿就为等她？”

“你要回来。”

这时她离开沙发，洗了一把脸，回来后再次看向我的脚，没再说话。

我没有再和她争辩，我去洗了脚。我在洗浴间一直观察她，像看一个陌生女人，连她的下意识的动作都看在眼里。沙发上的李华一直纹丝不动。等我出来后，她给我倒了一杯柠檬水，她说：“丽子上同学家了吧。”我坐下重重咽了口水，她已经打开了电视。平常李华喜欢看电影频道，但今天她打开的是《早间新闻》，她仍没有离开沙发。睡醒的暹罗猫从卧室里出来。这时她示意我将脚抬起，还是与以前一样，去死皮，修趾甲，按摩全套。已经十二年了，李华一直在洗浴城工作，现在她是经理，她的工作是公关，为高端客户服务。李华为我修趾甲的时候，俯下身去，噌噌噌、刺刺刺、全力以赴。

我在焦急地联系丽子。丽子上高中后，李华给她买过一部手机。然而，嘟嘟两声。“关机。”我说，与给陈寒拨打电话一样，可是，丽子还是头一回。

我瞬间想到人际关系的万能大师陈寒，陈寒是找人的天才，要不要找他帮忙？可陈寒一下船，就离开福拉莫斯失踪了。我干着急，现在我蓦然陷入寻找亲人的境地。这让我好好想了想，莫非我又败回原点了吗？

“你怎么不看好她，万一她学样呢？”

我的口气显示我生气了。

李华在继续修脚。

我喊：“李华！”

我挺不耐烦，拒绝李华继续为我修脚。

“呵，你女儿你哪里管过？她连自己都管不好还管大人的事，对，她是你家人，我算服了……”

李华扔掉修剪钳。

到这，我也不想再多话。

李华去上班了。我一直在等丽子，我联系过丽子常来往的同学，找过班主任，我才发现，丽子没上学。就像某一天夜里我突然在这座城市不辞而别了一样。我想大骂作为母亲的李华，在家里，我满脑子幻想是丽子没向我讲完的状况，仿佛有个黑影，让我看到他了。他坐在马桶上，松垮垮、赘肉横生的臀部一闪而过；他靛蓝色的裤筒在衣柜出现过，都是似曾相识。李华还没下班，我疯狂地找，阳台上、雨棚上、厕所……然而我失败了，我知道他存在，或许一样爱吸烟，习惯坐在阳台上，朝城市更远的方向眺望。

我把失败归咎于李华。李华坐在床上看电影，我做我该干的事，她没有拒绝，摸手机，手指有节奏地撸暹罗猫的尾巴，吧啦、吧啦、吧啦啦。她也没有生气。卧室只有“喵”“喵”起伏，以及我的蠕动、撞击声。

我知道丽子是个好女孩，肯定没事。

公安一大早帮助我们找到了丽子，丽子用自己刚办的身份证，住宿在我家街道附近的小旅馆里（她哪来的这么多钱，这让我再次怀疑李华），她闭门不出。丽子回到家，我又喝了酒。反正李华不管。趁着酒性，躺在床上，灯没关，我想和李华好好谈谈，对于我们的事，早在诞下丽子的时候，我就有所察觉。

我神秘的模样映在镜子里。

李华说：“你想说什么？”

“我想来支烟。”我去阳台。

说什么好呢？那只猫让我打消了念头。

我去阳台上浇花，然后给洪易、王梵一一打电话。洪易刚接电话，看也没看就说："他妈的谁打电话?""洪易，我马上重操旧业了……"我话还没说完，洪易就挂了，也不听是我。我说，唉，估计他火爆的毛病又犯了。

王梵则说他在宾馆里，和一个女人在幽静的走廊上，他在反复地重复没盼头了，没盼头了。鞋坊能起来吗？鞋坊还能起来吗？王梵自问自答，当我是他旁边那个陪他过夜的人，听得让人烦。我又试着拨陈寒，还是没打通。我把手机放回兜里时，我本想迁怒于李华，可是，她仍旧没有生气。她和我再次做爱，然后，她起床做早餐、洗碗、买菜，仿佛她是一块任我摆弄的抹布。

李华的不拒绝让我产生了冒险的冲动。我知道作为情人，李华圆滑如珍珠，她内心脱离于我，眼下，只是她的委屈，对未来的一种屈服。然而，我又不太怪她，这是一种奇怪的不知羞耻的想法，我又不适合再找情人，我厌恶和其他女人上床。我选择了另一种极端的出路，回到海岸线蜷曲的小港上，去寻找另一种彼岸。

对于一场风波，每当回到荒无人烟之处，我颤抖之际，竟然像熨斗一样，将生活的褶皱、郁气，乃至眼泪一一烫平。海风是无情的，绝望的海岸线更是狰狞、绵长，延续至千里之外，不适合诗人表述。海带来的一场火灾，每天都恰到好处，无边无际的海上，每天仍旧只有丽子的报告电话。这一阵我脑子里只有李华。

这次对于我的提前离家远行，我临走前，李华的嘴角出现了一抹难得的愧疚。她包下所有家务，停下来后和我商量，说我可以上洗浴城工作了，有家投资商找她，至少我可以给她打工。我听得停了停，摸了摸后脑勺刚理好的整齐的新发，然后说，李华，请你相信我。李华笑了，揶揄地笑，相信你？相信你混什么福拉莫斯？

“猪朋狗友！”

“无耻下流！”

“狼狈为奸！”

李华怒了。她嘴里的这些四字词语没有让我马上去实行“福拉莫斯”。这里，关于我和陈寒的“福拉莫斯”，暂且需要澄清一下。首先从称谓上，是这样的，除了当初在车站提议秉持真理的陈寒外，我们叫“陈真”，其余包括我都叫“A 先生”“B 先生”，诸如此类。“福拉莫斯”里流行暗语，人性、仁爱是唯一标准，而不是军事化管理，逢人都是“您好”“请问”“贵兄”，上厕所也是“出恭”。我们从来不把排泄物倾进海里，对于我们来说，海是高尚的、纯洁的，比所谓的有机蔬菜、有机瓜果等更干净、更纯净。还要说一件事，上次上岸，到烧烤店喝酒的时候，我们还协商，船上准备招聘一位小姐，我们尊称她为“C 小姐”。她应该是一位志愿者，行为高尚，允许出身低微，我们要在艰苦、乏味，然而人情味浓重的船上，建立一个理想的性别协调。

洪易说，可以找李华。

陈真，也就是陈寒说，李华做的菜蛮好。

我却说 NO。她晕船，我说。

我仍在寻找那个影子。那个像表演帝，像乙醚遇到酒精，现在，我要把它的分子、原子一点点提炼出来。

这个季节，有一点风，裹着裤腿，让街上的每一个人都精瘦得像根筷子。那些天，像以前青年时期无所事事地游荡一样，我找不着任何人，包括洪易、王梵、陈寒。每天在小吃店点一碗三江源牛肉面，而不是每顿必有的鱼、虾。我选择在一家临时旅馆住宿。后来女儿丽子告诉我说，她待在小旅馆里人肉那个影子的真实姓名、工作单位、领导姓名。包括影子送给李华的那块蓝绸布，她一定能找到。但是公安先找到她了，并且告诉她人肉搜索是要负法律责任的。

丽子说，警察叔叔有时也是不对的，只会糊糨糊……

可是不管怎么样，我留在了我所住的街道，算是故事发展，出海的前奏吧。我告诫过丽子，嘱咐她每天必做的。丽子保证过，她担当着维持我们关系的职责。她很听话，她怎么会挨打呢？

所以，这次也可以这么说，出门前，允许我违心，我对李华及丽子都说了谎。我没有立即出海，我住在我家房子所在的街道上，那是隐藏、摸索、青涩的日子，我学丽子藏在小旅馆里。不是我不相信丽子，而是我觉得有必要亲自出马。这场风波让我第一次这么想。每天一样接到李华、丽子的消息。

可是我没找到我想要找的人。

最后一天清晨，正当我准备离开街道，又不太想返回小港码头的时候，意外地碰到陈寒。陈寒戴着鸭舌帽，像一只伪装过的野象，从热带雨林出来，周边的人群只不过是丛林。在我所住的街道见到陈寒，我几近叫了起来。

“你个鬼样，消失到哪里去了？”

“还用说，回家看女人和孩子呗。”

“骗得了其他先生，骗不了我。”

“上岸了？还改不了海上的生活啊。”

我们就这样说着，到了我家对面的一个废弃的车库。我望着我们家的阳台，上面有李华刚晾晒的我的衣服。

“我说，在大马岛，也不吭一声？”

“吭一声与不吭一声，有什么差别呢？”

陈寒一句话就噎住了我。

我说：“来，吸支烟吧，别想了。”

“是啊，想也是舔人屁股。”

接下，陈寒执意邀请我和他同住希尔顿酒店，他执意请我。

对于我这样胆小的人，我受宠若惊，我搞不懂陈寒请我的缘由，而没请洪易、王梵。在废旧车库上，因陈寒的到来，我给洪易、王梵打电话说碰头，只是他俩都拒绝了，说我太闹心，家庭生活是不是无聊之极……这时，我看见了对面的李华，她在阳台上发呆地喝水。陈寒也看见了她，他说，你在车库上站这么久，只为看李华啊。“多亏你，去年帮忙买了把锁。”我低下头去，陈寒俯下身去大笑着说，“我们四个，可怜虫。”

我若有所思，这时问：“时间多久了？”

陈寒看了看表，故作姿态地大声朗读：“世界公历，10 月 3 日 7 点 03 分！”

车库上，我继续打电话，还是给洪易，打电话时我有个怪癖，就是有洪易和王梵的时候，通常打给洪易。我说：“洪易，我可能早点上福拉莫斯。”洪易很火爆，数落我，说他在公共汽车上，去市里办保险不能回来，你们急着是去赴死吗？你们急着是去赴死吗？

酒店就这么住下来了，陈寒买单。

从后来开始算起，这是我和陈寒在岸上最后一次碰面了。后来我才知道这天是陈寒跟他老婆的签订离婚协议书的日子。早在之前的半年多，陈寒一直神神秘秘。酒店里，陈寒始终都没说。

他就是这样一个人，不想说的时候，打死也不说，他最爱说以前的铁血事件。

我从侧面观察陈寒的脸庞。以前我多次观察过，比起我的柔弱，他脸孔粗放。他是西南边陲汉子，有青铜的轮廓，颌下还留一小撮平整的扫帚一样的胡子。早年的时候，他没少在浙赣线奔波，后来开地下博彩，给市办公室主任送过情，拍小官员的马屁，舔出了油，蒸出了花，再继续拍更大的马屁，他每天幻想和官员们就当是情人一样眉来眼去。

这就是陈寒的过去。然而这些是岸上的事，谁没有一身骚呢。人，一旦离开了海，就像是鱼离开了水，他整个人，完全蜕变，清洗干净。从航海经历证明，面对当初离岸的海誓山盟，我们这四个肮脏的废物确实做到了这一点。

当然谁都有烦心的时候。何况在这岸上。海上的陈寒也不只是宋江大哥啊，我们买下的这艘船，他出力最多，我们还能说什么呢？

出外吃饭的时候，我买单，我们又聊了一阵。

我说："我正烦着呢。"

陈寒就笑："别说了，还有比我更烦的？"

这时，我认真地说："我女儿要叫别人爸爸了。"

陈寒不相信。

"你女儿要叫别人爸爸？"

"是的。"

"这世上真没天理了。"

"……"

"那李华呢？"

"你今天看见她出来了？"

“你不是让我看了吗?”

“我在想她。”

“嗨，想哪?”

“陈寒，要不再上那个废旧车库对面去看去?”

“你说呢?”

“……”